Entre tes pas

le soleil dans le cœur

Elsy Debey

Entre tes pas

Romance contemporaine

En application de l'art. L.137-2.-I. du code de la propriété intellectuelle, toute reproduction et/ou divulgation de parties de l'oeuvre dépassant le volume prévu par la loi est expressément interdite.

© Elsy Debey, 2025

Édition : BoD · Books on Demand, 31 avenue Saint-Rémy, 57600 Forbach, bod@bod.fr
Impression : Libri Plureos GmbH, Friedensallee 273, 22763 Hamburg (Allemagne)

Impression à la demande
ISBN : 978-2-3225-6107-0
Dépôt légal : février 2025

*Parfois on a besoin de combattants.
À tous ceux qui ont les yeux ouverts sur le monde,
ce livre est pour vous.*

Prologue Karyme

Maintenant c'est chacun sa route...

Quelques années plus tôt

– On ne peut pas continuer comme ça, je veux ce qu'il y a de mieux pour mes enfants. Ils sont jeunes et je suis certaine qu'ils sont capables d'avoir un très bel avenir Bahaa. Ezekiel et Karyme ont leur chance, mais pas ici.
Il y avait des coups de feu dehors, par centaines, mais à force je n'y prêtais même plus attention. C'était pareil tous les jours, la mort courait les rues jour et nuit. Coudes sur la table, mon père réfléchissait, il pensait, beaucoup, c'était sa nature.
– Je sais ça ! Mais comment veux-tu qu'on fasse ? On est coincé ici pour toujours. On a aucun moyen de s'en sortir mon amour...
– Il suffit de se projeter un peu plus loin, si on s'y met maintenant, peut-être que dans quelques années on pourra les faire sortir d'ici.

Mon père avait l'air désespéré, mais il savait que ma mère avait raison, une fois de plus, nous sommes condamnés, bien qu'on ait du mal à se l'avouer. On a beau imaginer loin, ce n'est pas à notre portée. La liberté, comme le reste, à un coût. Allongé par terre, mon keffieh sur la tête, je les écoutais attentivement. J'étais un enfant calme et très souvent seul, ça m'arrivait même de passer des journées sans dire un mot. Contrairement à mon grand frère, Ezekiel. Il parlait trop, et était sociable avec tout le monde extraverti, mais j'imagine que ce n'est pas un problème. Peut-être que je serais comme lui un jour, ou peut-être que je resterais comme ça indéfiniment.

– Karyme... Tu ne voudrais pas aller jouer avec ton frère et Idris ? Tu t'ennuies ici...

– Ils ne veulent jamais jouer avec moi, ils ne m'aiment pas.

– Bien sûr que s'ils t'aiment mon chéri... C'est juste que... Bon viens, je t'y emmène. Tu vas très bien t'amuser avec eux.

Je n'ai pas protesté, j'ai sagement suivi ma mère jusque chez ses amis. On allait presque tout le temps chez eux, ils avaient toujours été comme ma famille aussi. Comme nous, leur famille avait également deux enfants, Idris et Amira. Idris et Ezekiel qui toujours ont été les meilleurs amis du monde, mais ce jour-là, ils n'avaient pas vraiment l'air de s'amuser. Leurs parents n'étaient pas loin, un sac avec eux. Nous n'habitions pas loin de la plage, du large. Régulièrement, je voyais des gens s'en aller, avec le même style de sac, quitter la Syrie, c'est ce qu'ils faisaient tous.

– Idris ! Amira ! On s'en va, venez ! Dépêchez-vous bon sang !

J'ai regardé la scène sans bouger d'un cil. Je n'étais pas encore vraiment en âge de comprendre. Que faisaient-ils ? Et où partaient-ils ? C'est à cet instant que mon père arriva et frappa violemment le visage de son meilleur ami, le père d'Idris et Amira. Les coups se suivirent. Là non plus je ne réagit pas, ce n'était pas contre eux.

– Espèce de voyou ! Où tu penses partir comme ça ?!!
– À la recherche d'une meilleure vie et un avenir pour ma famille et moi Bahaa.
– Avec tout l'argent que je t'ai prêté, toute cette somme, tu aurais dû *nous* trouver une meilleure vie ! À nous tous merde ! aboya mon père. C'est ce que tu m'avais promis.

Ils se battaient comme si la situation du pays n'était déjà pas assez critique pour nous. Pourtant, ils ont toujours été meilleurs amis, jamais je ne les ai connus autrement, c'est fou que tout puisse basculer comme ça, d'une seconde à l'autre. J'ignore pourquoi, mais toute cette violence n'a pas eu d'impact à mes yeux, peut-être parce que j'y suis né. Ce que je n'aimais pas, c'était de voir ma mère et mon frère en larmes, j'aurais voulu les protéger. Je voulais que personne ne souffre, ils sont tout ce que j'ai.

À cet instant, la rage de mon père n'avait pas de nom. Le sang coulait sur le visage de sa victime qui essayai de se débattre en vain. Rien n'y faisait.

– Lâche moi ! Laisse-moi partir !!! Je m'en fiche complètement de ce qu'il se passe ici ! Maintenant je compte partir et avoir la vie que j'ai toujours voulu avoir, parce que te voir en vie ne fait plus partie de mes priorités à présent.

Le temps a semblé s'arrêter. Les coups se sont arrêtés sous l'effet du choc.

– Tu te fous de moi ? s'étrangla presque mon père. C'est avec autant de facilité que tu gâche trente et une années d'amitié ?!
– On dit qu'il faut faire passer son bonheur avant tout.
– C'est juste de l'égoïsme.
– Bahaa... Comprend juste qu'égoïsme ou pas, moi au moins je quitte ce pays, et tu n'as qu'à mourir ici, ce n'est plus mon problème. Au bout d'un certain moment, c'est chacun pour sa vie. J'ai la liberté entre les doigts, crois bien que je ne vais pas m'en séparer de sitôt.
– Si tel est ton choix, fait bonne route. Mais sache que si un jour le destin nous force à nous retrouver, d'une façon ou d'une autre, je ne t'offrirai plus jamais de mon aide.

Son ami laissa échapper un rire mauvais.
– Crois moi, je n'en aurais plus besoin. Ça n'arrivera jamais, car tu resteras ici.

Toute la famille a repris ses affaires et est partie. En les voyant s'en aller, j'ai compris qu'eux non plus ne reviendrais pas. Si c'était ça les soi-disant "amis", alors jamais je n'en voudrais. Ma mère s'est instantanément dirigée vers mon père pour le réconforter, mais celui-ci avait l'air d'aller bien. Enfin, il essayait de le montrer.
– Ezekiel, Karyme, venez ici... Vous aussi vous allez sortir de la Syrie d'accord ? Vous aussi vous allez vivre une vie libre. Restez toujours ensemble, car vous voyez, même en toute une vie d'amitié, on ne peut pas faire entièrement confiance à quelqu'un qui n'est autre que nous. Et encore... le jour où vous arriverez en Europe, gardez toujours ça avec vous. nous dit-il en posant ses deux mains sur nos keffieh. N'oubliez jamais d'où vous venez. Ce sera difficile je sais, mais même si

être syriens vous compliquera la tâche, vous le resterez à la vie à la mort les garçons.
– T'es sûr que ça va bien papa ? Et ton ami ? questionna Ezekiel.
– Ça ne sert à rien d'être triste pour quelqu'un qui va bien sans vous. On ferait mieux de rentrer maintenant il se fait tard.
Et puis, je vous ai vous les garçons, comment pourrais-je être triste ?
Soyez fiers d'être qui vous êtes. Soyez toujours fort, courageux, et fiers de vous même.
On s'en remettra.

Chapitre 1 Karyme

Tu es le souvenir qui continue de me briser le cœur…

Retour au présent

Après avoir refermé la porte de ma maison derrière moi, très bien conscient que ce serait la dernière fois, je n'ai jamais voulu partir, mais j'ai suivi mes parents vers le large. Ces derniers jours ont été atroces, apprendre que j'étais sur le point de quitter le pays m'a fait mal, et me fait encore mal maintenant. Car ce n'est pas un choix, mais une nécessité. C'est comme arracher un arbre à sa terre. Peu importe où tu le replante, il ne sera jamais chez lui. Je n'avais pas grand-chose sur moi, rien que mon keffieh, un collier et une photo de mes parents. Ainsi, on avançait tous les quatre en direction du large. La plage n'était pas très loin de chez nous. L'eau, L'Europe, la mer, la liberté. Le chemin de plusieurs milliers de syriens.

On avançait lentement sur le sol complètement ravagé par la guerre qui ne semble pas vouloir nous laisser tranquilles. Des années sous la dictature d'un président, des centaines de morts... de la violence à chaque coin de rue. Des viols, des massacres. Je suis né là-dedans et en sortir risque de bouleverser toute ma vie, même si c'est pour le mieux. Au fond de moi, ce pays est peut-être très mal en point, mais c'est le mien, et aucun autre ne le remplacera. Toutes les années que j'ai passées ici, enfermé dans ce pays, s'arrêtent du jour au lendemain sans que je m'y attende vraiment. Juste à cause d'un départ. Nous nous trouvions à présent sur un petit entier dans la forêt, menant vers la plage. Deux hommes différents avec deux bateaux nous y attendaient. Des passeurs. Ce genre de personnes que l'on paie énormément, sans avoir de certitude. Enfin, nous, mais nous étions loin d'être seuls, la Syrie se vide toujours, tous les jours. Nombreux sont ceux qui prennent la même route. À leur risques et périls.

– Il n'y aura jamais assez de place pour nous quatre en plus. déclarai-je. C'est déjà plein.

– Pas besoin de toujours devoir rendre la situation pire Karyme.

Peu importe ce que je disais, Ezekiel a toujours été contre moi. Il m'a toujours détesté, et il n'y a jamais eu de raison particulière. J'imagine que je m'y suis simplement fait, à cette idée qu'on ne s'entendrait pas forcément.

– Je sais mon chéri... Mais bon, le passeur vous attend, dépêchez-vous...

Voilà, c'était évident, c'est ma mère. Ils ne viendraient pas avec nous, on n'en avait pas les moyens. Et ils ne m'avaient pas prévenu, car il savaient que j'aurais tout fait pour ne pas y aller, j'aurais tout fait pour échanger ma place avec la leur. Dans ma tête, c'était nous tous, ou rien. C'était hors de question que je les laisse là. Je sais qu'ils veulent mon

bonheur et ma sécurité, sauf que c'est avec eux que j'ai tout ça. C'est avec eux que je me sens bien.
– Maman, papa... Je ne vais pas vous laisser ici. C'est hors de question que je mène une nouvelle vie si vous n'êtes pas à mes côtés.
– Karyme fait pas de caprices... on doit y aller. susurra mon frère.
Quant à lui, il était au courant. Mentalement, il avait déjà fait ses adieux. Moi, je n'y aurais pas réellement droit.
– Ezekiel, prends ton frère et allez-vous en. S'il te plait.
Ce n'était pas comme ça que j'avais prévu ma vie moi ! Je me débattais contre mon frère qui m'entraînait vers le large à ses côtés. Il ne ressentait donc rien ? Cette séparation soudaine ne lui procurait rien d'autre que de l'indifférence ?
– Je peux pas vivre sans vous, je sais pas comment m'y prendre moi ! Vous n'avez pas le droit de me faire ça ! Vous devez rester avec moi ! Je veux rester avec vous ! je leur crie d'une voix désespérée.
Je voyais bien que ça atteignait ma mère, que ça touchait le plus profond de son cœur. Je suis son fils, son sang, après tout. On n'a pas le droit de briser mon monde de cette façon, on a pas le droit de m'arracher à ma maison… Mais je pense bien que le pire dans tout ça était Ezekiel. Il ne comprenait rien à ce que je pouvais ressentir.
– T'as pas honte de faire une scène pour ça ?! T'as vingt-cinq ans Karyme ! Vingt-cinq, putain !
– Tu dis ça juste parce que tout est toujours simple pour toi, ça l'a toujours été ! Tu as de la facilité dans tout, mais pas moi tu vois ? Moi j'ai vingt-cinq ans et j'ai encore besoin de mes parents d'accord ?! Et puis si tu me détestes tant que ça,

pourquoi tu ne prends pas cet argent et va vivre ta plus belle vie avec ? Pourquoi tu ne me laisses pas crever ici ? ...
— Parce que ce n'est pas ce que maman veut ! Et ce n'est pas ce que je veux non plus. avoua Ezekiel. Je ne peux pas te détester Karyme, tu es mon frère, mais un garçon très difficile à vivre. Allons-y.
Ensemble, ils ont fini par me convaincre de partir. Je n'aurais pas pu foutre en l'air toutes les années que ma mère a perdu à bosser comme une folle pour me payer ça. Alors je l'ai embrassée une dernière fois, avant de monter dans le bateau avec mon frère, le passeur et quatre autres personnes. On en avait pour de bonnes heures jusqu'à la Turquie. Tous me regardaient mal à cause de mon caprice d'avant. En temps normal, j'aurais été gêné, mais pas cette fois. Je tiens juste particulièrement à ceux qui m'ont mis au monde, je ne suis qu'un enfant. Je les regardais s'éloigner, ils étaient à présent seuls, même si c'était plutôt moi qui étais en train de les abandonner. M'éloigner de mes terres Je me sentais mal, le cœur violemment trop serré.
C'est n'est pas ça que j'aurais voulu.
Silencieux, je contemplais la situation. Moi, Karyme Nasaeel, vingt-cinq ans, à bord d'un bateau se rendant en Turquie, alors qu'il est thalassophobe, avec six autres personnes en sa compagnie, se demandant ce qu'il fait sur ce radeau gonflable minable à fuir ses parents. Je crois que même le concerné n'en avait pas la moindre idée. Puis j'ai vu mes parents faire demi-tour en direction de la maison. Notre maison. Je ne souhaite ça à personne.
— Eh... On va y arriver petit frère d'accord ? me réconforta mon frère.

– Comment tu peux en être sûr ? je le contredis. Comment peux-tu être sûr qu'on n'est pas en train de commettre la plus grosse erreur de notre vie ?

– Parce que l'Europe c'est la voie de la liberté… Et je vous promets de vous y emmener, tous. ajouta notre passeur.

– Comment peut-on réellement être certain de pouvoir vous faire confiance alors que vous pourriez très bien nous abandonner en pleine mer ? commenta quelqu'un d'autre.

– Je ne suis pas comme ça. Je comprends le doute que vous ressentez, mais si je fais ça, c'est pour m'aider moi aussi. J'ai une femme et deux enfants qui m'attendent en Allemagne. Puisque je vais les rejoindre, je me suis simplement dit qu'aider d'autres personnes au passage pourrait aider, et enfin je…

Il a continué à raconter son histoire pour faire passer le temps, mais j'étais trop occupé à penser comment j'allais faire plus tard. Je ne parle qu'arabe et anglais, je m'en sers peu mais je me débrouille très bien. J'imagine qu'ils n'auront qu'à fournir des efforts pour me comprendre. L'Italie c'est tout nouveau, ils ne seront sûrement pas heureux d'avoir des étrangers en plus dans leurs territoires.

Ça faisait peur, c'est tout ce que j'avais à dire, je doutais aussi, beaucoup. Il en arrive des choses au personnes qui prennent ce chemin. Torture, finir vendu… Voyant que je commençais lentement à m'assoupir, mon frère me pris dans ses bras et je m'y suis endormi. Sans coup de feu, sans bombes à proximité, juste avec le bruit des vagues, c'est vrai qu'on dormait beaucoup mieux. Je ne pourrais jamais assez remercier mes parents pour ça. Pour tout ce qu'ils ont sacrifié, leur vie, leur avenir, leur raison de vivre. Avec le temps, nous sommes devenus leur raison de vivre. Cet amour que j'ai avec eux, je ne le retrouverais nul part. L'amour familiale est inconditionnel unique en son genre.

 Le lendemain matin, je me réveillai de nouveau là où je m'étais endormi, dans les bras de mon frère. Il ne m'avait pas lâché de toute la nuit... Ezekiel n'avait jamais pris soin de moi comme il l'avait fait aujourd'hui, et je crois que c'est juste moi qui m'étais donné un mauvais avis dessus depuis le début. Ce n'est pas lui qui ne voulait jamais jouer avec moi, c'est moi qui l'évitais à chaque fois qu'il me posait la question. Je pense d'ailleurs que si on avait pris le temps de se connaitre, tout cela aurait-elle été bien différent. En ouvrant les yeux, j'aperçus assez proche de nous, la côte. La côte turque. On avait réussi la première partie de notre voyage. Mais ce n'était que le début, car au lieu d'être sept, nous n'étions plus que trois. Moi, mon frère et une autre femme. Où était donc tous les autres ? On était vraiment seuls ? Ils avaient osé nous abandonner, malgré l'énorme somme que mes parents leur avaient donnée. Ils avaient osé nous abandonner malgré la promesse du passeur. Quels connards...

 – Karyme, où sont les autres ? me demanda Ezekiel d'une voix endormie.

 – Ils sont partis sans nous. On va devoir continuer seul, à pied, et ça fait vraiment chier.

 Ç'a surpris mon frère, mais il n'a pas réagi plus que ça. J'aimais sa façon de toujours garder son calme, dans presque toutes les pires situations. Il a toujours eu cette âme de meneur, de leader, il a toujours été devant. Ezekiel descendit du bateau gonflable, et je le suivi. Il marchait sans regarder derrière.

– Et elle ? Elle est enceinte, tu comptes vraiment la laisser là ?

– On ne peut pas sauver tout le monde petit frère. Au bout d'un moment, il faut vivre uniquement pour soi.

On a continué d'avancer, et je me suis dit qu'il avait sûrement raison. Même mes parents n'ont pas pu être sauvé. Alors, le cœur serré, j'ai continué de marcher dans ses pas, en me disant que tant que je serais avec lui, je ne risquerais rien.

– EH ! Vous là-bas ! Rentrez chez vous ou j'appelle directement les autorités !!! Vous êtes sur une propriété privée !

Ça commence. Je ne comprends pas ce que ça leur coûte de nous aider, on est littéralement le pays voisin, le peuple d'à côté. Le jour où ils seront en guerre, ils feront bien la même chose, se réfugier chez les autres. C'est à ce moment que, pas très loin, j'aperçu une petite camionnette ouverte, le moteur toujours allumé. Je lançai un regard à mon frère, qui ne comprit pas directement, c'est normal, on était loin d'être complice lui et moi. C'était une solution.

– T'es complètement fou Karyme, c'est la pire idée que n'importe qui pourrait avoir.

– Les autorités turques auront largement le temps de nous retrouver si on traine à pied. Et on finira enfermé, alors que mama a travaillé pendant des années pour payer ne serait-ce que le début du voyage. T'as une meilleure solution peut-être ?

Il soupire, il n'en a pas. On court jusque vers le véhicule ouvert, mais l'homme me rattrape avec une telle facilité, qu'il me tire facilement contre lui, comme un vulgaire objet.
— Qu'est-ce que t'essaye de faire là ?! Bien connus pour voler ces arabes ! Tu ferais mieux de retourner dans ton pays au lieu d'encore rajouter des conneries !!!

Il m'a jeté par terre, contre une pierre, sans aucune pitié. Je retournerais volontiers dans mon pays si je pouvais y vivre comme vous vivez ici, en Turquie, libres, mais je n'ai pas cette chance. Estimez-vous heureux au lieu de vous en prendre à nous merde. Le monde est fait d'injustices. J'étais affalé par terre sans aucune force pour me relever. J'entendis mon frère redescendre du véhicule et s'en prendre à cet homme. Puis, c'est comme si j'étais retourné dans le passé, mon père se battant contre son propre meilleur ami. Celui qui nous avait tout pris.

Ce n'est pas la vie que je voulais mener.
— Eh oh Karyme. Tu m'entends ? On va partir d'ici, on va s'en sortir, mais pour ça tu vas devoir t'accrocher à moi comme tu t'accrochais à baba quand tu étais petit. Que tu y mettes tout ton cœur, c'est à peine le début, on est loin d'y arriver.

Il me prit sur son dos avant que je ne puisse répondre quoi que ce soit, et m'installa dans la voiture avant d'appuyer sur la pédale d'accélération. Doit-on vraiment lutter comme ça pour avoir la même liberté que les autres ? Qu'est-ce qu'on avait fait pour mériter ça ?...
— Bon Ezekiel, est-ce que tu sais conduire au moins ?
— Enfin, quelle question. Bien sûr que non. me répondit-il. Fais-moi confiance.

Il roula juste le temps de s'éloigner de cette maison, et s'arrêta un peu plus loin. Si ce n'était que le début, alors je craignais déjà la suite. Mon frère, assis à côté de moi sur le siège conducteur, a déroulé son keffieh, et a trouvé une bouteille d'eau rangée sur la portière.

– Viens là, je vais pas te manger. me dit-il en voyant que j'hésitais. Faut désinfecter ta plaie avant que ça empire.

Je lui faisais confiance évidemment, mais on n'avait jamais été aussi proche. Nous sommes encore des inconnus l'un pour l'autre, toutes les années passées dans la même maison, le même lit, les mêmes vêtements, ne changent rien. Je l'ai finalement écouté, et je me suis rapproché. Avec ce foulard qui porte des milliers de souvenirs en lui, les souvenirs de toute une vie, il a recouvert la plaie sur ma côte après l'avoir désinfectée avec de l'eau. C'était nouveau. On a repris la route, dans un silence tranchant. J'espérais qu'il n'avait rien à dire, mais si.

– Est-ce que... tu pensais vraiment que je te détestais pendant toutes ces années Karyme ?

Génial, c'était le dernier sujet que je voulais aborder. J'étais trop sensible. Je préfère ne pas en parler, pas dans ces circonstances.

– Tu ferais mieux de te concentrer sur la route... l'évitai-je.

– J'aimerais vraiment savoir s'il te plait...

– C'était il y a longtemps. C'est passé maintenant Ezekiel.

– Pas pour moi. Karyme, comment veux-tu qu'on avance si t'arrive même pas à avoir assez confiance en moi pour m'en parler ? Je suis désolé d'accord ? Puisque tu ne comptes pas me le dire, je tiens au moins à m'excuser, peut-importe ce que j'ai pu faire. Je veux juste qu'on s'entende comme frères.

Ce n'était rien de bien grave, je me sentais juste à l'écart, un peu beaucoup. Parce que je ne le disais pas, mais j'enviais beaucoup Idris, le meilleur ami de mon frère. Moi aussi je voulais bien m'entendre avec lui, avoir la même relation complice. Je pense que c'est comme tout enfant, on a besoin de se sentir aimé. Mais j'ai été différent, je ne savais pas demander cet amour. Parce que j'ai toujours été trop introverti pour demander ça, trop réservé, et au final trop moi. Puis, le silence est revenu dans le véhicule, comme si cette discussion n'avait jamais existé, effacée parmi tant d'autres. Je n'osais pas trop lui parler, comme s'il m'avait brisé toutes ces années, alors que c'était juste moi qui avais dramatisé toute la situation, c'était moi le problème. J'ai perdu trop d'années à rester coincé, surtout avec mon propre frère, mon propre sang. Mais bon, il s'est excusé, sans savoir pourquoi, c'est lui le plus fort dans cette histoire. C'était l'occasion de lui pardonner, de faire la paix avec, même si je devais dans un premier temps faire la paix avec moi-même. On se dirigeait vers une nouvelle vie, ce qui menait à de nouvelles relations. C'était ce qu'il nous fallait. Tourner la page, voir brûler le livre.

Chapitre 2 Karyme

Il n'y a pas d'étrangers sur terre.

Un mal de cou horrible me tira hors de mes rêves, quelqu'un toquait sur ma vitre. Ça a fini par me réveiller moi, pas mon frère. J'ouvris la vitre à l'homme, grand et imposant, qui devait être un douanier.

– Bonjour, j'aurais besoin de vos papiers.

Quels papiers ? Je suis censé en avoir ?

– Excusez-moi, mais de quoi parlez-vous ? Je lui demande finalement, alors que mon esprit retrouve lentement conscience, et qu'il n'est plus à la maison.

– Vos papiers bordel, carte d'identité, passeport... Enfin, d'où venez-vous ?

– De Syrie.

Ce n'est qu'après l'avoir dit que j'ai regretté, personne n'aimais les Syriens. Parce que très vite, on devient des réfugiés, un poids en plus sur leurs épaules, sur les épaules de leur État et leur économie. Est-ce qu'il allait nous renvoyer chez nous ? Est- ce que tout ce trajet n'aurait servi à rien ? Est-ce que tout était déjà perdu ? Il sorti un petit bloc note et un stylo de sa poche, et se mit à gribouiller quelque chose.

– Syriens, sans papiers, encore des migrants quoi. Purée vous vous êtes concerté pour tous essayer de passer la frontière le même jour ou quoi ? On va devoir vous ramenez chez vous, notre pays n'est pas suffisamment grand pour tous vous accueillir vous et vos problèmes. Venez avec moi, on va vous trouver un moyen de retour.

Je m'empresse de réveiller Ezekiel, et intelligent comme il est, a vite compris la situation. Je n'aurais pas dû parler. Déjà que je ne parle pas souvent, dès que je le fais, c'est pour dire que ce que je ne devrais pas dire. On suivit le douanier jusqu'à son bureau, on ne pouvait pas faire demi-tour alors qu'on venait à peine de partir, pas maintenant. Je refusais de gâcher tous ces efforts.

– Je ne rentrerais pas là-dedans avec vous. déclarai-je.

L'officier et mon frère se retournèrent, surpris de m'entendre. Surtout de m'entendre m'opposer.

– Excusez-moi ? Vous êtes sans papiers, donc hors la loi, et vous osez parler ?

– Qu'est-ce que tu fous Karyme ?! Arrête ça ! me repris mon aîné en arabe. C'est pas le moment.

Je l'ignorai, pour la première fois.

– Je compte continuer mon chemin, que vous le vouliez ou non. Je... On ne faisait que passer, ce n'est pas comme si on allait commettre quoi que ce soit, je suis bien conscient que vous voulez pas vous porter encore plus de réfugiés, mais vous auriez très bien pu être à notre place !

– Super... Il est pas possible ce gamin. soupira mon frère si doucement que je l'entendis à peine.

– Vous ne pouvez pas nous renvoyer dans un pays en guerre ! continuai-je. C'est juste inhumain de faire ça à des personnes qui souhaite juste la même liberté que vous avez en ce moment même.

– Karyme... Quand je te dis que t'es difficile comme enfant...

– Tu ne comprends pas, je ne suis pas difficile, mais réaliste il faut qu'on parte ! On mérite de vivre nous aussi. Tout autant qu'eux, je ne fais que défendre mon pays. On s'est mis à marcher dans le sens opposé, de plus en plus rapidement. Puis on s'est mis à courir pour le fuir. C'est dangereux, je sais. C'est complètement insensé, aussi. Mais pour mes racines, ça en vaudras toujours la peine. Est-ce que c'est normal de s'attirer autant de problème juste en voulant vivre ? L'Europe est peut-être la solution à des milliers de personne, mais elle se mérite, et pas qu'un peu.

L'officier qui nous avait arrêté est parti chercher un collègue avant de nous poursuivre. J'étais fort certes, mais ils étaient plus rapides et ont vite rattrapé mon frère.

– Où est-ce que vous pensiez partir comme ça ?! cria un homme. Vous êtes en état d'arrestation !

Mon frère a essayé de se débattre, de s'enfuir, mais l'un des deux hommes l'a plaqué au sol avant de sortir une arme à feu de sa poche. En la pointant contre mon frère, je compris la gravité de l'erreur que j'avais commise, rien qu'en les provoquant.

– Apparemment c'est loin d'être clair pour tout le monde, mais vous êtes sur le territoire grec, et on n'a pas besoin de plus de migrants et de réfugiés comme vous ici. Vous croyez que garder avec nous des centaines de personnes comme vous c'est simple tous les jours ? Vous n'aviez qu'à mieux gérer votre pays, ne pas vous laisser faire depuis le début. Alors maintenant c'est à vous, on ne vous demande pas grand-chose, juste un peu de conscience. Votre ami ou vous venez avec nous.

Un dilemme, simple mais complexe à la fois. Je n'aime pas porter ce genre de responsabilité sur moi. Porter en moi la possible mort de quelqu'un, décédé par ma faute.

– Karyme, pars d'ici, laisse-moi là. Papa et maman avaient raison de te choisir comme fils préféré. Vas-y tant que tu es libre.

Comme fils préféré ? Ça a toujours été toi pourtant, à leurs yeux je n'étais qu'un garçon solitaire. Je ne pouvais pas le laisser là. Je ne comptais pas le faire de toute façon. Il était la seule famille qu'il me restait actuellement. Le seul morceau de famille auquel je pouvais encore m'accrocher.

– N'osez même pas toucher un seul cheveu de mon frère.

– Alors viens simplement avec nous, sale arabe. On ne te demande pas grand-chose

– T'as pas intérêt à commettre cette erreur Karyme. Tu as littéralement la liberté entre tes mains. râla Ezekiel.

La liberté ou mon frère. C'est dur au premier abord, mais le voir à terre, une arme pointée sur lui ne me laisse pas vraiment le choix. Il a toujours fait partie de moi, autant mourir avec lui que de continuer seul. Voyant que je prenais trop de temps à réfléchir, l'homme lui tira dans l'épaule, et dès que le cri de douleur d'Ezekiel me parvint, ce fut trop.

Je me jette sur l'homme en me mettant à le frapper de toute mes forces, ce qui ne faisait qu'empirer les choses. Même les mauvais souvenirs, surpassés par la colère n'ont pas pu ressurgir. Je ne voyais que la haine, le besoin de défendre ce qui m'appartient, et pour être honnête, je ne me pensais pas capable d'être énervé comme ça. Moi qui ai toujours été de nature calme et tranquille, je ne m'étais encore jamais énervé contre personne. Mon adrénaline, qui a fini par redescendre, j'ai fini par m'arrêter et le laisser tranquille, lorsqu'il n'était presque plus conscient. Son collègue m'attira en arrière, pour m'assurer de m'éloigner de lui.

Papa, maman, est-il vraiment nécessaire de s'en prendre au gens pour être libre ? Se battre, se faire du mal, aux autres comme à nous, pour la même chose ? Pourquoi on ne peut juste pas tous naître dans des situations égales, obligés de vivre dans un monde qui nous monte les uns contre les autres pour des simples origines ?... Pourquoi notre peuple innocent ? Pourquoi nous ?...

Ç'a m'a tout fait remonter. Mais merde, qui pleure comme un bébé du haut de ses vingt-cinq ans ? Pendant que mon frère s'est occupé de celui qui me tenait, histoire de m'en débarrasser, je me suis laissé faire. J'étais plus émotionnellement que physiquement fatigué. Ce n'était rien, par rapport à ce que pouvait vivre des tonnes d'autres migrants, mais j'avais ce sentiment qu'à l'intérieur de moi, c'était tellement plus. Devoir lutter contre sa volonté sera toujours plus. Je me suis laissé glisser par terre.

– Je t'avais dit de partir ! Pourquoi t'es resté ? T'as gâché la chance de ta vie !

– Parce que tu vaux plus que ma liberté Ezekiel, tu vaudras toujours plus. lui ai-je avoué.

J'ai à mon tour enlevé le keffieh que je portais sur la tête pour recouvrir la plaie de mon frère. Je devrais la nettoyer pour éviter que ça s'infecte, quand je le pourrais. Ce n'est pas toujours à portée de main. Ensuite, il m'a pris dans ses bras comme si on ne s'était pas revus depuis des années, un câlin rempli d'amour pour la première fois. Nos cheveux nous tombaient dessus, ils étaient longs depuis la dernière fois qu'on les avait coupés. C'était rare que je les laisse comme ça, même s'ils étaient beaux.

– Bon sang, tu ne peux pas savoir comme je t'aime Karyme. Je ne sais pas ce qui t'as fait croire que je te détestais, tu es littéralement la personne que je préfère dans ce monde, peu importe ce qui nous sépare. Maintenant, il faut qu'on continue notre chemin. On va devoir marcher jusque vers les côtes grecques en direction de l'Italie.

– On en a pour des mois... je me plains.

– On en as pour maximum deux semaines. Viens, on va s'acheter à manger.

Je mourrais de faim, et même s'il ne s'agissait pas d'un repas de roi, j'y étais déjà habitué en Syrie déjà, ça m'irait, peu importe de quoi il s'agissait. Plus jeune, et tout au long de mon enfance, trouver de quoi se nourrir a toujours été un problème. Car depuis l'influence du président, les grands marchés se retrouvent vides, encore pire pour la petite supérette proche de chez nous. Il n'y avait pratiquement rien, si ce n'est que quelques paquets de riz, et des fruits et légumes sûrement périmés. Étant donné la place autour de chez nous, mes parents avaient pris l'initiative de faire leur propre petit jardin, nous emmenant à devenir une des rares familles à manger convenablement, même si nous nous retrouvions toujours à nourrir la moitié du quartier. J'ai toute ma vie été nourris de légumes, alors ça ma plus remonté le moral qu'autre chose d'aller manger. On s'est levé pour aller dépenser le peu d'argent que nous avions encore sur nous. Et à cet instant précis, une seule pensée tournait dans ma tête, plus forte que ma voix intérieure.

Je ne me suis jamais aussi bien entendu avec mon frère.

***

Nous étions en train de marcher, et manger en même temps. On n'avait pas de temps à perdre, convaincre le vendeur de nous laisser acheter quelque chose avec notre argent n'a pas été simple. Heureusement qu'il s'agissait d'un simple vieil homme. J'avais encore mal aux côtes après que cet homme près de la mer m'avait jeté par terre, mais je ne me plaignais pas. Pas à côté de mon frère qui avait une balle dans l'épaule. Jusque aujourd'hui encore, on n'avait rien connu d'aussi violent. Malgré le peu que j'avais mangé, j'ai continué d'avancer tranquillement jusqu'à ce que :

– On doit de nouveau essayer de traverser la frontière. m'annonça mon grand frère.

Ça me faisait peur, car je savais qu'ils ne voulaient pas de nous dans leurs pays, jamais. Comme un peu tout le monde.

– On va y arriver d'accord ? Pour nos parents... On est plus très loin.

C'est vrai. Alors au milieu de la nuit, on s'est mis à partir. Moins de gens nous verraient à cette heure-ci, enfin, c'est ce que je croyais. Leur pays sont constamment surveillés. En s'approchant de nouveau de la frontière, il y avait évidemment des douaniers, mais différents de ceux d'avant, chacun avait ses heures de travail. Ils étaient étranges, puis ce

sont immédiatement dirigés vers nous avec des bouteilles d'alcool dans les mains.
 – Qu'est-ce que vous faites ici ? Vous êtes Arméniens ? Libanais ? Palestiniens ? À vous voir je miserais sur Syriens quand même, vous êtes tous pareil à croire que traverser les frontières est un jeu d'enfant.

Cette fois-ci, je n'osai pas répondre. Car il faut croire qu'on apprend de ses erreurs.
 – Répondez ! D'où venez-vous ? Nous menaça-t-il une deuxième fois.

Ils étaient quatre, et à cet instant, j'avais l'impression d'avoir un monde entier contre moi, de devoir me battre sans arrêt. Tout ça à cause d'un endroit qui ne leur plait pas. Un endroit que, si j'avais eu la possibilité, je n'aurais jamais quitté. L'un d'eux, j'ignore lequel, me poussa par terre avant de m'assommer de coup de pieds. Je n'avais même plus assez de force pour me défendre, prenants juste les coups et les crachats sur moi. Je ne pouvais plus lutter, j'étais juste, fatigué, de tout.

 – Vous n'aviez qu'à mieux gérer votre pays, vous défendre ce n'est pas la mer à boire. Est-ce que c'est de notre faute si vous vous faites la guerre sans cesse ?! On n'y est pour rien alors pourquoi ce serais à nous de gérer votre bordel ?!!

Les rebelles ont fait tout leur possible, ils continuent sans cesse. Mais même cette majorité de notre population ne peux rien contre un gouvernement entier. Personne ne peut rien à vrai dire. À partir de là, je n'entendis plus rien, plus qu'un long son continu. Lentement, mes yeux se ferment. Je perds connaissance au milieu de trois douaniers, et, sous les yeux de mon frère retenu par le quatrième.

– Je vais vous le faire payer ! PERSONNE NE TOUCHE À MON PETIT FRÈRE ! fulmina mon aîné.

C'était un après-midi calme, enfin, une définition de calme en Syrie signifie juste moins de coups de feu que d'habitude, moins de mort, un autre jour dispensé de cours. Pour la première fois, je jouais avec mon frère, Idris et Amira. On jouait à cache-cache comme des enfants normaux. Je faisais équipe avec Amira, et Ezekiel avec son meilleur ami. On les avait cherchés tout l'après-midi, dans toutes les cachettes que nous connaissions, sans les trouver. Tout allait bien jusqu'à ce qu'on entende une bombe, plus proche de nous que d'habitude, elle retentit jusqu'ici. Comme réflexe, nous avons abandonnés nos recherches pour aller se cacher dans une petite cabane en bois. L'un en face de l'autre, bien trop proche, à l'époque ça ne nous faisait rien, nous étions trop jeunes pour comprendre. Et puis, c'était dans mes habitudes la proximité avec les autres.

– Tu as de beaux yeux Karyme. m'avait finalement dit Amira.

Elle était très intelligente à son âge, beaucoup plus que tous les autres, je l'aimais bien.

– C'est vrai ?

– Oui. On dirait que tu as tes deux parents avec toi. Tu n'as pas plus de l'un ou de l'autre, pas de préféré.

Elle avait raison. J'avais un œil de ma mère, et un de mon père. Un vert, un brun. C'était un peu mon porte bonheur personnel, mes yeux vairons. Alors qu'elle avait des yeux bleu azur perçants.

– Merci beaucoup Amira.

D'un coup, la porte de la cabane s'entrouvrit, et nos frères apparurent. Ils paraissaient immenses face à nous. C'est souvent le sentiment qu'on a, lorsqu'on est le dernier.

– On a cru que vous vous étiez perdus ! Et on vous a pris des glaces. Elles sont à la vanille, et une au caramel pour Karyme.

Idris et Ezekiel s'étaient souvenus que je ne supportais pas bien la vanille. Depuis tout petit, personne n'as jamais su d'où ça venait. Lorsque j'en mangeais, je me sentais mal pendant des heures. Rares étaient les fois où ils s'en souvenaient, pour une fois, je me sentais vraiment spécial. Et à ma place, entouré des bonnes personnes.

Chapitre 3 Lucyiahna
Les gens ne se regardent plus dans les âmes.

– Comme vous le savez très bien, vous aurez votre propre collection miniature à proposer au défilé de fin d'année qui comptera pour soixante pourcents de votre examen. Trois juges d'haute école seront présents, et vous avez une chance d'y gagner une place. Je reste à disposition pour de l'aide ou des conseils, mais avec tout ce que vous avez appris, vous devriez être capable de faire l'entièreté seul. Couture, inspiration, modèles, photos, compositions et tout ce que vous avez appris sur les cinq dernières années.

Justine Monroe était ma prof depuis trois ans maintenant, strict quand il le fallait, mais tout autant adorable. Elle nous faisait passer un document sur ce fameux examen, sous forme de défilé, et photos. J'ai toujours été talentueuse, la mode a toujours été mon domaine, je savais que je l'aurais cette place facilement.

– Ça vous laisse un peu moins de six mois pour effectuer ce travail, créer dix tenues complètes différentes. Oh et, évidemment votre programme scolaire sera allégé. Bien que vos présences n'aient jamais été prises en compte, vous n'aurez plus que deux jours de cours par semaine au lieu de cinq. Bien évidemment, je reste à votre disposition comme je travaille toujours la semaine complète avec les 1ères, 2ème, 3ème, et 4èmes années. Il n'y a que trois places dans cette école, alors donnez-vous à fond, même si vous avez d'autre projet pour votre futur.

Je lui ai lancé un regard. J'aurais une place peu importe les efforts que Sadie Jasmine osera mettre dedans. La fin de l'heure arriva, et c'est vers moi que cette sorcière se dirigea en premier.

– La première place m'appartient d'office Luce. Ils n'ont pas besoin de filles à papa dans leur école. Mais enfin, tu pourras te contenter de la troisième place, si tu y arrives.

– Par pitié, épargne-moi tes commentaires Sadie. Je n'ai pas besoins de l'argent de mon père pour m'en sortir. J'ai assez de talent pour ça.

Je suis partie avant qu'elle ne me sorte la liste entière de ses commentaires rabaissants. À la fin de ma journée, je ne pris pas le temps de faire un détour par la plage, et rentra directement chez moi. Il arrive de ces jours où mon chauffeur personnel s'occupe déjà du reste de ma famille, et n'a donc pas la possibilité de me ramener des cours. Lorsque je voulus ouvrir la porte de ma maison, quelqu'un le fit déjà de l'autre côté. Il ouvrit si brusquement la porte que je me la pris en plein visage. C'était mon père, sans surprise. Il me lança un simple regard avant de continuer sa route. On ne se parlais plus, plus depuis qu'il avait toute cette richesse, enfin, on s'évitait plutôt du mieux qu'on pouvait. Ça lui montait à la tête, le pouvoir. Même si je mourais d'envie de me retourner pour lui demander de s'excuser, je décidai de ne pas plus le déranger et entra dans la maison. Excuse ou pas, c'est sans l'intention du cœur. Puis ce fut au tour de mon grand frère, Giovanni. Il me passa à côté, sans même me saluer ou me demander si ça allait.

– Eh !!! C'est ma casquette ça Gio' ! Je...

Il referma la porte derrière lui avant que je ne puisse terminer ma phrase. Je monte dans ma chambre, encore de pire humeur. Alors au lieu de me lancer dans mon travail directement et de prendre de l'avance, j'enfila un maillot de bain sous un short et un pull léger. Autant profiter de l'été tant que nous en avons encore.

Je ne pris que mon téléphone, mes écouteurs, un linge et un magazine avant de sortir. Ça pourrait m'occuper pendant de bonnes heures. Parfois je me demande à quoi sert ce genre de manoir si c'est pour tous passer nos journées dehors, sans jamais se voir. À quoi ça sert de posséder une maison si grande si on n'est même pas foutus d'être une vraie famille ? Je me pose très souvent cette question, quoique tous les jours, mais cette fois, j'ai décidé de la laisser de côté en arrivant à la plage. C'était un petit coin que très peu connaissait, mais qui restait le plus beau. Je dis très peu car il n'y a que moi et Arlocea, que tout le monde appelle Arlo, qui venons régulièrement. Ce garçon est un véritable poisson, car il nage tout le temps, sans s'arrêter. Par le plus grand soleil, comme par les pluies les plus violentes, c'est sa passion. Mais aussi parce que quand je suis emmitouflée par quatre couches de vêtements en hivers, il trouve le courage de plonger dans la mer. Enfin, il vit au jour le jour sans s'inquiéter des autres, et c'est ce qui le rend lui-même, Arlo.

J'installe ma serviette sur le sable, encore un peu chaud. Je me mets en maillot de bain et vais le rejoindre dans l'eau tiède.

– Tiens donc, ce ne serait pas notre petite sirène ?

Et c'est comme ça qu'il me surnomme parfois, car il est l'une des rares personne à m'avoir rencontrée quand j'étais encore rousse. Rousse d'un rouge très violent, je suis passée par presque toutes les couleurs, avant d'en revenir au blond simple. Juste l'entendre parler me fais du bien. Entre mon frère qui ne fait que se bourrer la gueule, mon père devenu aveugle d'argent, presque sur le point de divorcer avec ma mère, qui se trouve actuellement à Hawaï, pour "se retrouver elle-même", profiter de l'argent de mon père surtout oui, j'ai du mal à trouver mon espace. Alors oui, bien sûr que c'est dur. Qu'en plus d'une famille dispersée, la ville entière me déteste car ils m'ont connu quand oui, j'agissais encore comme la fille arrogante à papa. La pute au sens propre du terme. Car il y a bien des années où mon argent de poche était plus élevé que celui cinq personnes réunies, et je m'en ventais constamment. Par-dessus tout ça, c'est sûr que ça fait du bien d'être avec quelqu'un qui m'apprécie malgré ce passé peu charmant.

– Eh oh Luce, ne pense pas à tout ça maintenant, profite avant que l'eau ne devienne trop froide et qu'on doive commencer à se contenter de piscine intérieure. La mer restera toujours mille fois mieux. me rappela Arlocea, me sortant de mes pensées.

– Tu as raison, approuvai-je en me mettant sur le dos. Mais c'est fatiguant tu sais, une famille si dispersée. Elle est parfaite la tienne.

Parfois je crois qu'Arlocea est juste le psy que mon père ne veut pas me payer pour ne pas faire mauvaise impression.
— Lâche ça petite sirène, viens juste nager avec moi. Laisse ça de côté un moment d'accord ? Juste le temps de profiter.

C'est ce que j'ai essayé de faire les heures suivantes, des heures à penser à autre chose, m'éloigner de mes mauvaises pensées pour me concentrer sur le bon de ma vie. Il y a plusieurs choses dont je ne me plains pas, et que j'aime.

— D'ailleurs, j'ai un défilé dans quelques mois, en décembre, je dois avoir une collection et trois mannequins, dont un qui sera sûrement moi si je veux arriver aux dix tenus demandées. Je sais pas si je vais pouvoir réussir.

— Tu vas gérer Lucyiahna. J'aurais bien voulu t'aider mais j'ai vraiment pas mal d'examens en fin d'année aussi, et je pars en Australie en fin décembre normalement, si tout se passe bien. Mais tu trouveras. Je suis vraiment pas bien calé en matière de vêtement en plus, je vais pas pouvoir t'aider en grand-chose. Tu comptes faire sur quoi d'ailleurs ? Je t'avais proposé le Moyen-Orient c'est–

J'explosa de rire. J'étais loin de devenir la fille parfaite, il me restait quelques parcelles de la Lucyiahna arrogante bien sûr. Souvent, j'étais peu ouverte d'esprit.

— Arlo ! C'est un défilé qui me vaut une place dans la plus prestigieuse école de mode d'Italie ! Je ne peux pas me permettre de le faire sur le principal lieu d'émigration du monde ! Les juges ne rigolent pas sur les thèmes choisis.

J'étais littéralement en train de mourir de rire ! J'aime mon meilleur ami évidemment, mais lorsqu'il me sort des choses comme ça, ça a le don de m'énerver intérieurement. Je crois qu'il ne voit pas à quel point c'est compliqué, et qu'une partie de ma vie tient sur cette collection. Non mais sérieusement, sur des migrants quoi, comme si on n'en entendait déjà pas trop parler de leur guerre, conflit, génocide... Ce n'est pas à nous de gérer ça bordel.

– Je sais que tu es en option géographie et citoyenneté Arlo, je sais que tu adore me sortir ça, mais c'est non.

– Je parle sérieusement Lucyiahna. Ça te ferait sortir du lot justement !

– Tu comprends pas sérieusement ! C'est super important pour moi d'accord ? Je peux pas me permettre de travailler sur un thème aussi... Peu adapté à ce genre d'évènement. C'est impossible.

– Là c'est toi qui me dégoutes Luce. Moi je te dis que c'est ta chance d'avoir une marge par rapport aux autres. Si tu as l'incroyable talent que tu es censé avoir, ça ne devrait pas être un problème. Remets-toi juste en question, il n'y a rien de "peu adapté" là-dedans comme tu le dis.

Il est sorti de l'eau. Bien sûr qu'on s'était déjà disputé, mais c'était il y a longtemps.

– Arlocea ! Attend s'il te plait !

Cependant, il était déjà loin. Je me retrouvai seule dans l'eau froide de la mer, comme une conne en train de se faire larguer. Ce n'est pas la première fois. Puis je me suis dit que j'allais rentrer, ce n'étais pas pareil sans lui. J'ai fait quelques dernières longueurs avant de me sécher et de me rhabiller. En passant par un raccourci, je revis les mêmes gars qu'à chaque fois. Je détestais les voir, surtout lorsque mon humeur n'était pas au top...

– Coucou toi. Je t'ai manqué petite salope ?

– Non Lynch, laisse-moi juste rentrer en paix, c'est pas le moment.

– Et alors ? Qu'est-ce que tu vas faire si j'ai pas envie ? Appeler ton père qui n'en a rien à foutre ? Aller chercher Giovanni qui se bourre la gueule depuis des heures ? Ton ami le gay avec qui tu viens de te disputer ? Tu n'as personne Luce, tu n'as que moi.

Bon sang, qu'est-ce que les hommes sont incapables de comprendre dans le mot non ?

– Lynch, s'il te plait... Tu sais très bien que je ne veux pas.

– Oh, arrête. Lucyiahna, je le vois sur ton visage. On est sorti ensemble je te rappelle, tu ne peux pas mentir.

Malheureusement.

– J'ai des cours importants...

– Une seule nuit mon cœur... Une dernière.

– Lynch, j'ai dit-

Sauf que ses lèvres étaient déjà sur les miennes avant que je ne puisse répondre. Mentalement, notre séparation n'allait que dans un seul sens. Je ne pouvais rien lui refuser, car je l'ai aimé et qu'une partie de moi l'aimeras toujours. Je l'ai laissé m'ensorceler une fois de plus, alors que je m'étais promise de ne plus jamais retourner vers lui, vu comme il est toxique. Son plus grand défaut était ses mains. Trop baladeuse, trop addictives, trop tout, tout comme lui.

– S'il te plait... Je ne peux pas m'amuser sans toi mon cœur...

Ce n'est pas pourtant ce que tu fais depuis notre rupture ? Je te hais.

– Une dernière. insista-t-il.

En fait non, je me déteste. C'est de ma faute si je retombe là-dedans.

***

J'ai accompagné mon ex petit ami à cette fameuse fête, avec beaucoup de personnes bien plus âgées que moi, comme toujours. Je me sentais souvent à l'écart, trop petite pour les autres. Mais ce qui compte c'est que je sois avec Lynch, celui qui animait toutes les fêtes. Ce que j'admirais chez lui, c'était sa facilité à assister à ce genre d'évènement sans jamais prendre une goutte d'alcool, mais aussi à se réveiller le lendemain, à six heures du matin sans difficulté. Alors souvent, je me dis, pourquoi j'ai rompu avec lui ? Et je me rappelle qu'il a deux énormes défauts, en plus de ses mains. Il est infidèle et ne prend jamais en compte mes sentiments.

– Ce n'est pas la casquette que je t'ai offerte il y a deux ans ?

En me sortant de mes pensées, Lynch toujours collé à moi me montre mon frère, qui porte effectivement ma casquette.

– Si, c'est juste qu'il ne m'écoute jamais, alors c'est difficile.

– Récupère là, je veux que ce soit toi qui la portes. En attendant, viens avec moi.

Il m'a tiré avec lui, dans un coin un peu plus à l'écart. Je savais ce qu'il voulait, je ne connaissais que trop bien ce regard. Sauf que je n'étais pas encore prête à le refaire avec lui, pas après ce qu'il m'a fait. En fait, juste l'envie d'avoir ce genre de relation avait disparu. Je me suis donc dégagée de lui avant de ne pas réussir à refuser.

– Qu'est-ce que tu fais ? Je t'aime Lucyiahna ! Je t'aime mais je n'ai pas l'impression que tu le remarques. On pourrait recommencer, s'aimer à nouveau. C'était juste une erreur !

Ce n'est que mon argent qu'il souhaite, pas moi. Et le coup de l'erreur un peu trop volontaire ne fonctionne plus non plus.

– Écoute, c'est terminé entre nous, depuis longtemps Lynch. Je ne veux pas recommencer.

– T'es qu'une conne Luce, sans moi tu serais encore une putain de vierge et personne ne voudrais de toi. Je t'ai aidé merde ! Tu ne prends jamais la peine de me remercier.

Et voilà, la logique de certains hommes. Dès qu'ils n'ont pas ce qu'ils veulent ou qu'ils n'ont plus besoin de toi, ils t'insultent de pute et s'en vont. Mais j'ai décidé de partir moi-même cette fois-ci. Arlocea est la seule personne en qui j'ai confiance, et pourtant, j'ai encore réussi à fragiliser notre lien.

Je t'ai proposé les pays du Moyen-Orient, c'est super beau. Tu verras, ça te fera sortir du lot !

Peut-être que c'est ça qu'il me faut. Quelque chose que je ne maitrise pas. Si j'y arrive, c'est sûr que j'aurais cette place. Peu importe ce que ce garçon osera me dire, je sais que tôt ou tard il finira par avoir raison. Alors je lui envoie un message en vitesse.

T'es un génie Arlo, je vais travailler là-dessus.
Excuse-moi de m'être énervée pour rien

Il ne répondit pas tout de suite, mais ce n'est pas grave. Il n'utilise que peu son téléphone, rarement des réseaux sociaux. C'est sûrement pour ça qu'il est différent, il n'a pas un cœur endommagé comme le reste de notre génération. Je ressors rapidement mon téléphone pour envoyer autre chose.

> Au fait, j'ai recroisé Lynch, et j'ai un peu dérapé.
> Je sais pas comme mettre fin à cette relation toxique.
> Je sais que tu sais comment m'aider <3

Je termine le chemin jusqu'à chez moi, et décide de commencer ma collection pour penser à autre chose. J'espère souvent fuir mes problèmes qui ne font que me courir après. Ce qui, sans surprise, n'est jamais une solution.

Chapitre 4 Karyme

Tout ce qui brille n'est pas de l'or.

Je suis allongé sur quelque chose de confortable. Pour la première fois depuis des années, je me sens presque vraiment bien. En rouvrant les yeux, je vis que je n'étais plus recroquevillé au sol avec ces trois douaniers complètement bourrés. Je me trouvais dans une grande pièce, sur un lit, avec deux voix discutant chacune d'un côté du lit. Une étant celle de mon frère, l'autre inconnue. Je me redressai avec peine, comme si on m'avait jeté d'un immeuble de cinquante étages. Toutes ces courbatures me donnaient l'impression d'être entre la vie et la mort. J'avais, en plus de ça, mal à la tête comme je ne l'avais jamais eu. Où est-ce que je me trouvais maintenant ?

– Karyme... J'ai vraiment cru que j'allais te perdre cette fois-ci.

– Je vais bien, je vais bien... On est où exactement ? En Italie ?

– Pas tout à fait. m'affirma la voix féminine. Nous sommes en Grèce. D'ailleurs c'est vrai que tu ne me connais pas encore, je vous ai retrouvés toi et ton frère proche de la frontière. Je n'ai pas eu besoin de mots pour comprendre tout le chemin que vous avez traversé. Je m'appelle Athéna Paeon, et je peux vous emmener en Italie si vous le souhaitez.

Parce que l'Europe c'est la voie de la liberté, et je vous promets de vous y emmener.

Pourtant il n'avait pas tenu sans parole, comme tous les autres. Ce passeur nous avait lamentablement abandonné en cours de route. Je ne savais même plus à qui faire confiance maintenant. Pourquoi voudrait-elle nous aider alors qu'on ne lui a rien donné ? Je n'en sais rien, mais elle demanderais quelque chose en échange, c'est évident. Ou alors je ne suis pas encore totalement réveillé.

– Juste comme ça ? Sans rien je veux dire.

– Je connais votre situation, j'aimerais vous aider comme on a aidé mes parents auparavant. Oui je n'ai besoin de rien, gardez pour vous ce qu'il vous reste, je sais que c'est précieux.

C'était étonnamment gentil de sa part, mais ça paraissait faux. Comme mon père l'aurait dit, il ne faut pas faire confiance et dans un premier temps se méfier de tout le monde, peu importe qu'ils aient l'air gentils ou non. Cependant, puisque mon frère ne se méfiait pas, je n'ai rien ajouté. Soit on s'en sortait, soit on tombait dans le panneau

– Vous feriez mieux de vous reposer après tout ça. Vous pouvez vous doucher, je vous donnerais des vêtements propres et quasi neuf. J'avais quatre grands frères, mais ils ne viennent pas souvent ici. Faites comme chez vous. Mais avant, je dois m'occuper de ta blessure Ezekiel.

Elle parlait comme si nous étions de vieille connaissance éloignée, alors que ça ne fait même pas vingt-quatre heures qu'on se connait. Athéna m'a donné des vêtements et je suis allé me doucher les laissant seul dans la pièce. J'allais enfin pouvoir me débarrasser de toutes la saleté de ces derniers jours. Face au miroir, je m'attendais à pire, mais ça allait en fin de compte. La lèvre fendue et quelques cicatrices, rien de grave, cette femme avait des dons en médecine, parce que dans l'état dans lequel j'avais fini hier, je ne pensais pas m'en sortir. Mon crâne continue de me faire mal, mais je n'y porte pas autant attention. Puis je me déshabille et file sous l'eau de la douche. L'eau chaude qui coule sur moi me détends, détends tous mes muscles un à un. Ça fait longtemps. Tellement longtemps que je serais tenté de dire jamais. Papa, maman, je profite pour vous.

Une fois en dehors de la douche, j'ai mis les habits qu'on m'avait donné, et cette fois le mot jamais aurait été adéquat. Car je n'ai jamais rien fait d'aussi réconfortant de toute ma vie. Je tenais mes autres vêtements sales que j'avais portés depuis la Syrie, jusqu'ici, en Grèce. Ezekiel n'était toujours pas sorti de la chambre dans laquelle on m'avait soigné. J'imagine que ça devait prendre du temps. Je les rejoins rapidement. Mon frère était assis, torse nu, sur un tabouret en bois, pendant qu'Athéna désinfectait sa plaie avec de petits outils. Elle était très précise et Ezekiel ne semblait même pas le sentir. Sa blessure avait pris de l'ampleur, mais la balle n'avait rien touché de grave. Effectivement, c'était moche. Tout ça à cause de moi en plus... Pour fini, elle passa un produit, puis un bandage tout autour.

– Tu peux laisser tes vêtements ici, je vais m'en occuper. Tu peux nous attendre sur la terrasse dehors.

Je ne proteste pas. Il fait un peu froid, mais ça va. Il n'y avait plus de coups de feu, plus de bombes à proximité, moins de risques d'être arrêtés, alors ça ne pouvait qu'aller mieux. Quelques minutes plus tard, mon frère apparu, le regard lointain et épuisé.

– J'imagine que vous avez faim ? me demanda la femme avant que je ne puisse demander à Ezekiel ce qui n'allait pas, j'en déduis que c'est juste un manque de sommeil.

Elle aussi avait le regard un peu lointain. Mais en regardant bien, je vis qu'il s'agissait juste de fatigue. Pourtant, ça ne faisait même pas un jour que nous étions arrivés ici.

– Je peux vous accompagner jusqu'en Italie. reprit-elle. Je dois aller cher mes parents de toute façon. Cependant, vous resterez toujours des étrangers pour eux. Ce sera difficile malgré tout, ils feront tout pour que vous ne vous sentiez pas chez vous.

Et je n'ai jamais su pourquoi. Nous sommes des humains tout comme eux alors pourquoi nous rejeter ainsi ? J'ai continué de faire tourner ma fourchette dans mon assiette sans prendre une bouchée, et pourtant, j'avais vraiment faim. Je crois que de me dire à quel point le monde est foutu me coupe l'appétit.

– C'est vraiment gentil de ta part. Merci beaucoup.

Toute la soirée s'est déroulée dans le silence, enfin surtout pour moi. Athéna et Ezekiel avait l'air d'avoir beaucoup à se dire, quitte à me laisser de côté. Je n'étais pas aveugle pour voir qu'il l'appréciait vraiment, c'était un coup de foudre. Et comme j'avais juste l'air de déranger, j'ai préféré me retirer. Je suis retourné dans la chambre dans laquelle j'étais ce matin pour me reposer. Rien qu'en m'allongeant, le sommeil ne tarda pas à me retrouver aussi. Je sombre profondément.

– Laissez les partir ! Prenez-moi si vous voulez quelqu'un, mais ne touchez pas à ma famille ! C'est tout ce que je vous demande…
Mon père se dévouait à chaque fois qu'il fallait. Pour lui, perdre sa famille se résumait à pire que perdre sa propre vie, nous étions les trois devenus sa raison de vire. Jamais il ne pourrait se résoudre à nous laisser tomber. Sans se soucier de rien, ils lui tirèrent dessus, son sang gicla jusqu'à nous. Le sang de mon père. Ma mère se précipita vers lui, ou ce qu'il en restait.
– Bahaa ! Non, tu n'as pas le droit de nous laisser comme ça... S'il te plait.
Un autre homme apparu et lui coupa la tête, là, sous mes yeux innocents d'enfant, celle-ci s'envola plus loin. Il ne restait plus que moi, j'étais seul. Seul face à toute cette violence, face au monde. Je m'en voulais. Je m'en voulais pour tout ce poids qu'on m'avait contre nature assigné. Tout ce poids que seul mes deux épaules de petit garçon ne pouvaient pas supporter. Je voulais les protéger, mais c'était hors de ma portée. Mon monde s'écroulait, tout s'écroulait lentement. Plus rien pour me rappeler qui je suis. Je n'étais plus personne au sein de cette société qui ne voulait pas de moi. Mon moi n'étais plus que rien, perdu au fond d'autres vies insignifiantes, tant de vies perdues.

Je me réveille en sursaut, repoussant mes draps étouffants. Lentement, mon souffle prend du temps à s'en remettre. Mes parents étaient encore en vie, je le savais, j'en étais quasiment certain. C'est ce que je voulais me persuader de savoir, car au fond, je n'en étais pas sûr du tout. En voyant qu'il faisait jours dehors, je fus surpris d'avoir dormi aussi longtemps. J'ai décidé de descendre et de retrouver mon frère et Athéna. Mais en les voyant dormir l'un sur l'autre, je n'osai pas les réveiller. On avait fait beaucoup jusqu'ici pour encore se priver de certaines choses. Je ne voulais que son bonheur, et le voir heureux comme ça après autant de temps m'a fait du bien. Le ciel étant magnifique dehors. À l'horizon, les premières couleurs de la journée apparaissaient tandis que le reste était encore sombre. Je suis sorti un moment lorsque j'ai vu mes vêtements étendus sur un étendoir, et un tabouret avec des papiers dessus. C'était les miens. La photo de mes parents en faisait partie.

Lorsque je revois leur visage sur cette image, c'est là que je remarque que moins je les vois, plus mon esprit commence à les oublier, les effacer de ma mémoire. Je ne veux pas les oublier, même s'il faut un moment où ça arrivera. L'inévitable n'attend pas longtemps. Je suis resté un moment à les observer, à me demander ce qu'ils pouvaient bien être en train de faire à l'heure actuelle. Regrettent-ils d'être resté ? Regrettent-ils d'avoir eu des enfants, sachant qu'ils auraient pu être ici, à notre place ? Je l'ai posé de côté avant de me pencher sur mes papiers d'identité. Alors j'en avais depuis tout ce temps ? J'aurais pu leur montrer ça, si c'est ce qu'ils souhaitaient tant, bien que ça leur aurait été inutile. Rien qu'à voir l'état.

Karyme Nasaeel, né le 1er septembre 1995, nationalité syrienne.

Nationalité la plupart du temps non reconnue en Europe, considéré comme réfugié avec de la chance. C'était tout ce que j'avais trouvé intelligent de prendre avec moi. En y repensant, il y a tellement de chose que j'ai laissé tomber là-bas. Parti sans dire aurevoir à mes connaissances, bien que la plupart soit juste en prison, peut-être à vie sans possibilité de revoir le jour. Finir torturé ou mort asphyxié. Je soupire un grand coup, avant de rentrer dans la maison, et apercevoir Athéna et Ezekiel, terriblement amoureux l'un de l'autre. C'était tellement beau à voir.

– On ferait mieux de se rendre en Italie rapidement avant qu'on vous retrouve. Vous avez bien semé la merde avec ces douaniers. Mais j'ai envie de vous dire, vous avez raison, ils faut qu'ils comprennent.

Son sourire m'apaise. Elle est la chance qu'il nous fallait, notre ange gardienne, et celle que le cœur de mon frère avait choisie. Il l'avait très bien choisie.

***

La route jusqu'en Italie a été très rapide. J'en ai presque oublié tout le trajet que j'avais fait avant. Il y a quelques jours, j'ai appris que la camionnette qui transportait les autres passagers du bateau avec nous, avait pris feu sur sa route. La plupart des choses arrive pour une raison après tout n'est-ce pas ? Au départ, l'idée de devoir reprendre le bateau me faisait un peu peur, surtout sur la mer. Mais en me souvenant qu'il s'agissait de la dernière ligne droite, je n'ai pas trop réfléchi et je suis monté. Nous étions sous le soleil, et il y avait beaucoup moins de vague que lors de notre traversée de la Syrie à la Turquie. Ce n'était plus la mer, et ni sur un radeau gonflable. Je me sentais bien, donc tout allait bien se passer.

– Et voilà, nous y sommes. annonça Athéna Paeon.

Je me réveillai sans même avoir pris conscience que je m'étais endormi, encore, c'était passé si vite.

– Je crois qu'on a affaire à un hypersomniaque là derrière.

Il m'a bien fallu une minute pour comprendre qu'elle parlait de moi. En même temps, il n'y avait que moi capable de m'endormir tout le temps, partout et en n'importe quelle circonstance ces derniers temps. Sauf que ce n'était pas entièrement le genre de fatigue qui se réglait par le sommeil, plus profond que ça. Lorsque qu'Athéna était en train d'amarrer son petit bateau, je remarquai un panneau avec l'inscription Paeon dessus. *Athéna Paeon.*

– Tu as une place à ton nom pour ton bateau, alors que tu vis en Grèce.

– C'est celui de mes parents, mais ils ne naviguent plus depuis longtemps. D'ailleurs, c'est chez eux que vous pourrez rester et–

– Nan Athéna c'est tout bon, on va de
débrouiller. la coupa Ezekiel.

– Je n'ai pas envie de vous voir passer par un de ces stupides camps de réfugiés et y rester à vie. Vous avez déjà assez souffert comme ça. Je vous invite.

– Des milliards de personnes souffrent, on ne sera pas épargnés pour ça. On subira juste le même sort que les autres et on s'en sortira, comme eux.

– Arrête Ezekiel, vous aller simplement venir chez moi et mes parents et tout se passera bien. Ils sont très gentils et sont seuls depuis longtemps, un peu de compagnie ne leur fera pas de mal.

— On va s'en sortir sans vous déranger. On va y passer et revenir te voir, je te le promets. J'ai raison Karyme non ?

Je me reconnecte à la réalité. En quoi ça allait les aider que je m'incruste dans leur petite dispute ? Pourquoi on me ramenait toujours tout sur le dos ?

— Tu veux jouer les grands frères protecteurs qui gèrent chaque situation au millimètre près, mais t'es tout aussi vulnérable que n'importe quel humain. Toi-même tu ne sais pas comment faire. Alors qu'est-ce que ça te coûte d'afficher tes sentiments, pour une fois, et de dire "Oui bien sûr que j'ai de la peine pour tes parents qui sont tout seuls. En fait, je dis ça pour cacher mes intentions et mes sentiments, car j'ai réellement aucune envie de me séparer de toi. Alors oui, j'accepte malgré que mon ego soit un peu touché par cela, de rester avec toi jusqu'à ce que la mort nous sépare."

Bon d'accord j'en avais trop dit, mais je n'allais pas m'excuser d'être réaliste. On m'a demandé mon avis, alors je le donne. Ils sont descendus du bateau, et m'ont aidé à descendre à leur tour. C'est certain qu'ils ne remplaceront jamais mes parents, mais j'avais au moins l'impression de revenir à un stade normal. Lentement mais sûrement.

— Je t'assure qu'un jour, tu regretteras d'avoir sorti ça de ta bouche Karyme.

Petit à petit, inconsciemment, je reconstruis cette relation qui n'a jamais réellement été perdue. La flamme était juste éteinte. En regardant autour de moi, je constate que oui, les maisons ne sont pas détruites, ni inexistantes. Il n'y a aucun rebelle qui cours les rues, personne qui se bat, personne en sang, personne en train de se faire opérer sans anesthésie. C'est un monde de rêve en fait. Les gens se baladent en se tenant la main, ils ne se pressent pas. Tout es si beau, si, vivant. Rapidement, j'entends plus de l'anglais qu'autre chose, malgré que nous soyons en Italie.

– C'est normal que tout le monde parle anglais au lieu d'italien ? je demande alors.

– Oui t'en fais pas, c'est juste que comme cette ville est énormément touristique, remplis d'étudiants venant du monde entier, elle est vite devenue anglophone, ce qui arrange la population, un peu moins l'État. Vous vous en sortirez mieux avec cette langue.

C'est bien réfléchi, je dois l'avouer. Peut-être que la ville perds alors de son charme italien, mais elle crée quelque chose de nouveau. L'ambiance est différente, tout m'est tellement nouveau, et étrangement, j'aime beaucoup cette idée.

Chapitre 5 Lucyiahna

Les routes les plus difficiles mènent aux destinations les plus belles.

Mes parents se criaient dessus. C'était devenu mon quotidien, qui s'était empiré depuis que ma mère venait de rentrer de ses vacances. Pourtant, ils étaient censés s'aimer, ils sont faits l'un pour l'autre, sinon ils ne se seraient jamais mariés, liés l'un à l'autre pour la vie.

    Je n'avais pas cours aujourd'hui, je devais travailler sur cette fameuse collection, mais avec tous les bruits, tous les cris et les objets qui se brisaient en bas, c'était impossible de se concentrer. En fin de compte, je prenais le même chemin que mon frère, sortir et fuir ce que je ne veux pas subir. Le divorce de mes parents, la rupture totale. Chemin identique à hier, j'ai retrouvé Arlocea à la plage, comme toujours. Une fois arrivé sur le sable, j'ai lâché mes affaires, et je me suis laissé tomber par terre.

    – Ça va ? Tu veux pas venir nager ?

    Je n'étais pas d'humeur à ça, pourtant, c'est ce que j'adore faire.

    – Qu'est-ce qui s'est passé ?

– Ma mère vient de rentrer... Elle et mon père ne font que se crier dessus depuis. D'un côté, je ne veux pas qu'ils divorcent, ils sont faits pour s'aimer, mais d'un autre, tout ça devient insupportable. Peut-être que ça me fait peur d'un côté.

La soirée d'hier a déjà été oubliée. Il ne m'en veut plus, et me connait assez pour savoir que généralement, je ne fais pas exprès.

– Je sais Luce. Mais c'est mieux qu'ils divorcent plutôt que ces violences aillent plus loin. Ce qui doit arriver arrivera, et tu dois t'y faire, ce n'est qu'une question de temps. Viens, on va marcher un bout et te changer les idées.

J'étais heureuse d'être tombée sur lui, on coup de foudre amical. Il me parlait mais je l'écoutais d'une oreille à peine. Arlo aurait tellement pu être un de mes mannequins, une inspiration, mais il m'a convaincu qu'il n'était pas une bonne muse. Pourtant j'étais persuadée du contraire. Et ma raison est souvent plus forte que ma conscience lorsqu'il s'agit de choix. On avait établi un accord là-dessus, je le laisserais me guider sur le thème du Moyen-Orient, tout avec des matières durables, et il fera partie de mes mannequins. En même temps, il était bien plus connu que moi, il en connaissait plus. Et puis encore, je n'étais connue que part mon père. Cependant, je ne pensais pas que juste marcher dans la rue allait régler mes problèmes. Il était assez lunatique comme garçon. C'était une star à sa façon et les gens l'appréciait justement car il ne suivait pas les autres, ne voyant que sa direction.

– Regarde, n'importe qui dans la rue donne de l'inspiration.

– Je ne suis pas folle à ce point pour fixer des inconnus. Ils te regardent juste parce que tu es super connu, et parce que tu traine avec, *moi*. C'est malaisant de les regarder comme ça tu sais ?

– Je sais, mais ça me plait. Oh regarde eux par exemple, ils sont super mignons !

– Mais t'as quel âge Arlo !? Arrête !

Enfin, je trouvais plus ça drôle qu'étrange. Et rire avec lui était une des meilleurs choses que je pouvais faire. Pas de faux rire, pas besoin de rire de façon "féminine". Juste des rires sincères.

– Viens, faut absolument qu'on aille leur parler ! Tu ne trouves pas qu'il ferait super bon mannequin ?

– Quoi ? Non ! C'est hors question. Laisse les tranquille.

– Les ? m'interrogea mon meilleur ami.

Il prit mon visage entre ses mains pour le tourner de quelques degrés.

– C'est de lui dont je te parle petite sirène.

– Oh... je–

Je déteste quand tu as raison putain, parce que oui, il répond à tous mes critères que je n'ai même pas fixés. Si on m'avait dit un jour, que les habitudes paranoïaques de mon meilleur ami m'affecteraient un jour, je n'y aurais pas cru. Et voilà que quelques mois plus tard, je me retrouve à presque tout faire comme lui. Je mets les céréales avant le lait, j'ai développé une passion sans nom pour les couleurs et les crocs. Il joue dans ma vie le rôle de la copine à qui ont dit tout.

Mais enfin, je m'éloigne du sujet, ce garçon. Pour moi qui avais déjà du mal à voir un thème autre qu'un choix fait par moi ou mon père, je ne comprenais pas comment simplement voir un inconnu, certainement pas italien en plus, pouvait me donner une dizaine d'idée et d'inspiration en même temps. Il portait un keffieh rouge et blanc, qui représente plus la Palestine, l'Irak ou quoique parfois la Syrie ou le Liban, si je ne dis pas de bêtises. En tout cas, peu importe la couleur, je cru bien apercevoir un peu de ses cheveux brun chocolat, légèrement ondulés ressortir. Peu de temps après, son regard parcouru un peu toutes les directions avant de tomber sur moi. Le genre de regard qui donne des frissons sans pour autant faire peur. Mais une seule chose attira mon attention. Il a les yeux vairons, un brun et un vert. C'est à la fois la première fois et la plus belle chose que j'ai vu dans ma vie. Enfin, je veux juste dire que c'est très rare, et que ça ajoute forcément un charme incroyable, surtout sur lui...

– Luce, ça t'irait de revenir à la réalité ? Il a l'air de beaucoup te plaire en tout cas.

– Il est juste beau et a les critères qu'on recherche, rien de plus.

Je ne mentais pas, car les erreurs commises avec Lynch ne devaient plus se répéter. On m'avait largement assez brisée comme ça.

– Tu es la seule fille que je peux croire à cent pourcents quand tu dis ça, mais là non. En tout cas, on l'a trouvé. Va lui parler !

– Non ! T'es fou ou bien ?! Viens on... on va manger d'abord !

– Arrête d'éviter la réalité Lucyiahna, c'est ta seule chance, peut-être qu'il ne sera plus là après et qu'on ne le recroisera jamais. Je sais que t'es un peu traumatisée par tous les hommes de la terre depuis Lynch, mais sans vouloir te vexer, il y a un moment où tu vas devoir passer au-dessus de ça. Je veux pas que tu rates cette chance, tu veux que j'aille lui parler moi ?

J'hésitais, je sais qu'il a raison, mais moi je ne peux juste pas. Ce n'est pas mon genre d'être timide, je suis tout le contraire mais depuis ma rupture avec Lynch, j'ai l'impression de voir tous les hommes comme lui, sauf Arlocea bien sûr. Ce que mon ex m'a fait est impardonnable, et pourtant, je retombe sous son charme à chaque regard, à chaque rencontre, à chaque toucher.

Giovanni n'était sympa avec moi uniquement quand j'acceptais de venir à des fêtes. Ce genre de soirée qui dure jusqu'au lendemain. Bien sûr, je n'avais le droit d'y entrer que s'il y avait Lynch, car je lui appartenais. Je n'étais pas grand-chose sans lui. C'est lui qui a toujours mené la danse, ç'a n'a jamais été moi. Pourtant, cette fois-ci, même mon frère qui n'as pas tendance à m'apprécier m'a supplié de ne pas y aller. Le genre de fête qui n'a lieu qu'une fois par année, et dont tout le monde se souvient absolument. Mais j'étais en colère, et la colère mène souvent à des mauvaises décisions. Alors j'ai pris ma robe la plus chère pour me faire remarquer. La robe la plus voyante, le maquillage le mieux fait. Je voulais l'attention sur moi.

– Luce... N'y va pas s'il te plait. Tu n'es pas prête à voir ce qu'ils font là-bas. Reste ici, c'est pour ton bien.

– Depuis quand tu te soucie de moi Gio ? Tu me dis ça juste car tu n'as pas été invité, tu ne veux juste pas que je m'amuse alors que tu n'en as pas la chance.

Je suis sortie en claquant la porte aussi fort qu'il le fallait pour qu'on l'entende, pour qu'on comprenne que je n'étais pas d'humeur. Je voulais m'y rendre quoi qu'on me dise. Une fois devant la porte de la salle, deux grands garçons m'ont barré la route.

– Oula, où est-ce que tu comptes aller habillée comme ça ma jolie ? Ce n'est pas un endroit pour les personnes comme toi ici, tu ferais mieux de partir avant d'être traumatisée.

– Je ne pense pas que Lynch sera ravi de la façon dont vous traitez sa copine. Laissez-moi entrer.

C'était mon ticket d'entrée v.i.p., rien que ce petit détail. Pour presque toutes les fêtes et soirées improvisées. Quoi de mieux ? Une fois dedans, je remarquai rapidement que même avec ma robe assez courte, je comptais parmi les filles les plus habillées. L'alcool se sentait à des kilomètres, l'ambiance pesante. À ma seule et unique arrivée, tout le public amassé au milieu de la salle s'est tourné vers moi.

C'est ça oui, regardez-moi. Regarder moi tous. Profitez de ce que vous avez sous les yeux. Ce n'est pas tous les jours que ça arrive.

C'est ça dont j'avais besoin, ressentir ce que mon père vit tous les jours sous les caméras.

– Tiens donc, mon cœur. Tu joues avec nous ?

Tous en cercle au milieu de la grande pièce, ils devaient faire un jeu, enfin, c'est évident. Étant donné que j'étais ici pour montrer que j'existais, je ne pouvais pas refuser l'offre.

– Quel question, évidemment.

– Dans ce cas, action ou vérité Lucyiahna ?

– Eh bien, commençons par vérité. je répondis, un peu trop sûre de moi.

Ce n'était qu'un jeu, nous n'étions là que pour rire après tout, d'ici demain, tout le monde aura oublié et on reprendra chacun nos vies comme s'il ne s'était rien passé.

— Pour un peu voir si tu es fidèle, c'est bien avec moi que tu as fait ta première fois ?

J'étais tentée de répondre oui, car c'était la vraie vérité. Mais Lynch étant très possessif et jaloux, autant s'amuser un peu et le provoquer. C'est le genre de question que l'on pose rarement lors d'un Action ou Vérité, ce genre de soirée étant spécialement connu pour braver les interdits, et encore, elle ne venait que de commencer, les questions et actions étaient tranquilles.

— Bien sûr que non. J'ai connu meilleur avant toi.

Touché. Ce jeu est horriblement amusant.

— Tu veux la jouer comme ça ? Garde bien les yeux ouverts dans ce cas, et ton sang-froid.

Des actions et des vérités passèrent, et c'était de plus en plus tendu. Si tu refusais de répondre ou de réaliser l'action donnée, tu sortais du cercle. Et je peux dire qu'étant donné les idées sales que les gens pouvaient avoir, nous n'étions rapidement plus qu'une dizaine au centre. Bientôt, ça retomba sur Lynch.

— Action, et s'il vous plait, donnez-moi quelque chose qui correspond à mon niveau. Ce que vous faites est bien trop simple pour un pro comme moi.

— Fait l'amour avec la plus belle fille du cercle. Ici même, sous les yeux du public.

Je brulais déjà de l'intérieur, je savais que c'était moi. Mais le faire ici même dans une salle remplie de monde, alors que c'est en général un moment intime, rien qu'à nous deux... Non. À ma plus grande surprise, il a désigné une blonde qui n'étais pas moi. Qui n'était pas moi, et personne autre que Sadie Jasmine, cette *fille dans la même classe que moi. Elle se leva, et marcha lentement en roulant des hanches bien comme il le fallait juste que vers mon copain. J'ai du mal à me dire qu'ils l'aient fait devant moi, sous mes yeux J'avais envie, voir besoin de les séparer. Mais on m'a retenu, on a osé me retenir. Il n'a même pas pris la peine de s'excuser. À ce niveau, il ne s'agissait plus de provocation.*

– Je te déteste Lynch ! C'est moi que tu dois aimer merde !!!
– Oh, mon cœur, les hommes sont faits pour être infidèles.
– Va te faire foutre ! Tu ne mérites pas ça, tu ne mérites pas tout l'amour que je t'ai donné ! Tu m'as dit que tu m'aimais, qu'on serait toujours ensemble, que j'étais la seule qui comptait à tes yeux...
– Ton argent comptait à mes yeux, chérie, je ne voulais qu'une relation, sans sentiments. Mais il fallait que je t'aie, j'avais besoin de toi, et je t'ai eue. Tu n'as donc jamais rien vu ?

Cette nuit-là, toute une partie de moi s'est écroulée sous mes yeux. Un garçon que je ne connaissais pas m'a prise avec lui et me tirer loin des autres.

– Eh Lucyiahna ! J'ai une super et dernière action pour toi !
Je me suis arrêtée un peu, juste par curiosité.
– Suicide toi. Ça nous fera tous des vacances.

Ce sont les dernières paroles de Lynch que j'ai entendu ce soir-là, avant de quitter la salle. Ce garçon inconnu m'a emmené à l'extérieur avec lui, je ne voulais pas lui parler, mais il m'a juste gentiment passé sa veste avec le vent qu'il y avait.

– Laisse les, ils n'en valent pas la peine. Tu comprendras ta vraie valeur une fois que t'auras arrêté de trainer avec eux.

Cette soirée m'a appris qu'on ne m'aimait que pour mon argent et mon copain, mais dans tous les cas, jamais pour moi. Je n'ai jamais eu de vrais amis.

– *Au fait, je m'appelle Arlocea, mais appelle moi Arlo.*

C'était il y a deux ans, et je suis tellement heureuse de ne plus être comme ça. La fille à papa aux robes courtes de dernière collection, uniquement intéressée par le maquillage et tout ce qui est cher. Ce n'est qu'après avoir rencontré mon meilleur ami que tout avait changé, il n'y a pas si longtemps que ça. Je suis redevenue Lucyiahna, et j'ai laissé tomber la fille à Hamza Sorrez.

– Arlo... Promets moi de ne jamais sortir de ma vie.
– Si ça peut t'aider à aller lui parler, je te le promets. Vas-y maintenant.

J'avançais vers l'inconnu en tremblant légèrement. En arrivant vers eux, je vis qu'il me dépassait au moins de trente centimètres, un peu comme la plupart de tous les hommes.

– Euh, excusez-moi, je pourrais vous demander quelque chose ?

Il se tourne vers moi, je perds ma bonne façon de penser.

– Oui, je vous en prie, me répondit-il dans un très bel accent.

– C'est un peu hors du commun de demander ça, mais euh... je ferais mieux de me présenter d'abord. Je m'appelle Lucyiahna Sorrez, je suis en terminale en étude de mode, et j'ai comme devoir de créer une collection de vêtements miniature en guise d'examen pour cette fin d'année. Et pour ce travail, j'ai besoin de trois différentes personnes en plus de moi-même prête à porter mes tenues, et...

– Et pour abréger, elle vous trouvait beau, et vraiment à son goût et voudrais vous demander si vous voudriez bien travailler pour elle à cet évènement. Vous serez payé, sans faute, à la fin de ces six mois.

Mon visage vire au rouge instantanément, toujours là pour me mettre mal à l'aise celui-ci. D'un côté, ce qui était fait était fait, il fallait juste aller de l'avant maintenant. Après tout, j'ai envie de dire qu'il ne s'agit que de six mois, ça se compte presque sur les doigts d'une main.

Presque

Je doutais qu'il n'accepte, même s'il n'avait pas l'air de me connaitre. J'avais envie de dire que ça me faisait un point en plus. Pourtant, à ma grande surprise, il me tandis sa main.

– Je serais heureux de faire ce travail. Karyme Nasaeel. Enchanté.

Karyme hein ?

Chapitre 6 Karyme
Famille de palme, enfant calme,
Famille dysfonctionnelle, enfant essentielle...

C'est le genre de chose qui n'arrive qu'une fois dans la vie des autres. C'est arrivé dans la mienne. Elle m'a invité à rester chez elle, étant donné que je lui avais avoué que je n'avais pas vraiment d'endroits où rester. D'un côté je ne voulais pas me séparer de mon frère, même si je dois avouer qu'il faut bien que je grandisse, que je passe outre la dépendance affective, et de l'autre, je ne voulais pas m'imposer chez Athéna non plus. Pas après tout ce qu'elle avait déjà fait pour nous.

J'ai quand même un peu hésité, par sécurité, mais au fond c'est ce qui me sauvera, rien que cet argent. Car être sauvé par tout le monde ne durera pas éternellement. Et puis, qu'est-ce que je pouvais bien y perdre de toute manière ?

– On se reverra de temps en temps Karyme. Ça te plaira tu verras.

Il disait ça juste pour me rassurer et me convaincre d'y aller. Finalement, j'ai accepté. J'ai pris mon frère dans mes bras avant de partir avec cette fille et ce garçon. C'est étrange de se séparer volontairement de quelqu'un avec qui on a vécu tous les jours depuis sa naissance. Je m'attendais à ce qu'ils m'emmènent dans une maison normale, classique comme toutes les autres de la ville. Au lieu de ça, nous sommes arrivés devant un énorme manoir, mais alors immense comme je n'en avais encore jamais vu. Tout était presque en marbre sculpté, des colonnes aussi détaillées les unes que les autres, une fontaine imposante, ainsi que des dizaines d'autres décorations plus luxueuses les unes que les autres. Je suis certain qu'une maison du genre en Syrie, pourrait accueillir tout un quartier. Avec le faible statut que j'avais, je ne me sentais même pas digne de poser le pieds sur l'allée centrale. Cependant, je n'ai pas bronché et je les ais suivis, comme s'il s'agissait de quelque chose de tout à fait normal.

En y entrant, c'est comme si le luxe et la richesse prenaient forme d'odeur. Dans l'énorme salon que j'imagine principal, une femme et un homme trop richement habillés pour des gens normaux et humains, étaient assis, chacun sur un canapé, à s'occuper de leurs propres affaires. On est passés devant eux sans même qu'ils ne réagissent ou lèvent les yeux. C'était frustrant quand même, leur manque de réaction.

On a tous montés les escaliers dans un silence tranchant comme je n'en avais encore jamais connu. Seul le bruit de nos pas résonnait dans ces immenses murs. C'est peut-être irréel comme endroit, trop beau pour être vrai. Peut-être que je vivais dans une maison misérable il y a à peine quelques temps, mais elle avait l'air bien plus vivante que plastique. J'y étais chez moi, pour de vrai.

Arrivés dans une autre pièce, j'ignore comment, c'est comme si nous venions de pénétrer dans un autre monde. Un monde qui se rapproche plus de celui que je connais.

– Excusez-moi j'ai... je n'ai pas vraiment le temps de ranger ma chambre. Mais allez-y, asseyez-vous, installez-vous.

J'ai pris place sur un pouf multicolore pour cacher mon malaise, et à peine dix secondes plus tard, on entendit des cris, des objets cassés à l'étage du bas. C'était si rapidement devenu violent.

– Désolé... C'est juste mes parents...

Elle avait honte, et son regard semblait plus triste par le fait qu'on assiste à ça, plutôt que par ses parents. J'aurais voulu faire quelque chose, mais je ne pouvais pas, étant donné que j'étais le parfait contraire. Parents pauvres, mais plus qu'aimants et amoureux.

– Écoutez, je pense qu'on... devrait simplement revenir sur, le projet... je...

Tu ne pourras pas dans cet état-là. C'est ce que j'aurais dit si j'avais le courage. Au moment où les cris redoublèrent, son ami annonça qu'il devait s'en aller. On s'est donc retrouvé à deux, ce qui ne fit qu'augmenter mon malaise, et le sien.

– Pardon... je ne voulais vraiment pas que ça se passe comme ça.

Les cris montèrent en devenant toujours plus violent, comme s'il fallait être le plus fort pour gagner. Plus les coups devenaient agressifs, plus les pleurs de Lucyiahna redoublèrent, et je me sentis mal d'être là, dans une sphère de sa vie trop privée pour le monde extérieur. Ça m'arracha aussi un morceau de cœur car certes, j'en ai vu des gens pleurer, moi le premier, mais rarement pour cette raison. Karyme tout seul ne serait jamais arrivé ici, car ce n'est pas son genre. Ce n'est pas lui la personne sociable qui fonce dans le vide.

– Peu de choses se passe comme on les prévoit, ce n'est pas de ta faute si tes parents agissent comme ça.

Ils ne s'aiment juste plus, ce n'est de la faute à personne. Même si je reconnais que très souvent, on veut trouver un coupable sur qui rejeter la faute, quitte à ce que ce soit nous.

– Tu vas la fermer immédiatement Jade ! Si je reste avec toi, c'est uniquement pour l'image, uniquement pour tous ces médias qui font que de nous suivre !!! hurla l'homme en bas.

Puis il y eu un coup fatal qui mit fin à tout bruit dans la maison. Même ma respiration s'était arrêtée entre temps. Et, on entendit ses pas monter, pour se rapprocher de la chambre.

– Lucyiahna ? On a un... C'est qui lui ?

Je me retourne, car même s'il me fait réellement peur, il parle de moi. Alors autant le regarder dans les yeux.

– Oh mon Dieu non... non, non, non... C'est pas possible. Il faut que tu sortes, tu peux pas rester là, que tu t'en aille loin, loin de chez moi, le plus loin possible mon garçon. Lucyiahna je ne veux plus le voir avec toi !

– Mais papa ! Tu ne t'es jamais soucié de mes fréquentations auparavant ! Celle-ci n'a rien de différent. J'ai besoin d'amis moi aussi...

– Est-ce qu'honnêtement j'ai l'air d'en avoir quelque chose à foutre Luce ? Tu fais partie de la haute société, il faut que tu

traine avec des gens qui te ressemblent. Pas des gens comme *lui*. Alors qu'il s'en aille immédiatement.
— Et moi je m'en fiche de ton avis ! Je suis adulte depuis quatre ans maintenant. Je–
— Ne joue pas à ça avec moi Lucyiahna, ne me pousse pas à te rappeler pourquoi tu ne veux pas me contrarier.

Cette dernière phrase m'a fait peur autant qu'à elle qu'à moi. Moi qui croyais qu'il s'agirait d'un simple travail, je crois que mon premier objectif sera de ne pas craquer émotionnellement.
— Il n'est que là pour des raisons professionnelles, c'est un de mes mannequin.

Ce qui a semblé l'adoucir, et heureusement, parce que je le sentais prêt à me tuer pour avoir mis les pieds chez lui.
— Très bien. Mais je te jure que si j'aperçois le moindre rapprochement entre vous, il sort et tu ne le verras plus. J'ai été clair ?
— Oui... Oui papa.

Son père est sorti, et tout mon stress est redescendu, enfin presque. Vivre dans la même maison qu'un taré comme ça ne doit pas être facile. Encore plus s'il s'agit de son père. Lucyiahna s'est éloignée de moi sans même m'être rendu compte d'à quel point nous étions proche.
— On ferait mieux de l'écouter et se contenter de relations professionnelles. C'est tout ce que nous sommes, pas de rapprochements, pas d'attache, pas de sentiments. On travaille juste ensemble. j'affirme.

Ce ne devrait pas être compliqué. Je suis loin de l'aimer, et puis, je suis musulman.

***

Dès le lendemain, elle a voulu qu'on commence à travailler sur son projet, mais j'avais totalement la tête ailleurs. Son père avait le pouvoir de me faire retourner en Syrie quand il le voulait. Ou alors je pourrais juste sortir comme une personne normale, et me faire attraper par les autorités italiennes, et il se rendraient compte que je réside sur leur territoire illégalement, sans aucun papier pour justifier qui je suis. Rien qu'une légère inattention pourrait me renvoyer à la case départ. Je ne sais même pas comment faire pour obtenir le droit de rester, de toute façon, il ne m'accepterons pas.

– Ça va ? Tu m'écoute ?
– Euh, oui j'imagine.
– Tu peux me dire s'il y a quelque chose tu sais.
– Nan c'est tout bon, tu peux continuer.

Elle a recommencé à parler, mais vu que je ne l'écoutais toujours pas. Elle a donc refermé ses cahiers, et s'est tournée vers moi.

– Sincèrement, qu'est-ce qu'il se passe Karyme ? Je ne peux pas travailler avec quelqu'un si cette personne ne me fait même pas un peu confiance.

C'est vrai, elle a peut-être raison. Ce n'est qu'une question de point de vue.

– Tu ne vois donc pas ? Je suis ici illégalement, tout ce qui pourrait t'apporter des problèmes. Je ne suis qu'une source de soucis pour toi, alors pourquoi as-tu pris la peine de me choisir moi ?

– Tu n'as qu'à faire une demande, et tu les auras ces papiers. Paye et devient prioritaire.
– C'est encore plus illégal.
– Mais c'est ta chance.

J'y croyais peu. Et puis, pourquoi ferait-elle ça alors qu'on se connait à peine. Il y avait forcément une autre raison derrière ça.

– Est-ce que je pourrais aller voir mon frère ?

J'avais si subitement changé de sujet, parce que je ne préfère pas m'approfondir sur ce qui est de ma présence ici. Évidemment, elle a accepté, et on a commencé notre route. Heureusement, ce n'était pas très long de se rendre jusque chez Athéna. On a sonné et avons attendu un bon bout de temps avant que son père ne vienne nous ouvrir.

– Oh, bonjour. Tu dois être Karyme, je vous laisse entrer.

Je m'attendais sérieusement à ce qu'ils soient tous là, mais j'ai un peu été surpris quand je n'ai vu qu'Ezekiel, assis sur l'unique canapé du salon.

On s'est regardé un moment, puis, rien. Pas de signe, pas de sourire, comme si ma visite n'avait rien de plus banal, revenus à des frères qui s'ignoraient. Je sais qu'on ne s'est séparé qu'hier, mais ça me fait quand même quelque chose de voir que l'importance que je lui porte n'est pas réciproque.

– Pourquoi tu es venu Karyme ?... m'a-t-il demandé dans notre dialecte natal.
– Je suis simplement venu te voir... Je voulais–
– Et maintenant tu le vois, je vais bien. Tu peux rentrer maintenant.

Je peux, rentrer ? Alors que je viens à peine d'arriver ? Il a détourné le regard, son seul et ultime signe de faiblesse. Je ne pensais pas que ce simple petit message pourrait m'impacter autant.

– Ce n'est pas contre toi, je suis très content de te voir Karyme. Ce n'est juste pas le moment, vraiment pas le moment. Et puis, je sais que tu dois en avoir marre que je te le répète, mais tu as vingt-cinq ans, il est bien temps que tu grandisses non ?

Il m'a repoussé, et j'ai totalement compris. Je sais que malgré mon grand âge, j'ai du mal à vivre tout seul, parce que j'ai toujours été entouré de mes parents en permanence. Je n'ai jamais été comme ces jeunes ayant un besoin d'indépendance énorme à un âge trop tôt. J'étais plus le contraire, à toujours avoir besoin d'eux. Et dire que je venais à peine de commencer à m'entendre avec mon frère... J'avais l'impression que ce lien tout neuf commençait déjà à se briser.

– Qu'est-ce qui ne vas pas Ezekiel ?

– Ça ne te concerne pas. Karyme, j'ai vraiment, vraiment besoin que tu me laisse seul, c'est important.

Ça n'allait pas, et pourtant, il essayait quand même de se convaincre du contraire. Les hommes ont parfois trop d'ego au point d'en vouloir supprimer leur sentiment et leurs émotions. Il en fait partie. Mais Ezekiel, si tu te perds, perd toi au moins avec moi.

À contre cœur, j'ai exaucé sa demande, et suis reparti avec Lucyiahna.

– C'est souvent comme ça avec lui ?

Jamais. Ce n'est jamais comme ça. C'est même la première fois qu'il me rejette de la sorte. On a vécu collé l'un à l'autre, on dormait dans le même lit, évidemment que je n'ai pas l'habitude de vivre cinq rues plus loin.

J'étais tellement gêné par le simple fait d'être seul ici avec elle, que je ne savais même plus aligner quelques mots. Même si c'était un silence gênant et malaisant, c'était toujours mieux que de bégayer comme un collégien. Enfin, même si je n'ai jamais connu le collège. On a continué notre chemin en silence jusque chez elle, c'est en entrant dans le manoir, qu'on a recroisé son père, à qui je n'avais rien fait mais qui semblait me détester depuis des années. J'ai alors évité son regard, et ai suivi Lucyiahna. On est revenu dans sa chambre, à la case départ, comme si rien n'avait changé.

– Je ne pense pas qu'aucun d'entre nous ne soit d'humeur à travailler.

– Je sais...

– Et puisque nous sommes un duo, je trouve ça plutôt normal d'écouter tes attentes aussi, alors n'hésite pas à me parler quand tu en as besoin.

– Merci.

Ce n'est que la seconde d'après que son père est arrivé, furieux. J'ai d'abord cru que c'était encore à cause de moi, mais j'y ai échappé cette fois.

– Bordel Lucyiahna, combien de fois je vais devoir t'appeler ?! T'es toujours pas prête ?!

– Prête pour quoi ? a-t-elle répondu dans le plus grand des calmes.

— On a une soirée avec les Salvini, ça fait un mois que je te le répète. Mais t'es pas foutue de retenir une date apparemment, incapable, comme ta putain de mère.

— Parle pas de maman comme ça ! Je vais te—

Je pensais qu'en tant que père, il comprendrait, c'est sa propre fille, sa famille. Mais non, il a préféré utiliser la violence et la gifler. Elle n'as plus osé bouger, comme figée sur place.

— Tu vas faire quoi, hein ? Ne joue pas les sauveuses alors que tu n'arrives déjà pas à te sauver toi-même Luce. Prépare-toi, t'as dix minutes.

Il ne lui a pas fallu longtemps pour répondre.

— Oui papa.

Sa voix semblait avoir perdue un peu de son assurance, mais je sais qu'elle est plus forte que ça. Luce s'est immédiatement levée et est partie choisir une robe dans son immense dressing. Et avant que je ne puisse lui demander quoi que ce soit, elle est sortie de la pièce, revenant quelques minutes plus tard dans une sublime robe blanche scintillante. Même dans la pauvre luminosité de sa chambre, elle brillait et illuminait la pièce. Lucyiahna est revenue s'asseoir à sa coiffeuse pour se maquiller, même si j'étais certain qu'elle n'en avait pas besoin. Elle était parfaite comme ça.

— Comment tu fais, pour survivre avec ce monstre ?...

Elle était magnifique, je l'ai toujours su.

— Il faut lui tenir tête, et lui montrer que tu ne t'abaisse pas à son niveau. Mais comme tu le vois—

— LUCYIAHNA ! DÉPÊCHE-TOI !

– ... ce n'est pas toujours aussi simple. termina-t-elle. Fait comme chez toi, j'en ai pour longtemps.

Elle a refermé son tube de mascara, et est partie en silence. J'aurai pu jurer entendre son cœur se fissurer un peu plus. J'aurai pu jurer aussi, qu'une souffrance pareille, ne devrait pas être permise, et encore moins exercée, par l'être humain.

Chapitre 7 Lucyiahna Karyme

J'voulais juste qu'on m'aime un peu...

Marcher avec des talons m'a toujours fait assez mal, encore maintenant je n'aime pas. Mettre des robes laissant mon corps à découvert non plus. Mais que je n'aime pas, ou que ça me fasse mal, ce n'est pas le problème de mon père. Tant que je suis belle et présentable, ça lui va. Ce qui compte, c'est le paraître, et non l'être.

Nous étions tous les quatre dans la voiture. Papa, Maman, Giovanni et moi. On ne se parlait pas, car au fond, c'est à peine si on se connaissait, chacun sur son téléphone portable, mis à part moi. Je m'amusais à regarder dehors, même si je connaissais le chemin par cœur. Plus le temps passait, plus je repensais au paroles d'Arlocea. C'était il y a deux ans, mais je m'en souviens comme si c'était hier.

– *J'ai tout Arlocea ! Je peux tout avoir, il suffit que je le demande.*
– *C'est faux Luce, il te manquera toujours quelque chose que tu ne pourras pas acheter.*

– Ah bon ? Donne-moi un exemple ?
– L'amour d'une famille, c'est ce qu'il te manque. Tu n'es pas heureuse.

Je croyais ne pas en avoir besoin, parce que j'avais l'attention de mes amis. Je pensais avoir leur amitié aussi, et pourtant ça n'a jamais été le cas. Personne ne m'a jamais aimé, encore aujourd'hui.
– Nous sommes arrivés Monsieur Sorrez.
On est descendus du véhicule, et j'ai été la seule à chuchoter un léger merci au chauffeur. Il m'a tristement souri, avant de repartir garer la voiture. Je suis la seule à qui ça faisait de la peine de devoir traiter des personnes comme nous de cette façon. Honnêtement, quand j'ai vu le visage de Lynch, je n'avais qu'une envie : rentrer chez moi en courant le plus vite possible. Et ça, il le voyait très bien. Il me connaissait par cœur.
– Allons mon cœur, fait pas cette tête... Je sais que tu es contente de me voir. Vien on y va.
Sous le regard oppressant de ma famille, j'ai dû m'accrocher à son bras et continuer mon chemin à ses côtés manquant de trébucher à chaque pas. C'est vrai que pour eux, nous sommes toujours ensemble, le couple exemplaire, parfait, celui que tout le monde envie. Je les déteste tous, tous autant que moi.
Il y avait tellement de gens que je connaissais, et j'étais assez mal à l'aise que mes parents me "vendent" à ce point. Ils étaient déjà très riches, mais cherchaient à s'enrichir encore plus en me proposant à des fils d'hommes d'affaires riches. Enfin, ils étaient bien plus discrets depuis qu'ils me voyaient

avec Lynch. Ça me protégeait d'une manière ou d'une autre. Malgré cela, certains ne cachaient pas le fait que je les intéressais, physiquement. Ça a duré, mais alors vraiment duré. J'ai cru que ça n'allait jamais en finir. Alors à un moment, lorsque le public a semblé m'oublier un peu et passer à quelqu'un d'autre, j'en ai profité pour sortir un moment.

Je suis montée sur le toit en pensant m'y retrouver seule, sauf qu'il faut croire qu'il n'y a pas que moi qui ne supporte pas mes parents.

– Giovanni ?

Il s'est retourné rapidement, presque aussi surpris que moi.

– Bah alors Luce... Qu'est-ce que tu fais là sans ton chien de garde ?

J'aurais bien ris, si je ne me sentais pas aussi vide de l'intérieur.

– On a rompu il y a longtemps. Et toi ? Qu'est-ce que tu fais ici ?

– J'en ai marre. Cette vie me soule, pas toi ? Toujours à jouer des gens que nous ne sommes pas.

– Oui. je réponds sans hésiter.

Je suis allée m'asseoir à côté de mon grand frère, qui m'a craché toute la fumée de sa cigarette dessus.

– T'es dégoutant Gio. toussai-je.

En retour, il m'ébouriffe les cheveux, ruinant ma coupe. Peut-être que oui finalement, il m'aime à sa manière.

–Au fait, je vais bientôt quitter la maison. Pas trop tôt hein ?

– Quoi ?!

Et il m'a tout raconté. Son prochain déménagement, ses fiançailles, son futur mariage si précipité. Et pour tout ça, j'ai bien cru que j'allais pleurer. Mais c'est mon frère, je ne pouvais pas, je n'ai pas envie qu'on se moque de moi maintenant.

– S'il te plait, ne raconte rien à papa et maman, j'ai pas envie de créer un carnage de plus à la maison...

– Je te le promets, mais donc... Tu vas devenir papa Giovanni ?

KARYME

À présent une heure que Lucyiahna m'avait laissé seul. Sincèrement, je m'ennuyais à en mourir, car je n'ose pas faire quoi que ce soit dans une maison qui n'est pas la mienne. Je n'ose pas toucher quoi que ce soit, de peur de casser ou d'abîmer quelque chose que je serais dans l'incapacité de rembourser. J'ai commencé à faire le tour de sa chambre, et après l'avoir apprise par cœur à force, j'ai décidé d'en sortir et de faire le tour de la maison entière. J'étais assez soucieux, alors je n'ai touché à rien.

Pièce après pièce, j'en apprenais plus sur cette famille. Cependant, je n'ai trouvé aucune photo d'eux jeunes, toutes semblaient plus ou moins récentes. Mais bon, je n'y ai pas trop prêté attention, les vieilles photos se gardent précieusement et se perdent facilement. Lorsque je me suis rendu devant les escaliers dorés par lesquels on montait tout le temps, en voulant descendre, j'ai réussi à m'encoubler et rouler jusqu'en bas en retombant sur mon bras droit. Ça faisait mal bien sûr, mais j'avais connu pire. En me redressant, c'est à ce moment précis que la famille est rentrée, et c'est sur moi que leur regard s'est jeté en premier. Le père prêt à allumer une cigarette, la mère que je n'avais jamais vue jusqu'ici avait des yeux énormes, et Lucyiahna, toujours dans sa jolie robe, soutenait son frère sur une épaule. Celui-ci avait l'air d'avoir bien bu. Je ne comprends pas pourquoi c'est toujours à elle de s'en occuper, comme s'il n'avait pas ses deux parents juste à côté.

– C'est de lui dont tu me parlais ?... demanda la femme en cassant le silence tout en s'adressant à son mari.

– Bien sûr que c'est de lui, il n'en existe pas des milliers. répondit-il. Réfléchis de temps en temps, ça te rendra moins conne.

– Vous pourriez vous décaler deux secondes que je puisse emmener Gio dans sa chambre ?

Sa petite voix était la seule qui pouvait m'atteindre. La seule qui sonnait différemment dans cette famille superficielle. La seule voix sincère.

– C'est qui Gio ? demanda le garçon sur son épaule. Sors avec moi s'il te plait, t'es vraiment magnifique. Je suis sûre que–

– Ferme ta gueule s'il te plait. ordonna Lucyiahna.

Malgré sa petite taille, elle semblait n'avoir aucun mal à porter un garçon faisant probablement deux fois son poids, j'imagine. Elle passa à côté de moi pour monter en me chuchotant quelque chose d'intelligible. Alors je la suivis, car rester seul avec ses parents ne m'enchantait pas le moins du monde. Elle a tiré son frère jusque dans sa salle de bain, pour lui forcer à se laver les dents.

– Tu me remercieras demain, allez crache maintenant... Ici, dans le lavabo Gio...

Sauf qu'au lieu de ça, il lui a tout vomi dessus. Je confirme, j'aurais détesté être à sa place.

– T'es vraiment charmante toi... C'est quoi ton petit nom ?

Pourtant, au lieu de s'énerver, elle a calmement pris un verre rempli d'eau pour le lui donner. Ce n'est qu'au bout d'une dizaine de minutes de bonne galère et de persévérance qu'elle a pu le mettre dans son lit.

– Tu dors pas avec moi beauté ? continua-t-il, toujours dans son univers.

– Tu auras une sacrée gueule de bois toi demain... Dors maintenant, c'est pour le mieux.

Elle avait entre-temps pu changer de vêtement en empruntant un t-shirt à son frère, bien trop grand pour elle. Elle était, mignonne là-dedans.

– Nan. Tu dors avec moi. l'obligea-t-il en la tirant dans son lit.

J'étais assis sur une chaise en regardant la scène attentivement. Lucyiahna et moi sommes restés jusqu'à ce que son frère s'endorme lourdement. C'est lorsque ses ronflements ont commencé, qu'on s'est dit qu'on pouvait enfin le laisser seul. De retour dans sa chambre, elle s'est assise en tailleurs sur son canapé en dessous de sa mezzanine, et a enfoui son visage dans ses mains. Je ne sais pas si c'est parce que je suis grand, mais je trouve tout petit chez elle, hormis son cœur. Je sais que pourtant, je ne suis personne pour m'incruster dans sa vie, mais je me devais de lui demander. Mon moi intérieur avait du mal à la laisser dans cet État.

– Tout vas bien ?

Une question si simple pourtant complexe dans certaines circonstances. C'est une question délicate. J'imagine que c'est d'ailleurs pour ça qu'elle ne m'a pas tout de suite répondu.

– Si je te répons non, est-ce que tu vas me demander pourquoi ?

– Je te le demanderais seulement si tu as envie d'en parler. Je ne te forcerais jamais.

Elle a relevé ses yeux brillants de petites perles d'eau, pour regarder dans ma direction. De mon point de vue, je trouve que les regards sont tellement ce qu'il y a de plus importants. On peut mentir avec nos mots, nos actions, notre corps parfois, mais les yeux eux, en sont incapables. Elle a vu que j'étais sincère, que je ne l'attaquerais pas, et que je ne la quitterais pas non plus.

– J'en ai marre de mentir au monde entier... Leur mentir disant que je vais bien alors que j'ai peur à chaque fois que je sors de chez moi, de peur de retomber sur mon ex, de retomber sur ces personnes qui ne m'apprécient pas. Que c'est à moi d'aller chercher mon frère à chaque fois qu'il finit comme ce soir, que c'est toujours moi qu'on siffle dans la rue peu importe la tenue que je porte, et que malgré ça c'est toujours moi qui doive faire bonne impression. Moi qui doit être la plus belle, sans jamais perdre le sourire. C'est tellement difficile quand on est au plus bas. En fait, je ne sais pas combien de temps j'ai encore envie de tenir à ce rythme, car je sais, je sais très bien qu'un jour ce ne sera plus supportable du tout et que je risque de tout lâcher brusquement. débita-t-elle d'un coup.

Ne pleure pas. Ne pleure pas maintenant Karyme, tu es au-dessus de ça.

– J'aimerais juste des gens avec qui je peux être moi-même. Avant que mon copain ne me trompe sous mes yeux, j'étais une garce avec tout le monde car j'avais besoin de l'attention que mes parents ne m'avaient jamais donné. J'aimerais leur prouver que j'ai changé, j'ai tout fait pour, mais rien n'a fonctionné, rien ne fonctionnera jamais. On m'a dit d'accepter mon sort car je ne méritais que ça, de me foutre au feu, que ça les réchauffe pour cet hiver. Et comme une conne je rigolais et j'acceptais parce que j'étais certaine que je l'avais juste bien cherché. Je le fais encore aujourd'hui mais je n'ose pas le dire car personne n'est là pour m'écouter. Je sais que mes parents s'en fichent, mon frère encore plus et pour couronner le tout, je suis incapable de me faire des amis car la moitié de l'Italie me connait, me connait comme l'ancienne Lucyiahna. elle reprend son souffle avant de continuer. Et parce que bordel quand on est une femme c'est littéralement impossible de revenir en arrière, chaque putain d'action est analysée et enregistrée minutieusement, pour être sûr qu'on soit le plus parfaite possible. Un homme qui baise avec des milliers de femme sera vénéré, mais une femme qui baise avec des milliers d'homme sera considéré comme une salope. Je ferais tout pour que ça change, tout pour recommencer à zéro Karyme. Je donnerais tout pour ça mais personne n'est foutu de le voir et–

– Moi je le vois Lucyiahna. l'interrompis-je.

J'étais littéralement au bord des larmes, impossible de me retenir. Elle n'a pas à subir des choses comme ça. J'essayais de me calmer intérieurement.

— Je le vois et j'en suis désolé, désolé que ta famille ne te traite pas comme il faut, je suis désolé parce tu mérites bien plus que ça.

En pleurs, elle est venue se réfugier dans mes bras. Je n'ai pas refusé, car même moi j'en avais un peu besoin après ce qu'elle venait de m'avouer.

— Je ne suis peut-être pas grand-chose, on ne se connait que depuis quelques heures, mais je suis désolé pour tout Lucyiahna.

J'aurais pu dire qu'on est resté comme ça une éternité, parce que c'est ce que j'ai ressenti. Je sais que c'est moi même qui avait dit qu'on ne devait pas se rapprocher, mais comment ne pas céder ? Moi-même, le premier, je devrais rester loin d'elle, et ne pas la toucher.

— Merci pour tout. me chuchota-t-elle doucement.

— Lucyiahna il faut que tu– commença une voix. Quelqu'un peut m'expliquer ce qu'il se passe ici ?!

Je savais que c'était son père, je commençais à le connaitre lui aussi. Elle s'est détachée de moi aussi rapidement que le chemin de l'interrupteur à l'ampoule.

— Je suis... C'est moi papa, je te jure. C'est de ma faute.

— Arrête de mentir et de prendre la faute des autres pour toi, je savais qu'il ne causerait que des problèmes ! cria-t-il.

— C'est ma faute... continua-t-elle. Je ne recommencerais plus.

Il l'a regardé avec tant de violence dans les yeux que même moi j'en tremblais. Moi aussi je le redoutais d'un certain côté.

— La prochaine fois... La prochaine fois que je vous vois comme ça sera la dernière. On est d'accord Lucyiahna ?

– Oui papa...

– Et toi... Viens vers moi.

Je me suis levé avec hésitation pour me placer devant lui. Sa mâchoire contractée, c'est à peine si j'entendais ses dents grincer.

– Ne t'avise plus de t'approcher de ma fille, je vais te laisser chez nous à une seule condition. Je vais te donner une autre chambre, et tu n'en sortiras pas tant que ma fille ne sera pas venue te chercher. Si je te vois ne serait-ce qu'une fois en dehors de cette pièce sans elle, tu ne remettras plus jamais tes pieds ici. J'ai été clair ?

– Oui monsieur. Très clair.

Il m'a emmené dans une pièce au sous-sol, avec juste un lit, une salle de bain, et une bibliothèque, rien de plus. Le père de Lucyiahna me poussa presque dedans avant de refermer à clé. Je rêve ou j'ai vraiment été enfermé dans le sous-sol de quelqu'un là ? La limite de la séquestration, il faut se le dire. Et mon Dieu, je n'avais même pas ne serait-ce une fenêtre pour avoir la notion du temps.

– Tu peux pas lui faire ça papa ! protesta Lucyiahna de l'autre côté.

– Je suis chez moi, alors je fais ce que je veux. Va te coucher maintenant.

– J'ai plus huit ans, je dors quand je veux.

– Va. Dans. Ta. Chambre.

Je crois bien que pour une fois, je n'avais pas d'autre choix que de simplement subir. C'est moi qui ai accepté, sans en connaître les conditions. Et si je devais vivre ici jusqu'à son défilé, dans cinq ou six mois autant s'y faire.

Chapitre 8 Lucyiahna

Garde ton cœur pour la personne qui s'en soucie vraiment...

D'un côté, je détestais que mon père agisse comme ça alors que j'avais atteint l'âge adulte il y un moment, mais d'un autre, j'aimais qu'il souligne le fait que je sois sa fille. Qu'on est peut-être pas si inconnu l'un de l'autre. Et même si parfois je voulais le haïr de toute mon âme, très souvent je me rappelle qu'il reste mon père. Comme entendu, je suis retourné dans ma chambre et même si j'étais vraiment épuisée après ça, j'ai préféré lire quelques pages de ma lecture en cours, car oui, je lis. J'aimais particulièrement les romans d'amour, parce que j'osais imaginer qu'un jour moi aussi j'aurais une aussi belle histoire, alors que je suis bien consciente que ça arrive aux autres.

Le lendemain matin, je me suis réveillée aux alentours de onze heures. J'ai pris tout mon temps pour me préparer lorsque je me suis souvenue de la veille, et que Karyme, sûrement éveillé depuis un moment, devais prier pour que je ne l'ait pas oublié. Je suis donc descendue en vitesse lui ouvrir.

– Excuse moi, j'ai failli... je commence.

Mais en le voyant parfaitement calme, un livre dans les mains, je compris vite qu'il n'avait pas l'air de s'ennuyer autant que ça, au contraire.

– Oh euh salut.

– Salut, s'il te plait, dis-moi qu'il fait au moins jour dehors, le temps passe tellement lentement ici.

– Il est quasiment midi, je suis–

– Déjà ? Tant mieux pour moi.

Mon Dieu, il avait l'air si détendu que ça en faisait presque peur. Je n'aurais pas supporté plus de trois heures, enfermée dans cette pièce. Par expérience, je le savais déjà.

– En tout cas, il faut que j'aille m'occuper de mon frère en premier... Tu veux venir manger quelque chose ?

– Avec plaisir.

Il a refermé mon livre et m'a suivi. Honnêtement, ce n'est pas ce qui me dérangeait le plus, même si ça l'obligeait à voir une certaine facette de ma vie dont peu de personne n'avait accès. Voir ce que je n'ai pas l'habitude de montrer aux autres, en dehors de ma famille. On s'est rendu dans la chambre de son frère, encore endormi. Souvent je me dis que c'est bon, il a vingt-sept ans, que c'est bon, il n'a plus du tout besoin de moi. Mais je ne cesse jamais de me dire que cette fois pourrait être la dernière. Le dernier avant qu'il ne s'en aille vivre ailleurs. Je serais déjà bien partie si mes parents ne tenaient pas à ce que je sois absolument mariée à un homme riche pour subvenir à mes besoins, ou que je termine mes études. Comme si je ne pouvais pas simplement être indépendante seule.

– Giovanni. Faut que tu te réveilles.

Cependant, maintenant que je suis certaine qu'il s'en ira bientôt, je n'ai qu'une envie de partir moi aussi avant de me retrouver fille unique avec eux.

– Qu'est-ce que tu veux Luce ? Je peux m'occuper de moi tout seul.

– C'est ce que tu dis à chaque fois, mais tu reviens toujours vers moi ou Joanne pour me demander quel Dafalgan tu dois prendre.

– Bah je prendrais le bon cette fois-ci. Tu peux partir.

– T'es sûr que–

– Oui je suis sûr que ça va putain ! Dans deux mois je dois me marier, dans quatre je vais être papa, alors oui je sais m'occuper de moi bordel de merde. Sors de ma chambre Lucyiahna.

Aïe. J'avais peut-être oublié à quel point ça faisait mal lorsqu'il redevenait lui-même. Le voir revenir à la réalité était un coup à chaque fois.

– T'as raison, t'es plus un gamin. Dans quelques mois tu vas devenir responsable et bien plus mature que maintenant j'espère. C'est un signe pour commencer à mieux me parler.

Parfois, je me sentais comme une mère moi aussi, parce que mon frère agi comme un petit de treize ans la plupart du temps. J'ai emmené Karyme dans la cuisine et ai demandé à Joanne, notre cuisinière et femme de ménage depuis longtemps, de nous préparer quelque chose.

– Une préférence pour quelque chose aujourd'hui ?

– Quelque chose qui se mange et un café s'il te plait, pour me faire tenir la journée. Et appelez-moi Lucyiahna directement.

– Très bien. D'ailleurs vos parents m'ont dit de vous transmettre qu'ils partaient en voyage d'affaire pendant deux semaines.

Génial, ça me fait de quoi respirer, de quoi retrouver un habitat normal. On m'a servi mon café, et je n'ai pas eu l'intelligence d'attendre qu'il refroidisse avant de le pendre.

– Ton café est encore ch– a tenté de me prévenir Karyme.

Mais je n'ai pas eu le temps de l'écouter que j'avais déjà lâché la tasse. Je m'attendais à me brûler avec le café, mais ça n'arriva pas.

– Tu devrais faire plus attention.

Il l'avait rattrapée avant qu'elle ne me tombe dessus, et l'a posée sur la table comme si de rien était. Ses réflexes étaient, impressionnants ?

– Je... merci.

Il n'a rien ajouté, et moi non plus. Il avait fait ça par pure gentillesse, n'importe qui aurait pu le faire.

Oui Luce, n'importe qui.

***

J'ai invité Arlocea, et bien évidemment Karyme à venir faire du shopping avec moi, étant donné que je n'avais pas vraiment d'amie féminine pour venir avec moi. C'est pour cette raison que je n'ai jamais vraiment d'avis féminin sur ce que je porte. Au bout d'une heure à peine, je me promenais déjà avec un grand sac, pas grand-chose, juste quelques pièces pour mon défilé.

– Vous ne voulez rien vous ?

– Je t'ai déjà dit que j'aime pas piquer dans l'argent des autres, et t'en fais pas, ça ira. me répondit Arlocea.

Il dit ça parce que je l'ai déjà forcé à changer l'entièreté de sa garde-robe l'année, alors que tout partait de la simple attention de lui acheter un t-shirt. Il a été traumatisé je pense.

– Alors pourquoi t'as accepté de venir ?

– Parce que je suis ton meilleur ami, et... hop, je suis porteur de sac maintenant aussi. me dit-il en arrachant mes sacs.

– Bon, d'accord... Et toi ?

– Pitié n'accepte pas, tu le regretteras, et moi aussi.

– Qui ça ? Moi ? demanda l'intéressé. Pour faire quoi ?

– Elle veut changer tout tes vêtements, je pense qu'en étude de mode c'est normal de prendre ça au sérieux, voir un peu trop. Je te conseille de refuser, expérience vécue.

Quand j'y pense, on en a créé des souvenirs lui et moi. Ils sont bien plus beau que ceux que j'ai eu avec Lynch, en trois ans de relation.

– Ça fait trois jours qu'il est dans les même vêtement, et mon frère va finir par se rendre compte que je lui en pique. j'explique.

– Tout le monde porte ses vêtements pendant trois jours, c'est normal Luce.

– Il n'y que les hommes alors, vous vous comprenez sûrement entre vous. rectifiai-je. Tu veux bien du coup ?

– Je te rappelle la fois où tu es restée une semaine dans le même py–

Je plaquai ma main sur sa bouche avant qu'il ne révèle au monde cette information. Je tiens à ma dignité.

– Si tu veux vraiment savoir, j'ai plusieurs fois le même pyjama rose. Alors Karyme ?
– Euh oui, pourquoi pas...
– Yes ! Allez viens avec moi.

Je sais que j'ai le don d'être très forceuse de temps en temps, mais Karyme est patient, il s'adaptera. Magasin après magasin, il ne semble pas perdre cette patiente et garde en permanence son calme. Arlocea, lui, ne comprenait pas comment c'était possible de passer autant de temps sans finir par en avoir marre. Il aurait abandonné depuis longtemps si on lui avait dit d'être à la même place que Karyme à cet instant.

– Je ne sais pas ce que tu trouves d'intéressant sur le fait de débattre seul sur quatre pulls identiques. Je vais me chercher à manger, rejoignez-moi quand vous aurez enfin terminé.

Je le comprends, de plus que c'était un vrai combat pour lui de me voir dépenser autant dans la fast fashion alors qu'il est l'un des écolos les plus engagés d'Italie. Je vais dans des boutiques plus responsables depuis un moment certes, mais nos deux passions restent complètement contradictoires, ce n'est pas toujours facile de s'entendre. Souvent je me dis, mais attendez, je suis meilleure amie avec une star, et celle-ci connait tous mes secrets. Mais il n'est pas comme ça, il aime être juste Arlo, ce garçon. Je le respecte à mille pourcents car à chaque fois que je retourne sur les réseaux sociaux, je n'arrête pas de penser à comment je devrais être pour que les gens m'acceptent. Dieu merci il est là, et il m'a placé un code qui m'empêche d'accéder à mes réseaux sociaux après une heure. Résultat, il doit être à mes côtés et je dois avoir sa permission pour les utiliser. Enfin bon, c'est mon meilleur ami, et je sais que quoi qu'il arrive, on sera toujours ensemble.

— T'es sûre que ça me va vraiment ?

J'ai tourné la tête en direction de Karyme dans la cabine d'essayage. Je lui avais demandé d'essayer des campus bleu électrique, avec le fameux pantalon à rayures bleu clair, ou alors blanches je ne sais pas, tout ça avec un t-shirt à imprimé basique. Mais je pense que le pire dans toute cette tenue était le collier en perles. Ça lui allait mortellement bien bon sang... Bien plus que ce que j'avais imaginé. Soit c'était la tenue, soit c'était lui, mais je crois que je pencherais plus pour la deuxième option.

— Y'a un truc qui va pas ?

— Euh nan... Ça te va très bien ! me rattrapai-je

Il a donc fait demi-tour pour se rechanger avant qu'on ne passe à la caisse. Bordel je travaille juste ! Je ne fais rien de plus que mon travail. J'ai décidé que je n'allais pas nous en faire subir plus. En sortant du magasin, je savais exactement dans quel restaurant Arlocea était, je le connais assez bien pour ça. J'étais en pleine discussion avec Karyme, ou plutôt en plein monologue, puisque je parlais en continu, et qu'il répondait simplement par oui ou non le plus souvent. Les gens autour de nous nous jugeaient ouvertement, je le savais très bien, parce que, oh Lucyiahna est encore avec un garçon différent ! Et même si j'en avais l'habitude, cela me mettait mal, même un peu plus mal pour Karyme qui n'avait rien demandé. Tout à coup, son bras s'est retrouvé sur mes épaules, et il m'a presque brusquement tiré vers lui. En relevant les yeux, je remarque une personne juste en face de moi, que je me serais prise s'il n'avait pas réagi.

— Bah alors, on ne regarde pas là où on met les pieds Luce ? me dit Lynch, que je ne souhaitais vraiment pas croiser. Tient, tu t'es déjà trouvé un nouveau garçon ?

— Ça ne te regarde pas Lynch, on est plus ensemble.

Je passe mon temps à trainer avec des hommes, alors que se sont littéralement eux qui me détruisent tous les jours.

— Parce que moi j'ai l'air d'avoir dit qu'on était plus ensemble ? Tu as accepté d'être avec moi et ça tient encore. Au fait toi là, l'étranger, tu ferais mieux de la lâcher.

S'il te plait, s'il te plait ne me lâche pas.

J'ignore comment, mais c'est comme s'il avait entendu le fond de ma pensée avant de me répondre.

Je ne te lâcherais pas. Je n'en avais pas l'intention.

— Allez mon cœur... viens.

— Ce n'est pas la première fois Lynch, je n'ai toujours pas envie de revenir.

— Pourtant tu sais que j'ai le pouvoir sur toi, tu vas simplement venir que tu le veuille ou non.

— Une autre fois je–

La gifle est partie seule. Je savais que tout ce qui venait de lui ne pouvait que me faire du mal. Une fois de plus, soumise, je n'ose pas répondre. Je sais, je devrais le faire, mais je n'y arrive pas, et j'ignore pourquoi.

— Ils ont tous raison sur ta réputation Lucyiahna. Tu es la sale pute que tu penses être.

Son coup était préparé. Il l'avait dit assez fort pour laisser croire à toute les personnes présentes pensent que c'était moi la méchante. Toujours pouvoir retourner la situation dans le sens qu'il voulait. Étant donné que le centre commercial entier l'avait entendu, je savais que dans les dix prochaines minutes des petites personnes inconnues feront le buzz rien que sur cette scène.

— Mais c'est quoi ton problème à toi ?! Personne t'as appris à respecter les femmes ou quoi ?

— Alors mon petit gars, tu vas commencer par te calmer hein. Deuxièmement, tu ne fais que partie que de ces nombreux chiens qui la suivent pour son argent, alors tu n'as rien à me dire.

— J'ai plutôt l'impression que tu dis ça parce que tu te sens concerné, je sais que ce n'est pas mon cas. C'est toi qui viens juste en face de nous, pour créer tout une scène et espérer te faire respecter car tu te crois dominant.

— Tu t'en prend vraiment à la mauvaise personne l'arabe...

— Et alors quoi ? Je suis censé avoir peur de quelqu'un qui n'a pas d'autre défense que l'insulte ?

Il était en train de me défendre. De *me* défendre. Arlocea l'avait fait, mais lui savait que ça pouvait affecter sa réputation de gentilhomme. Karyme l'avait fait sans hésiter, spontanément.

— C'est bon, tu en a assez de faire le garçon intéressant ? Tu aurais simplement pu contourner le chemin au lieu de causer des problèmes inutiles.

Ce qui m'a encore plus étonnée, c'est qu'il a simplement accepté et est parti, ne cherchant rien de plus de ma part. On m'avait défendu, on avait enfin pris mon parti, pour une fois. Il m'a pris dans ses bars pour me réconforter, parce j'aimais bien ça au fond, mais je n'étais déjà même plus si triste.

— Tu n'avais pas à faire ça, j'irai le voir une prochaine fois et je ferais ce qu'il me demande. C'est comme ça entre nous.

– Et ça te plaît de faire ça ? Parce que la façon dont il te traite n'est pas *normale* Lucyiahna. Tu n'as pas à subir ça tout le temps.

Et c'était la goutte de trop, je ne le fais pas souvent, mais je me suis mise à pleurer.

Ce n'est pas normal, ce n'est pas normal, ce n'est pas normal... Mais je le sais non ?

Alors pourquoi je continue de le suivre inconsciemment ?

– Je sais que je ne connais rien de votre relation et que je n'ai pas mon mot à dire là-dessus, mais ça se voyais dans son regard que ce n'était pas la première fois.

– Merci.

Merci parce que tu as pris mon parti, merci parce que tu es avec moi, merci de m'avoir défendue sans forcément comprendre la situation, merci de ne pas m'insulter par rapport à mon passé. Merci de ne pas être de leur côté.

Je sais qu'il travaillait pour moi en tant que mannequin et rien de plus, mais j'avais plus l'impression qu'il s'agissait d'un ami, un deuxième confident de réelle confiance.

– Eh ! Je vous ai commandé à manger et vous êtes même pas venus ! C'est froid maintenant. nous reprocha Arlocea. Au fait, il se passe quoi ?

Chapitre 9 Lucyiahna

Si nos corps sont loin, nos âmes se touchent...

À la fin de l'après-midi, on est rentré chez moi tous les trois, et je me suis directement dit que j'avais déjà perdu assez de temps comme ça, et qu'il était temps que je m'y mette. Mes parents n'étant pas là, on s'est retrouvé les trois à discuter de ça dans mon salon. Au départ, tout partait si bien, mais il a fallu qu'on finisse en désaccord.

— Eh Luce, je te rappelle que ce n'est pas à nous de te dire comment faire, c'est ton travail. commença Arlocea. Fais comme tu t'y prends en général.

— En général, je ne fais pas des projets de cette taille, encore moins sur un thème que je n'ai pas choisi.

— Alors change de thème si ça t'arrange ! Personne ne te force à suivre mes idées ! m'accusa Arlocea.

— Mais tu as dit que tu m'aiderais !

— J'ai dit que je t'aiderai, pas que je ferais tout à ta place Lucyiahna ! C'est bon tu sais quoi, débrouille-toi, t'es vraiment une fille compliquée parfois.

– Tu sais très bien que ma vie n'est pas facile, c'est peut-être bien pour ça. Essaye ! Essaye un peu de te mettre à ma place de temps en temps !

– Arrête de croire qu'il n'y a que *ta* vie qui est difficile. Je m'en vais.

Il est sorti en claquant la porte. Il n'y avait à peine quelques heures, il n'était absolument pas comme ça. Depuis quelques temps, il pique des crises de colère en permanence. Il avait promis de m'aider, mais enfin, j'imagine qu'il est temps que moi aussi je me débrouille seule. Je commencerais à m'y mettre quand même, Karyme lui, est juste silencieux face à ça. Je suis allée chercher un bloc note dans ma cuisine, il m'a suivi.

– On devrait commencer par acheter quelques tissus, on y va...

Parce que quand je n'arrive pas à quelque chose, je l'évite en espérant secrètement qu'il se fasse seul dans un coin.

***

– Qu'est-ce qui t'as pris ?! T'es bête ou quoi ? T'as jamais procédé comme ça, et c'est grâce à cela que tes créations ont toujours été unique. Il te fait peur ou quoi Karyme ?

– Non c'est pas ça mais...

– Bah quoi alors ? Parce que là on dirait juste qu'il t'intimide et que t'ose pas lui parler.

– C'est pas pareil ! Il... Il a pas une simple histoire classique comme les nôtres, et encore, il ne me connait pas, il ne me parlera pas de sa vie comme ça !

– C'est l'occasion alors. On s'est connu comment toi et moi ? Je t'ai connu au pire moment de ta vie, sans filtre. Les relations sont plus réelles lorsqu'elles commencent par quelque chose de sincère. Tu vas prendre des plombs à faire connaissance avec lui si vous restez gêné comme ça, et je te rappelle que t'as seulement quatre mois pour terminer tout ça, faut que tu fasses quelque chose. Tu voulais de la motivation, bah la voilà.

Il raccrocha avant que je ne puisse le remercier. Dans un coin de ma chambre se trouvait une pile de tissus qu'on avait acheté quelques minutes auparavant. Parce que je dépense quand je suis heureuse, je dépense quand je suis triste, je dépense pour penser à autre chose, car je crains juste de voir la vérité en face. Tant de temps à mentir à tout le monde. J'ai peut-être vingt-deux ans, et pourtant j'arrive encore à avoir du mal à m'exprimer envers les autres.

– Va là-dedans ! Tout de suite.
– Mais papa je...
– J'en ai rien à foutre. Tu entres et tu la fermes.
J'ai obéi quand j'ai compris que protester ne servirais à rien, j'y suis entrée, des heures et des heures, J'ignorais quand ça allait se finir.

J'ai attrapé, un cahier à rayures roses et je suis descendue dans la chambre que Karyme occupait. Il lisait le même livre que ce matin. Je crois qu'il ne m'a même pas vu arriver, mais en faisant à peine quelques pas dans la pièce, il s'est tourné et m'a entendu. Il était, très attentif au moindre petit bruit apparemment. Puis, il a refermé son livre et l'a posé en attendant que j'agisse. J'étais ici pour qu'on commence ce foutu projet, pour lui expliquer comment je comptais procéder, je comptais enfin être la personne organisée que je suis censé être, pourtant, je n'ai rien réussi à dire. Si ce n'est que :

– Je suis désolée.

Je ne sais même pas pourquoi je m'excuse, mais je le fais quand même. Parce que c'est tout ce que je suis capable d'être. *Une incapable...*

– Tu n'as rien fait. m'a-t-il répondu dans le plus grand calme.

– Tu dois endurer mon quotidien, et mon sale caractère.

– Ça me dérange pas.

– Si... je viens et je te dérange, je... je vais partir en fait.

– Le livre ne m'intéresse pas tant que ça, tu peux rester.

– Pourquoi tu le lis s'il ne t'intéresse pas ?

– Il n'y a pas grand-chose d'autre. Et puis si t'es venue, c'est bien pour quelque chose ? m'encouragea-t-il.

Allez, prend sur toi, la dernière fois remonte à longtemps. Trop longtemps pour s'en soucier...

– J'ai besoin que tu me parles de toi... je... je m'inspire de ça pour mes créations.

– Ah bon ?

– C'est... c'est ça qui les rend uniques, j'imagine.

Je me suis assise à côté de lui, et l'ai ouvert à une page vide.

– Et, je suis censé dire quoi ?

– Ce que tu veux sur toi... Te présenter ça pourrait être bien.

Il a hésité un moment avant de se lancer. C'est vrai, ce n'est pas une question facile, parce qu'il y a tant de chose à dire sur une vie.

– Je m'appelle Karyme Nasaeel, et on a pas besoin de me connaitre pour comprendre que je suis arabe, plus précisément, je viens de Syrie. J'ai bien vécu toute ma vie là-bas, la guerre, le conflit, les problèmes et... je n'ai jamais été très ouvert au reste. Vivre avec les rebelles, les mort, les gens constamment persécutés n'a jamais été facile. J'étais pas un enfant sociable à vrai dire, vraiment calme. Puis, ma famille ; un père, un frère, une mère. Mon père, c'était un peu le toit et les murs de notre maison. Il veillait sur nous jours et nuits, il... était toujours là, et je sais que quoi qu'il arrive, il aurait toujours été là. Je l'admirai. Mon frère, c'était un peu le rayon de soleil de la famille...

Je note, je note, je note. Je note parce qu'il y a trop de choses différentes d'ici. Parce qu'il y a trop de choses que je ne connais pas. Trop de choses que je ne vis pas.

– Il rayonnait dans notre maison. continua-t-il. Et malgré ça, j'ai pas réussi à m'entendre avec lui. Je sais pas vraiment pourquoi, j'étais juste un peu, différent j'imagine. Ma sorte de rancune, si je peux dire ça comme ça, a duré vingt-cinq longues années avant que je ne me rende compte que c'était moi. Et c'était dur. Je regrette énormément, et je ferais beaucoup pour avoir une nouvelle chance.

Je remarque qu'il commence par parler de sa famille, comme si elle passait avant lui. Parce que dans ce qu'il raconte, il a plus à dire sur les autres que sur lui-même.

– Ma mère, il laissa échapper un petit rire amer. C'était ma mère. Sensible, charmante, amusante, à l'écoute... Ma mère était tout dans cette maison. C'était notre amoureuse un peu, à nous trois. Moralement, car c'était la seule femme de la maison. J'ai, tellement de chose que je pourrais dire sur elle. Mais pour résumer, c'étaient un peu les fondations de la maison, elle était fantastique. Moi, sans ma famille, je ne suis pas grand-chose finalement. On disait que j'étais la lune, discret mais tout aussi rayonnant que le soleil. Cette comparaison a eu une encore plus grande importance lorsque j'ai appris que la lune brillait grâce au soleil.

Son frère le soleil, et lui la lune... ça fait un peu plus sens maintenant. Je ne l'interromps pas, complètement absorbée par le récit.

– Je suis moi grâce à toutes ces personnes, je suis pas grand-chose à côté d'eux.

Son regard dans le mien, c'est comme si j'avais toute cette histoire devant les yeux, comme un film. Sa vie était magistrale, comme un putain de film qu'on serait capable de regarder des milliards de fois sans s'en lasser.

– Et comment t'as vécu tout ça un peu ? Le sentiment de ne pas être "grand-chose" à côté de ces piliers si important pour ta vie ? Comment t'as vécu ce... conflit ? demandai-je

Il réfléchit, et il prit son temps. Il faut du temps pour ce genre de sujet.

– Assez mal. Au début je me disais que c'était simplement normal, parce que je n'avais pas vu les autres. Je ne connaissais que ce pays. Puis, lentement... j'ai fini par comprendre que... que ce n'étais pas ça.... pas ça du tout.

Sa jambe se met à trembler toute seule, et je note dans mon cahier que c'est un sujet délicat à aborder.

– En fait, j'ai pas compris ça à n'importe quel moment. C'était pas du tout un moment comme les autres. Mon père... avait un meilleur ami. Un meilleur ami, qui avait une femme et deux enfants. Deux enfants qui s'appelaient Idris et Amira. Cette fille m'a dit un jour que j'avais des beaux yeux, et qu'avec ça j'aurais toujours un peu de mes deux parents avec moi.

C'est un peu pour ça que je l'avais choisi. Ses yeux, font ressortir plus d'émotions que la plupart des gens.

– Mais ça fait des années que je l'ai perdue de vue, alors j'ai arrêté de croire qu'on finira par se retrouver. Et puis, elle m'a sûrement oublié avec le temps. Elle avait, ce petit nœud jaune en permanence.

Un, nœud jaune ?...

Je crois qu'on oublie pas quelqu'un comme toi Karyme... J'ai refermé mon cahier en affirmant que c'était tout bon, que j'avais eu ce qu'il me fallait. Je suis ressortie en lui souhaitant bonne nuit, mais à peine avais-je refermé la porte, que je me suis mise à culpabiliser. Il m'a tout dit, je ne lui ai même pas donné un peu de ma compassion, et qu'en sera-t-il de moi le jour où je devrais en parler ? Je suis allée me coucher dans l'espoir de penser à autre chose, pourtant, une vingtaine de minutes plus tard, je me suis retrouvée sur mon bureau à griffonner des tonnes d'idées de confections. L'inspiration coulait à flots.

Je suis sortie de ma chambre vers quatorze heures, une semaine avait passée depuis que Karyme m'avait parlé de lui. Je suis descendue et je n'ai pas eu besoin de dire quoi que ce soit à Joanne, car, elle et Karyme, étaient déjà en train de préparer quelque chose. Quelques minutes après mon arrivée, ils m'ont servi un plat. Mon plat préféré. C'était ce que moi et mon frère adorions. Mon frère d'ailleurs, descendit peu après moi.

– Il se passe quoi ? Il y a quelque chose de spécial ? demanda-t-il.

– Pas du tout ! On s'est simplement dit que faire un plat que vous appréciez pourrait–

– J'en ai rien à foutre. Je mange pas, je sors.

Il était incontrôlable, mais Joanne avait pris l'habitude à force.

– Merci, c'est vraiment gentil. finis-je par dire pour nous deux.

Ils m'ont souri, et je suis allée m'asseoir seule avec mon repas. À peine eu-je pris une bouchée, que je sentis quelque chose de différent. Ça avait un gout vraiment super bon. Je me retournai vers Joanne pour lui demander :

– Tu as ajouté quoi pour que ce soit aussi bon ?

Elle m'indiqua Karyme avec ses mains. Je... D'accord, c'était donc grâce à lui. Grâce à lui, toujours. Je me retournai sans un mot, et continua mon repas. Puis Joanne a dû partir, et il ne restait plus que nous deux.

– Tu peux venir t'asseoir si tu veux.

Il est venu, un peu gêné, ce qui n'a fait qu'empirer la situation. Malgré le temps qu'on avait passé ensemble, on restait des inconnus, comme me l'avait bien dit Arlocea. J'avais agi sur un simple coup de tête quand je l'avais vu, contrairement à Lynch. J'étais beaucoup moins sereine, concentrée, confiante, beaucoup moins comme avant. Je ne saurais pas dire si l'ancienne Lucyiahna me manque pour autant, parce que j'aime bien celle que j'ai réussi à devenir.

Finalement, me rendant compte que je faisais tourner ma fourchette dans mon assiette, sans rien prendre, je me repris avant de finir mon plat et d'aller le mettre dans l'évier de la cuisine. Bientôt trois semaines qu'il avait accepté de travailler avec moi, et nous n'avions absolument rien fait. Le temps passait beaucoup trop vite. J'ai fortement posé ma main sur la table, comme pour marquer la fin de ma procrastination, ce qui l'a un peu fait sursauter.

– Je vais aller me changer et... et va falloir qu'on sorte acheter quelque chose... et d'autres trucs.

C'est faux, il fallait que je dessine quelques modèles de départ, histoire de pouvoir me baser sur quelque chose. Mais me retrouver de nouveau en tête à tête avec lui ne ferais que me gêner encore plus. Il a acquiescé, toujours et évidemment d'accord avec moi. Je suis montée dans ma chambre pour enfiler un top simple à brettelles, et un jogging tout autant simple, et je me suis vue dans le miroir.

Tu es en école de mode depuis trois ans et c'est tout ce que tu arrives à faire ? C'est ce que tu portes quand tu sors ? Et puis avec ce que tu caches en toi, comment t'arrive encore à sortir ?

Je m'y sens bien... Je suis sortie de ma chambre en claquant la porte. J'ai appelé Nathaël qui est venu dans les dix minutes.

Foutu miroir.

Chapitre 10 Lucyiahna

La seule personne que je veux rendre fière, c'est la petite fille que j'étais...

Dans deux moi je vais me marier, dans quatre je vais être papa.
    Je n'arrive pas à me rendre compte qu'il m'ait caché ça, enfin qu'il l'ait caché tout court. Est-ce que nos parents sont au courant ? Non, évidemment. Sinon il ne m'aurait pas demandé de le cacher. Et depuis quand ? Les choses allaient de moins en moins, en plus d'Arlocea qui réagissais de plus en plus bizarrement ces derniers temps. Pour le coup, je n'avais plus vraiment personne. Aussitôt garé, on est sorti en précisant au chauffeur de revenir dans quelques heures. Les gens autour de nous ne faisaient que nous regarder et chuchoter entre eux, même si chuchoter restait un grand mot. Je les entendais jusqu'ici, je préférais juste ne pas m'en préoccuper. On traine quelques minutes avant d'arriver dans le rayon que je cherchais. Des bijoux pour couture en or, argent, bronze, plusieurs couleurs, plusieurs formes...
    Karyme était syrien, j'ai donc fait une sélection des couleurs du drapeau du pays ainsi qu'une allant plus avec son teint. C'était un des critères les plus importants.

– On a déjà acheté pleins de chose la semaine passée... me fit-il remarquer.

Je me stoppai une seconde, je sais qu'il a raison. Mais depuis quand s'en soucie-t-il ?

– Je... Je sais... Mais j'en ai besoin d'autres.

– Si tu dépenses à chaque fois que tu veux éviter une situation, tu n'iras pas loin. Tu en as largement déjà assez.

À chaque fois que je veux éviter une situation ?

– Oui mais tu peux pas comprendre. T'as pas le droit de me dire ce qui est mieux pour moi.

– J'ai pas vraiment besoin de comprendre tu sais ? T'essaies de fuir toute situation que tu ne maitrise pas avec ton argent, mais c'est pas en le balançant par la fenêtre que tu arriveras à quelque chose Lucyiahna.

– Je sais ce que je fais d'accord ?! T'es personne pour me dire quoi faire !

– Parce que toi oui ? Là ce que je fais depuis des semaines c'est par pure gentillesse. Contrairement à toi, moi j'en ai besoin de l'argent que je recevrais plus tard ! articula-t-il d'une voix un peu plus menaçante. Moi j'en ai pas rien à foutre de l'argent que je dépense, rend toi compte que certaines personnes pensent à chaque centime qu'elles dépensent et comment elles feront pour le regagner le mois prochain. Et bordel... me... me dire que pendant que moi j'ai failli mourir parce que j'avais pas de sous pour manger, pendant ce temps y en a qui l'utilisait pour ça. On travaille ensemble, à deux, alors évidemment que je vais pas me gêner si t'es pas foutue de respecter un peu les autres. Quand tu te seras enfin rendu compte de ce que t'es en train de faire, t'appeler ton chauffeur et on rentrera. Moi je sors en attendant.

Et à ma grande surprise, il est vraiment sorti. Toujours si calme, si lui-même... Je me rends compte quel n'était pas forcément toujours d'accord avec moi, il subissait juste. Et voilà, encore une fois je viens de me taper la honte au milieu d'un magasin, et les gens vont s'en souvenir. J'ai abusé de la patience et de la gentillesse de Karyme, parce que moi la première j'avais juste besoin qu'on m'aime. Je viens de tout gâcher, encore.

– Nathaël ? Viens nous chercher tout de suite. On rentre.

J'ai l'impression de répéter mes erreurs avec tout le monde, comme si je n'en tirais rien. Peut-être que je devrais ouvrir les yeux, peut-être que c'est moi le problème.

***

Le trajet retour a été aussi silencieux que le premier. En plus d'être coincé dans les embouteillages, ce qui nous a fait perdre du temps. Je me sentais mal par rapport à tout. J'ai, tellement envie de tout recommencer, juste une seule fois. Je hais la personne que je suis.

– Mademoiselle ?

Perdue dans la lune, je n'avais même pas remarqué que nous étions déjà arrivés, de retour à la case départ. Je suis descendue de la voiture et l'ai regardée s'éloigner.

– Je suis désolé...

Je me retourne, surprise. Ça devrait être l'inverse.

– Pourquoi ? ricanai-je. C'est pas de ta faute.

– Ce que j'ai dit... Je voulais pas vraiment le dire. T'es quelqu'un de bien, j'aurais pas dû m'énerver comme ça pour un rien. C'est juste que...
– Que ?
– J'ai jamais eu ce genre d'interactions sociales. J'ai toujours vécu avec mes parents, mon frère, les amis de mon frère, mais jamais mes amis. Je sais pas trop comment gérer ça à vrai dire...

Parce que nous sommes amis ? Il me considère comme son amie ? Je n'ai rien ajouté et je suis rentrée avec lui, comme si faire un aller-retour en ville n'avais rien changé.

– Tu pourrais m'attendre ici une minute ? lui demandai-je lorsque nous nous trouvions dans le salon.

Il acquiesça gentiment, me laissant seule monter jusque dans ma chambre. J'ai repris mon cahier, dans lequel j'avais dessiné quelques croquis, et je suis redescendue avec une gomme et des crayons de couleurs. Je ne savais pas si ça allait lui plaire, parce que mon monde de la mode est bien différent de tout ce qu'on voit en dehors. Je lui ai glissé le carnet, en lui indiquant qu'à partir du post-it rose, il y avait tous les croquis lui appartenant.

– Décidément, tu aimes bien le rose...
– N'importe quoi. Tu veux manger quelque chose ?
– Non ça ira merci.

Je l'avais trouvé ce matin dans la cuisine avec Joanne et... Je me retourne subitement.

– C'est quand la dernière fois que tu as mangé ? je demande avant même de me demander si la question n'est pas trop indiscrète.

– Oh c'est pas grand-chose, j'ai l'habitude...

L'habitude ouais. Tu parles d'une habitude... D'un sourire niais, il a continué de parcourir quelques dessins dans mon cahier. J'en ai connu des gens comme ça, quand on se prive de manger, ce n'est jamais vraiment agréable, même pas habitude. Sauf que sa situation est différente, je ne peux pas me permettre de l'aborder *comme les autres*. Tout est plus délicat. Je me suis permise de lui servir une assiette et de la lui donner. Seul son regard a suffi comme remerciement, et le mien comme une sorte de "je sais ce que tu as vécu". Comme je m'y attendais assez, on a mangé ensemble, dans un silence pas si gênant que ça.

– C'est vraiment joli, t'as beaucoup d'idée.

On me complimente rarement sur ces vieux croquis, toujours sur le résultat final, c'est une des grandes raisons de pourquoi j'ai de moins en moins confiance en moi.

– Oh euh... merci. crachai-je.

Même si ce n'étais qu'un peu, je pouvais dire que c'étais déjà ça. On en a parlé pendant quelques minutes encore. Ce n'étais pas si désagréable en fin de compte, on pouvait bien s'entendre. Il ne travaille pas pour moi, mais avec moi. Alors peut-être que je n'étais pas entièrement le problème, j'avais juste du mal à faire le premier pas.

– On a perdu assez de temps, on devrait s'y mettre pour de vrai cette fois.

***

– Mais aïe ! C'est une séance d'acupuncture ou quoi ?
– Reste tranquille, j'ai bientôt terminé. je ris.

On avait plus avancé en deux semaines qu'en un mois ensemble. Mes parents étant donné qu'ils n'étaient toujours pas rentrés, j'en déduis qu'ils ne m'avaient simplement pas prévenu. Ils prennent rarement la peine de le faire en fait, faisaient des allers-retours dans le monde. Je suis peut-être riche, mais je ne peux pas m'empêcher de me demander ce qu'il se serait passé si ce n'avais jamais été le cas. Ma vie était mieux avant tout ça.

– C'est bon, tu peux enlever. lui dis-je.

J'ai déposé le début de création sur mon mannequin, la suite attendra plus tard. Ce que je fais, me force toujours à réaliser des choses pas forcément agréables, comme devoir connaître le corps des gens. Parce que même si je le voudrais pas, je sais qu'à la fin de ces quelques moi, je connaitrais ses traits et cicatrices par cœur... Je sais que ce n'est qu'éphémère, je l'ai toujours su, alors pourquoi je sens comme ce pincement au cœur ? De me dire que c'est juste le temps de quelques mois avant que je ne retourne à une vie normale. Que ce n'est qu'une petite passe. Pourquoi je me sens si mal à propos de ça ?

– Lucyiahna ? m'interpella quelqu'un.

Je fais demi-tour sur ma chaise pour regarder en direction de la porte. C'était mon frère.

– Hey... j'aurais besoin de ton aide pour un petit truc...

Je lève un sourcil, intriguée.

– Tu sais que je me marie le mois prochain et... fin c'est que... j'ai rien trouvé à me mettre quoi. Je sais que c'est assez tard mais–

– J'aurais pas le temps, je suis déjà assez en retard sur mon projet.

– S'il te plait Luce, je ferais ce que tu veux ! J'ai jamais eu autant besoin de ton aide.

Il s'est carrément agenouillé à mes pieds pour me supplier. Giovanni n'a jamais été aussi drôle.

– C'est non Giovanni.

– Alleeeeeez Luce, s'il te plait... Je peux même être ton autre mannequin pour cet évènement si t'as besoin de moi !

Oh, peut-être que ça peut être intéressant en fin de compte.

– Et je te promets de d'écouter à la lettre et de ne plus être un connard avec toi... C'est vraiment super urgent s'il te plait.

– Montre-moi ce que tu veux, et je verrais quand je pourrais chercher...

Il s'est levé, et a sorti son téléphone pour m'en montrer une inspiration.

– Tu penses pouvoir faire ça pour le vingt-quatre ? me demanda-t-il.

– Le marié en vert, tu te fous de moi ? Et tu penses sérieusement que y a le temps pour le vingt-quatre ?

– Oui, et je suis sûr que tu as largement le talent pour trouver d'ici là.

– Tu dis ça pour m'amadouer ?

– Parce que tu me crois pas quand je dis la vérité, ça change rien.

Je pousse un soupir, et finis par l'écrire sur un post-it et le coller à mon mur, signe que je vais le faire.

– Et autre question.

– Quoi encore ?

– Tu veux bien être ma demoiselle d'honneur ?

Je me suis entièrement arrêtée sous le coup de la surprise, parce que jamais on ne m'avait demandé quelque chose d'aussi... grand. Il a failli éclater de rire quand il a vu que j'étais sur le point de pleurer pour ça. On me dit parfois que je suis trop émotive et que je veux juste attirer l'attention, mais pour une fois que mon frère m'offre une place dans sa vie, ce n'est pas rien. J'ai sauté dans ces bras, et il n'a pas refusé.

– T'es beaucoup trop émotive Lucyiahna... Arrête de pleurer, tu feras une demoiselle d'honneur incroyable et une tante parfaite... Bon, tu m'as dit que t'avais du boulot, alors je sors.

Il est ressorti et j'eu un drôle de sentiment en moi.

– Tu vois que ton frère ne te déteste sûrement pas comme il le prétend. ajouta Karyme.

Oui sûrement. C'est ce que j'ai envie de me dire aussi, c'est ce que j'aimerais croire. Mais avec les années, je doute que quoi que ce soit puisse redevenir pareil. J'aimerais tellement....

– Pas du tout, il m'aime juste le temps d'un service. On ne s'entend pas vraiment, et ce ne sera pas le cas.

– Les choses peuvent toujours changer, ce n'est qu'une question de volonté.

Mon téléphone sonna à l'autre bout de la pièce, le coupant dans ses paroles. C'était assez étrange, on ne prenait jamais le peine de m'appeler, on laissait qu'un petit message à la va vite, un samedi soir quand on veut faire un petit tri dans son téléphone en voulant se débarrasser de ce qui est inutile. Je décroche sans même regarder de qui il s'agit.

– Allo ?

– Euh salut... Je suis le grand frère de Karyme.

Et la seule fois où on m'appelle, ce n'est même pas pour moi. Je tends le téléphone au concerné, et attend en faisant autre chose pour lui laisser un peu d'intimité.

– Qu'est-ce qui se passe Ezekiel ?

Je sais que ça ne se fait pas trop d'écouter les conversations des autres. Mais d'un autre côté j'ai envie de dire que je ne l'écoute pas, mais je l'entends juste. C'est plus fort que moi.

– À l'hôpital ? Ah bah... euh... d'accord j'arrive.

Il raccroche, et je récupère mon téléphone.

– Tu as besoin d'aller quelque part ?

– Je– il prend un temps de réflexion avant de continuer. T'as compris ce que j'ai dit ?

– Bah je...

Tout à coup je réalise. Il a parlé arabe, et j'ai compris.

– C'est que j'ai appris l'arabe à un moment... juste pour l'envie.

– J'ai besoin d'aller à l'hôpital Anthea... il finit par me dire, passant rapidement à autre chose. Merci.

Je demande alors à Nathaël de venir, et je prie pour ne pas refaire une erreur du genre...

Chapitre 11 Karyme

On ne meurt pas d'amour...

Son chauffeur que j'avais appris à connaître avec le temps est venu nous chercher et nous a, en à peine quelques minutes, emmené à l'hôpital. Lucyiahna qui connait bien mieux les lieux que moi, m'a guidé jusque vers l'accueil.

– Qui venez-vous voir ?
– Athéna. Athéna Paeon.
– Chambre 349. Vous êtes de la famille ? nous demanda-t-elle sans même lever les yeux de son ordi.
– Nous sommes des amis, proches.
– Je vous laisserais me suivre.

La dame de l'accueil enfila une paire de gants avant de faire le tour du bureau pour nous rejoindre. Elle lança quelques mots à sa collègue avant de nous accompagner à la chambre demandée.

– Il y a déjà quelqu'un à l'intérieur. Il ne reste qu'une vingtaine de minutes pour la voir, on viendra vous chercher à la fin.

Nous entrons dans la chambre. Athéna est assise sur le lit, dans une blouse d'hôpital rose.

– Je suis désolée Ezekiel... Je pensais pas que tout ça me rattraperait aussi vite...

– Athéna ? interrogeai-je sans laisser mon frère parler.

– Oh Karyme... ça fait du bien de te revoir...

Son teint était vraiment pâle et son bras relié à une perfusion. Jamais je n'avais vu quelqu'un dans un tel état, et honnêtement j'avais assez peur de ce qui pouvait lui arriver.

– Enfin, me regarde pas comme ça mon chat... toussa-t-elle à nouveau.

– Qu'est-ce que t'as Athéna hein ? C'est quoi cette maladie ?...

– Un cancer... me répondit-elle.

Elle se levait à peine de son matelas. Je pouvais sentir tout son effort dans ce simple mouvement. Elle tituba jusqu'à moi tout en tirant son chariot à perfusion.

– Bordel t'es pas encore en train de pleurer Karyme ? me reprit mon frère.

– Laisse le un peu tranquille là-dessus Ezekiel... il est juste hypersensible. C'est normal qu'il agisse comme ça.

J'aimais tellement quand les gens arrivaient à mettre des mots sur ce que je ressentais, mais que je n'arrivais pas à expliquer. J'aimais tellement ce pouvoir qu'avait Athéna.

– Tu ne mérites pas ça Athéna, mon frère a besoin de toi...

– Veuillez m'excuser, commença l'infirmière derrière nous. Mais je dois interrompre votre moment...

Je me détache d'elle pour me tourner en direction de la porte, avant de remarquer que mon frère ne nous suivait pas.

– Ça vaut pour toi aussi mon cœur... Il faut que tu te reposes...

C'est bien pour ça que mon frère est la descendance même de notre père. Il aime avec la même force, la même passion, le même amour. J'espère moi aussi pouvoir aimer de la même façon un jour. Puis mon regard se pose automatiquement sur la petite personne à côté de moi. Lucyiahna. Bon sang je ne sais même pas ce que je suis en train de m'imaginer. On a rien pour se plaire tous les deux.

– Je t'aime Athéna... continua mon frère aîné. J'ai encore besoin de toi demain, après demain et pendant tous les jours qui suivront...

– Shhh... Ça va bien se passer. Ne m'en veux pas Ezekiel... C'est beau tout ça...

– Madame, nous allons devoir commencer les examens.

– On ferait mieux de rentrer nous Karyme...

Peut-être oui, très sûrement. Mais bon sang qu'est-ce que j'aimerais vivre leur relation. J'ai beau me dire que l'amour ce n'est pas pour moi, ça finira bien par me tomber dessus. Et quand je ne m'y attendrais pas.

– Eh, le chauffeur nous attend. me rappela Lucyiahna, une main sur mon épaule.

– Oui, j'arrive...

Le trajet retour a été aussi silencieux que l'aller, mais cette fois c'était différent, presque volontaire. Comme si ma vie se résumait à ça, se taire, laisser aller, et ne jamais rien dire, même sur ce qui est important. Et au fond ça m'irrite tellement, ce que je n'ose pas dire.

Tout ça parce que je ne suis pas libre.

Et dire qu'on m'avait promis qu'une fois en Europe, tout irait mieux. C'est ce qu'on m'avait promis depuis mon enfance, ce que, tout *le monde,* m'avait promis. Pourtant, j'ai l'impression que ça ne fait qu'empirer, que ce n'était que du mensonge. Que peu importe où je me trouverais, mes problèmes continueraient de me suivre. Ou simplement, se transformeront en autre problèmes. J'ai essayé de chasser ces pensées, même si je savais qu'elles resteraient dans ma tête, et j'ai suivis Lucyiahna dans la maison.

– Tu veux pas rester un moment ici ? me demanda-t-elle voyant que je me dirigeais vers ma chambre.

– J'ai pas envie de te déranger honnêtement... Et puis, ça risque d'apporter des problèmes...

– Mon père n'est pas là, il ne rentre pas tout de suite.

– Je sais mais...

– Tu ne vas pas bien, alors ne va pas t'enfermer tout seul. Reste un moment avec moi. Je vais chercher quelque chose je reviens.

Je me suis assis sur le canapé de son deuxième salon principal et l'ai attendu. Lucyiahna est revenue deux minutes plus tard, avec deux bols dans les mains, qu'elle pose sur la table.

– Quand je me sens pas particulièrement bien, m'expliqua-t-elle, j'aime bien me poser comme ça et lire, ou regarder un film, et simplement oublier pourquoi je me sentais mal au lieu de ruminer toutes mes pensées. On m'a toujours dit que rester sur de mauvaises émotions, ce n'est pas une bonne chose. Personne ne t'oblige à en parler, mais il ne faut pas garder ça comme ça pour toi.

Puis, elle est repartie chercher autre chose. J'aurais pu insister et dire que je voulais rester seul dans ma chambre, mais le petit garçon au fond de moi a besoin de cette compagnie et cette affection, alors j'accepte et je reste. Je prends un des deux bols aléatoirement au moment où elle revient, sans que je ne m'y attende, elle me le prend des mains.

– Il... c'est de la vanille. Je préfère la vanille et c'est ce qui restait. Pardon, on dirait une maniaque.

Elle le sait ? Mais à quel moment j'aurais bien pu lui révéler ce petit détail ? Quand j'étais petit, c'était juste que je ne supportais pas bien, mais en grandissant, j'y suis vraiment devenu allergique. C'est sûrement un simple hasard, car il n'y a que moi, mon frère et mes parents au courant de ça, et toutes les personnes que j'ai abandonnées en Syrie. Mais enfin, je m'attarde là-dessus alors que c'est juste un simple parfum de glace.

***

– On en regarde un autre ?

Au bout de deux heures de film, c'est comme si on avait passé un jour entier ensemble. Blottis l'un contre l'autre, on venait tout juste de terminer un de ses films préférés : Aladdin.

– Je sais que du haut de mes vingt-deux ans, on peut trouver ça débile que je regarde encore ce genre de chose. Mais parfois je trouve qu'on m'a tellement forcé à grandir, que j'ai envie de retrouver cette enfance.

– Ce n'est en aucun cas débile, c'est presque mignon.

Elle a souri avant de se lever, et c'est sûrement à ce moment que j'allais un peu mieux. Peut-être parce que je l'aime, sa joie. Sa technique a bien marché, je me sentais déjà un peu mieux. Bien sûr, je ne lui ai pas dit que j'avais déjà vu ce film.

– Allez, viens. m'interpella-t-elle en me donnant ses mains.

– Pourquoi ? demandai-je avant de voir l'évidence. Oh nan pitié, je sais à peine mettre un pied devant l'autre. Danser serait une catastrophe.

– Personne ne nous verra, et puis ce n'est qu'une seule fois.

Elle avait bien raison, et d'un côté, ça me faisait bien plaisir.

– Comme tu voudras. soupirai-je comme si je n'en mourrais pas d'envie.

J'ai accepté ses mains et l'aie suivie au mieux, ce que je n'étais même pas censé avoir le droit de faire. Une main dans la sienne, l'autre sur sa taille, je l'aie laissé m'emporter. C'est contre mes principes, contre ma religion, bien que je doive avouer que ça faisait un bon moment que je ne les respectais plus. Je voudrais pouvoir éviter de refaire le mal, effacer tout ce que j'ai fait de mal, mais ce n'est pas possible, je sens que l'amour à le dessus, et pour un bon moment. Je ne sais pas... Je fais n'importe quoi.

– Lucyiahna !

Une fois de plus, comme si c'était interdit, on se détacha rapidement l'un de l'autre comme pris en flagrant délit.

– Papa ?... Mais qu'est-ce que... qu'est-ce que tu fais ici ?

– C'est peut-être chez moi ? il rit. Maintenant puis-je savoir ce que vous étiez en train de faire, qui je constate n'a *aucun* rapport avec ton projet.

– Rien juste... fin... on...

Elle ne se sent pas bien, je le sens d'ici son malaise. J'ignore ce qui a pu se passer entre avant et la seconde où son père est entré. Plus il l'approche, plus elle se met à reculer.

– Pourquoi tu recules hein ? Ce n'est que moi, ton papa.

– Je... arrête... s'il te plait. elle bafouille.

– Arrêter quoi dis-moi ? Tu es sous mon toit, ma fille, donc ma priorité.

Caché dans un coin, c'est à peine s'il avait vu que j'étais ici, la situation étais assez tendue. Mais rapidement, je ne l'ai plus supporté.

– Vous n'avez pas le droit de l'approcher si elle vous dit de ne pas le faire... je lâche sans le regarder dans les yeux.

– Karyme, ne te mêle pas de ça. bredouilla-t-elle.

– Elle ne vous a rien fait... je continue.

– Elle a raison de te dire ça, moi aussi je te déconseille *fortement* de te mêler de ce qui ne te regarde pas garçon. Et musulman que tu es, tu ne devrais pas être proche d'elle à ce point n'est-ce pas ?

Je sais. Bien sûr que je sais et que je devrais me taire, car comme ils l'ont dit, ça ne me concerne en aucun cas. Mais c'est plus fort que moi. Je n'ai jamais été très à droit sur ma religion, je n'ai jamais été très religieux en fait. À part mentir aux autres et à moi-même, je n'ai pas fait grand-chose ces dernières années. Je m'en veux beaucoup.

– Je vais pas la laisser entres vos sales mains. Et... je ne suis pas musulman...

Ça me fait un peu mal de le déclarer comme ça, mais j'avais besoin d'enfin le sortir après tout ce temps. Toutes ces années passées à mentir.

– Ah bon ? Tu ne l'es plus maintenant ? Allons, tu es jeune mais intelligent, tu dis ça juste parce que tu es amoureux. Je me trompe ?

À ce moment, j'aurais voulu répondre quelque chose, mais l'amour est un sentiment trop sensible, trop intime parfois pour l'exprimer. Je me suis mis à bégayer comme un petit sans répartie.

– C'est faux, je... je n'ai rien d'amoureux. ai-je répondu plus pour moi que pour eux.

– Vraiment ? Tu me fais de la peine mon petit, à penser que mentir suffira. Je vous avais prévenu, trop proche d'elle et c'est dehors.

Je ne lui avais jamais rien fait. Quel était son problème à me haïr alors que je lui avait jamais rien fait ?

– Alors mettez moi dehors si ça vous arrange tant... mais en échange de cela, vous la laissez tranquille et respectez ses choix et paroles.

– Et si ça ce n'est pas un bon petit garçon amoureux...

Ma faiblesse : aimer. Après la guerre vient l'enfer, et je crois que j'ai réellement du mal à en sortir. Je la vis constamment, cette guerre ; plus jeune à travers mon pays, maintenant, à l'intérieur de moi. Je n'avais rien à dire contre lui et je m'en voulais beaucoup pour ça.

Incapable, *incapable*...

– *Bon sang Karyme, tu as un cœur à dire tellement de chose... Pourquoi tu as choisi l'avis contraire à ce test ?!*

– Parce que c'était la consigne... c'était ce que la maîtresse voulait... je réponds naïvement.
– Alors ne l'écoute pas la prochaine fois. Suis ce que ton cœur te dit. Ne suis pas les paroles des autres... On a déjà bien assez de restrictions dans ce pays, et maintenant on devrait se priver de nos propres pensées ? Tu entends ça Bahaa ?... Une note pour...

Ma mère ne vivait qu'avec des hommes et côtoyait rarement de femmes. Pourtant, elle a toujours été la meilleure mère, même sans aller à l'école. J'étais un fils à maman, pendant qu'Ezekiel était plus un fils à papa. Pas que je n'aimais pas mon père, loin de là. Mais maman était un peu l'amoureuse de tout le monde. Tout le monde aime maman. Et bizarrement, j'ai un peu peur de la trahir en aimant une autre fille, et en devenant en plus de cela, athée.

Chapitre 12 Karyme

Se souvenir de son enfance et la garder comme essence.

– Cependant, je tiens à te rappeler, que tu ne sais pas ce qui se passe ici en ton absence. précisa-t-il.
– Je ne vous laisserais rien lui faire...
– Et comment comptes-tu t'y prendre ?
Tout ce que je pourrais.
– Je te rappelle encore une fois, souleva son père, que tu es chez *moi*, sous *ma* propriété privée, avec *ma* fille, et que j'ai encore tous les droits de te rappeler que ce putain de pays n'est même pas le tien. J'ai tous mes droits de te renvoyer chez toi, alors baisse le ton.
Retourner en Syrie après tout ça, le cauchemar.
– Si je peux me permettre, je ne fais que mon travail, un travail qui me permet de résider ici. Vous préfériez peut-être me mettre dehors et que votre fille perde ses chances de gagner ? Vous préférez laissez votre propre descendance perdre par le simple fait que vous êtes raciste ?

– Je ne suis pas raciste. jura-t-il. C'est juste vous le problème.

– Ah oui ? Ce moi maintenant ? Qu'est-ce que j'ai bien pu vous faire hein ? Ça fait à peine quelques semaines que vous êtes au courant de mon existence sur terre et vous osez déjà dire que je suis un problème.

– Tu en as toujours été un Karyme. Maintenant sors de chez moi.

Il a cette façon de dire mon prénom, bien précise. En prononçant le E, comme il se doit. Ce n'est pas le simple effet de l'accent italien, c'est bien plus. Je ne bouge pas.

– Sors. De. Chez. Moi.

– Vous avez l'air de vachement perdre vos arguments je me trompe ? Je suis un problème vous avez dit, mais en quoi ? Je suis curieux de savoir.

– Je t'ai dit de sortir de chez moi bordel de merde !

– À une seule condition.

Il soupire, je l'exaspère et j'ignore si c'est un défaut ou une qualité.

– Quoi ?

– Vous la laissez tranquille. Et sachez juste que si un jour, le destin nous force à nous retrouver, vous, n'aurez plus de mon aide ni de ma compassion.

Ah oui ? Pas une petite impression de déjà vu ?

– Je ne risque pas d'en avoir grandement besoin figure toi. Je me débrouille très bien, seul.

Alors je me dirige vers la porte, et je sors. Ma tension redescend, car oui, j'ai eu peur, mais j'ai vécu bien trop pire pour avoir peur de ça. Derrière moi, je pouvais presque encore l'entendre m'insulter. Ce n'est pas ce qui allait m'arrêter après tout ce que j'avais fait. Je sens chacun de mes pas sur la petite avenue de leur villa, m'éloignant de plus en plus. Je pouvais entendre chacune de mes respirations régulières, presque même les profonds battements de mon cœur silencieux. Pour une fois, la toute première fois, la nuit était calme. En remettant mes mains dans mes poches, j'y ai retrouvé mes seuls et uniques papiers d'identité, les seuls choses qui prouvent que je suis bel et bien moi. Ils étaient tout jaunis et froissés avec le temps. Puis je les range, avant de continuer mon chemin, toujours dans un silence des plus complet. Rapidement, j'arrive sur la plage, le sable, les vagues, le vent, je retrouve un peu ce que j'ai connu avant mon départ, un paysage identique. J'ai continué un peu plus vers la rive avant de m'asseoir. Je les sentais dans ma poche, froids, comme s'ils ne valaient rien, comme si *je* ne valais rien.

   – J'aime pas l'école ! Je veux plus y aller !
   – Karyme, je te l'ai déjà répété mille fois. Aller à l'école c'est la plus grande chance que la vie t'offre. m'assura mon père.
   J'étais conscient que je faisais partie des chanceux petits syriens à pouvoir aller à l'école, mais ce n'était pas pour moi. Et comme à chaque fois que j'osais me plaindre, mon père m'invitait à m'asseoir à côté de lui. Sur le lit de mon frère et moi.
   – Tu as le droit de trouver l'école ennuyant et dur. commença-t-il. Mais ce n'est pas pour autant que tu vas rester à la maison. Tu es jeune et à l'avenir devant toi pour ne pas répéter les mêmes erreurs que moi. Allez assieds-toi que je te raconte une histoire.
   Je m'assieds confortablement sur le lit, prêt à écouter son récit.

Une larme coule sur mon visage, ma respiration plus irrégulière en me rappelant de ça. De comment ma vie a changé après ça.

– *Moi, plus jeune, j'allais aussi à l'école, je n'aimais pas particulièrement ça. Mes camarades ne m'aimaient pas, certains professeurs étaient insupportables, mais j'y allais quand même. Les années étaient longues, entre aller à l'école le matin et travailler le soir pour aider mes parents, ce qui n'était pas toujours simple. Mais j'ai continué, j'ai enduré jusqu'à être en âge de me marier. Ce n'était pas un choix, et j'ai rencontré ta mère seulement le matin de la cérémonie même. Et très vite, elle a eu peur et est devenue méfiante ; d'une part par nos treize ans de différences, mais aussi parce que la majorité des maris de mariages arrangés deviennent violent et soumettent leurs femmes à une dictature, ce que je ne voulais en aucun cas. Pendant les premières années de notre mariage, ta mère et moi avons fait connaissance avant de devenir les meilleurs amis du monde.*

– *Donc toi et maman étiez des meilleurs amis puis mariés ?* je demandais.

– *Plus précisément mariés puis meilleurs amis. Elle qui n'est jamais allée à l'école, je lui ai tout appris. Elle n'avait que seize ans, alors que j'en étais à mes vingt-neuf, presque trente. Ce n'était pas simple au départ, ça nous faisait bizarre. Avec le temps on a fini par réellement s'aimer. On est tombés amoureux l'un de l'autre après s'être mariés. Et en même temps, je passais mes journées à lui apprendre tout ce que l'école avait pu m'enseigner. Au milieu de la guerre et du conflit, ce n'était pas simple, mais bon, ça n'a jamais été simple. Lorsque ta mère a été enceinte d'Ezekiel, on s'est déplacé ici. Parce qu'on savait que ce serait mieux pour vous, mieux pour que vous ne répétiez pas nos erreurs. Moi je ne te forcerais jamais à te marier, je te laisse l'opportunité de savoir ce que ça fait de trouver l'amour par soi-même. L'école et tout ce que tu y apprendras sera ta clé pour sortir d'où nous sommes. En dehors de ce pays, ce ne sera pas toujours facile, mais ce sera toujours mieux qu'ici. Je te le promets Karyme. Tu ne peux pas réussir du premier coup, mais ce qui compte c'est que tu sois heureux. Si tu es heureux, Karyme, je pourrais considérer ma vie comme réussie.*

Et je sais qu'à ce moment, il parlait de moi, uniquement moi. Pas de ma mère ou d'Ezekiel, de moi.

— *Parce que papa et maman avaient raison de te choisir comme fils préféré.*

Les larmes coulent à flot sur mon visage, ce n'est qu'après tant d'années que je le remarque. Parce que j'ai très longtemps été certain que ce que je voyais des gens étaient ce qu'ils vivaient. Je n'ai jamais imaginé ce que les autres pouvaient voir à travers les propres yeux. Parce que quand on y pense, on mène tous, tellement de vies différentes et uniques. Tellement de vies auxquelles on ne prête pas attention. Je me lève pour encore macher un peu sur la plage, mes chaussures à la main. Dans l'autre, j'avais mon keffieh que j'ai bien dû finir par laver, y effacer tous les souvenirs. J'ai continué de longer le bord en finissant par arriver proche d'un groupe de jeune, sûrement entre dix-sept et vingt-trois ans. Ils m'ont fixé, un long moment, avant de finalement s'approcher de moi.

– C'est un vrai ? me demande une fille.
– Ça ? dis-je en montrant mon keffieh. Oui.
Elle s'est approchée si brusquement de moi que j'ai presque dû reculer.
– Moi aussi j'en ai un.
– Cool. ai-je répondu froidement.
Comme si, dès que ce n'est pas Lucyiahna, ça perd son intérêt. Elle s'est encore plus rapprochée de moi après mes paroles. Elle faisait une tête de moins que moi, à peine plus grande que Luce.
– Plus besoin de perdre de temps n'est-ce pas ?
Mais je la repousse d'un coup, ce qui m'attire tous les regards surpris de ses amis. Un mur d'incompréhension se place entre eux et moi.
– C'est quoi ton problème mec ? me demande un autre garçon.
– Mon problème ? Mais je vous connais même pas !
– C'est pas pour autant que tu dois la repousser comme un fou !
– C'est elle qui s'est approchée de moi, je l'ai repoussée gentiment.
Le garçon en question est venu devant moi. Mais a vite commencé à perdre confiance voyant que je nous bougeais pas d'un cil.
– Très bien, mais tu pourrais simplement lui dire que tu n'étais pas intéressé. Les gens comme toi mérite de retourner dans leur pays.
Et voilà, on y revient, encore et toujours le même argument. Leur seul.

– J'imagine que c'est sûrement parce que t'es bête que tu dis ça, tu ne comprends pas forcément. Le jour où tu auras traversé le même chemin que moi, à t'en faire tabasser parce que tu viens d'un autre pays, on en reparlera.

Alors je reprends mon chemin le plus rapidement pour oublier cette interaction. Tout était si soudain et s'est passé tellement vite. Rapidement, des grands rochers me sépare d'eux. J'ai le cœur un peu plus fissuré maintenant, je parle de ça facilement, comme si je n'avais pas failli crever. Dire à tout va que j'ai quitté la Syrie, alors que j'en ai tellement enduré pendant tout ce trajet. Pourtant je continue d'avancer sans me retourner, sans y penser. Mais bientôt, des pas rapides se rapprochent de moi, alors j'accélère également.

– Attends ! Attends s'il te plait...

Je me retourne, pare que ce n'est pas mon genre d'ignorer. C'est la même fille qu'avant, celle avec la minijupe blanche, et le top orange.

– Je... Je suis vraiment désolée...

Elle fait presque la même taille que Lucyiahna, presque la même voix. J'ai envie de dire que toutes les voix féminines se ressemblent, mais c'est loin d'être.

– Je suis désolé qu'ils aient réagi comme ça, ils sont immatures et–

– Ce n'est pas grave je t'assure. la coupai-je.

J'observe les traits de son visage, ses cheveux bouclés bruns, ses yeux, son nez... Et je m'arrête sur sa bouche. Ça me déconcentre, car en plus de savoir que c'est mal, je continue. Mes mains se déplacent sur ses joues d'enfant, pourtant je ne la connais pas. Je regarde plus sérieusement ses lèvres, et elle fait de même. Bordel, je me déteste… J'humecte un peu mes lèvres avant de dire.

– C'est vraiment pas… pas grave. je répète d'une voix de plus en plus lente.

En même temps, je me rapproche d'elle, de son visage. Parce que je pense à elle. Plus j'y pense, plus je m'approche, plus je me sens me perdre. Je replace une de ses mèches derrière son oreille, et je la regarde dans les yeux.

– Est-ce que je peux ? je lui demande après un moment.

– Oui. Oui tu peux.

Je n'attends plus et place mes deux mains sur son visage pour l'attirer contre moi et l'embrasser. Elle est légèrement perdue au début avant de finalement aussi se laisser aller. Je continue sans y prendre vraiment plaisir, ça me fait plus de mal que de bien. Pourtant je continue en m'enfonçant de plus en plus. Je l'attire encore contre moi, alors que ses mains se déplacent sur ma nuque, et les miennes sur sa taille nue. Ça dure, le temps se rallonge sans qu'aucun plaisir ne viennent, c'est presque l'inverse. Puis je prends finalement conscience que c'est à elle, cette pauvre inconnue qui n'a rien demandé, que je fais mal. Alors je finis par me détacher d'elle, pour ne pas plus la faire souffrir, bien que cependant, mes mains ne bougent pas. J'ai envie de m'excuser, de lui dire que ce n'étais pas mon intention, que je ne sais pas vraiment ce qui m'a pris, bien que ce soit complètement faux. On se regarde dans les yeux, et avant que je ne dise quoi que ce soit, elle me prend simplement dans ses bras et tapote gentiment ma tête, malgré notre grande différence de taille.

– Je sais. Je comprends totalement ce que tu ressens, c'est un peu pareil pour moi…

C'est ainsi que je mets à pleurer dans ses bras toute la soirée.

Parce qu'elle me fait penser à Lucyiahna, parce que j'ai fait ça en étant amoureux d'elle. J'aurais voulu que ce soit elle, parce que je l'aime.

Lucyiahna Sorrez.

Chapitre 13 Lucyiahna

Car souvent, tout passe trop vite à part les souffrances.

Après le départ de Karyme, mon père était toujours un peu en colère, mais déjà moins qu'avant. Je ne vois vraiment pas ce qui peut le déranger dans tout ça, il n'a rien de dérangeant.

– T'es vraiment sérieux papa ? Tout ça pour quoi au final ? Encore plus me pourrir la vie ? je demande sur un ton sarcastique.

Il s'approche de moi pour mettre ses deux mains sur mes épaules, comme s'il allait me faire une longue théorie des pourquoi et parce que.

– Tu ne t'en rend sûrement pas compte tout de suite, mais c'est pour ton bien ce que je fais là.

– En quoi ça peut être pour mon bien ? M'isoler et me mettre encore plus à l'écart que je ne le suis déjà tu penses que c'est bien ?

Être enfermée dans une cage en or, littéralement. Il ose soupirer, comme si je n'étais qu'une gamine qui ne comprend rien.

– Ce n'est pas la première fois tu sais, abandonne ta putain d'ancienne vie. Il faut que tu acceptes que maintenant, c'est derrière toi, que c'est terminé depuis, que tu le veuilles ou non. Tu fais à présent partie de la haute société, et tu auras beau me contredire, tu ne peux pas me dire que ça n'existe pas. Ce ne sont pas des bonnes personnes pour toi, alors je ne veux plus te voir avec des gens comme lui, c'est compris ?

Mais bien sûr. Ce n'est que lui qui profitera de ça, ce n'est que pour sa réputation que cela compte. Pas pour Lucyiahna, mais pour la fille d'Hamza Sorrez. Puis ma mère entre dans le salon. J'ai cette impression de ne plus connaître personne dans cette famille. L'argent a changé trop de chose, il a tout détruit.

– Et puis, tu as Lynch.

On en revient encore à lui, car ici, personne ne sait que c'est officiellement terminé. Que ça fait déjà deux ans que j'ai cessé de le voir.

– C'est un excellent garçon, continue-t-il. Intelligent, beau, serviable, fidèle, et vous avez toujours été heureux ensemble avec des choses en commun. Vous êtes parfaits les deux. Vous êtes le couple des réseaux que tout le monde s'attend à voir ensemble et heureux.

Parfait ? Parce que manipuler les gens, les tromper comme si de rien était, et revenir le lendemain l'air de rien de n'est pas grave ? Ça m'enrage que personne ne soit capable de voir la toxicité de la relation qui se cache derrière le simple fait que nous sommes beau. Mais beau est un grand mot, je devrais dire qu'on a plutôt toutes les normes de beauté que la société a fixée.

– Pourquoi tu irais voir ailleurs alors que tu as déjà ce dont n'importe qui pourrait rêver ! Tu es le corps dont toutes les jeunes filles rêvent aujourd'hui. poursuivit-il. Alors dis-moi, quel est le problème ?

– Lynch est un connard.

Mes paroles me surprennent moi, tout autant que mon père et ma mère. Je recule légèrement pour leur faire face.

– On est vraiment plus fait l'un pour l'autre, que ça plaise aux autres ou non. j'explique. Je ne l'aime plus et c'est bien mieux comme ça. C'est fini depuis deux ans.

– Oh, mais quelques disputes ça arrive toujours tu sais, mais on finit toujours par les régler. il nie. C'est juste que–

– Nan ce n'est pas juste une dispute, ce n'est pas juste une simple raison bordel ! C'est…c'est bien plus. Il ne m'aime pas, c'est plus mon corps qu'il aime, ce n'est pas ma personnalité, ce n'est rien de ce que j'ai. Et c'est pas ce genre de relation dont j'ai envie aujourd'hui.

– Et à quoi tu t'attend hein ? me répond mon père d'un ton plus agressif. Que ce soit un joli conte de fée où un charmant prince t'aime pour qui tu es, pour tes beaux yeux ? Et bien je suis navré de te dire que ça n'existe plus. Tout ce que je peux te dire pour ça, c'est bienvenu dans la société actuelle. Contente-toi de ce que la vie te donne, c'est déjà énorme. Alors dit moi, et soit réaliste, que veux-tu qu'actuellement tu n'as pas ? Que veux-tu pour enfin te taire ? De l'argent ? Tu veux voyager ?

– J'aimerais avoir des vrais amis, tu sais ce genre de chose que tu ne peux pas acheter ! J'aimerais des gens comme Karyme dans ma vie, des personnes là pour me soutenir. Parce que depuis que lui, est là, je me sens un peu mieux.

Un peu plus spéciale car il ne me rabaisse pas comme la moitié de la population. Il voit en moi ce que personne d'autre ne voit, car il a cette âme pure pas détruite par notre société. Il est lui, le même qu'il a toujours été à travers les années sans être critiqué à tout va par des personnes qu'il ne connaissait même pas.

Mes parents se regardent, comme s'ils commençaient à peine à comprendre, à remarquer que oui ça fait un moment qu'on ne nous voit plus ensemble, moi et Lynch. Que tellement de choses ont changé depuis. Pourtant mon père continue de sourire de son faux sourire affectif. Il continue de tout nier alors qu'il sait pertinemment que c'est vrai.

– Allons allons… Cela finira par passer tu sais ? Ce n'est qu'éphémère. Tout ce que tu vis n'est qu'éphémère Luce, Lynch est l'homme qu'il te faut, que tu le veuilles ou non. Vous serez toujours ce couple sain, et parfait que tout le monde envie. Alors tu vas sagement fermer ta petite gueule et écouter ce qu'on te dis Lucyiahna. Ce qui compte, c'est ce qui est important et ce que les autres voient de toi, ce qu'ils voient de nous. Tes rêves, tes objectifs, tes problèmes, tes passions ou encore tes préférences amoureuses pas fameuses, j'en ai rien à foutre tu comprends ?

Il recule un peu, toujours autant souriant, comme s'il ne venait pas d'un peu plus me détruire.

– Je te déteste.

Est tout ce que j'arrive à lui dire alors qu'il s'en va dans sa chambre. J'ai envie de tout lui dire, dire à quel point ma vie est un enfer depuis qu'on a déménagé, lui dire que moi aussi je n'en ai rien à foutre et tout révéler au monde. Moi aussi j'ai le pouvoir de tout gâcher, mais je ne le fait pas. Car je n'ose pas.

– Tu as tout tes droits de me haïr, personne n'a jamais dit le contraire. Tu as beau protester, as-tu remarqué que même toi tu ne fais jamais rien pour y échapper ? Tu resteras toujours une fille obéissante, car tu ne sais pas faire autrement.

Il disparait, ses mots me touchent en plein cœur, comme s'il n'y a pas quelques années en arrière, c'était le meilleur père du monde. Je vois le regard de ma mère qui veut me parler, me rassurer, mais elle est dans la même situation que moi. Soumise à un homme qu'elle pensait être le bon. Elle hésite, avant de finalement suivre mon père, et de me laisser seule dans le salon. C'est difficile de se sentir abandonnée comme ça. Je fais finalement demi-tour, et sors en claquant la porte. Et même si je sais qu'il y a une tonne de personnes à l'extérieur, une tonne de personnes qui vont se souvenir de ce moment et être au courant dans moins de vingt-quatre heures, je fuis chez moi. J'entends quand même les passants parler de moi, certaines personnes m'interpeller, mais je ne réagit pas. J'ai l'impression que les sons autour de moi m'oppressent, je mets ma capuche pour essayer de dissimuler mon visage. Comme si tout se dirigeais maintenant vers moi, je poursuis ma route. Pourtant, je n'entends plus que ça, je marche un peu plus rapidement.

– Eh Lucyiahna ! on m'interpelle une fois de plus. Ça va avec Lynch ?

– Lucyiahna ! m'appelle quelqu'un d'autre.

Je les évite et je continue ma route. La foule en face de moi se fait plus lourde. C'est un soir, dans une grande ville anglophone d'Italie, je devrais y être habituée, pourtant je ne le suis pas, ce n'est pas chez moi. Derrière moi, on continue de m'appeler, me demander une photo, et ça suscite l'attention d'autre personne qui me remarque. Et ça fait effet domino. J'essaye presque de m'enfuir, m'excusant contre tout le monde que je bouscule. Ma vision se brouille. Je travers l'entièreté de la foule pour en arriver à la fin et apercevoir les petits quartiers. Je continue vers les maisons toujours plus isolées, mais toutes les lumières sont éteintes, tout le monde est dehors et profite. Tout l'inverse de moi. Lorsque j'arrive chez Carter, je toque même si je sais qu'il ne me répondra pas. Puis je me laisse glisser contre la porte et m'assied sur le paillasson, conciente que toutes les lumières éteintes, c'est vide.

J'ignore combien de temps je reste ici à essayer de calmer ma respiration et attendre que cela passe. Mais cette fois ce n'est pas le cas, c'est juste en train de s'empirer. Je ne me calme pas. Je regrette tout. J'aimerais pouvoir recommencer ne serait-ce qu'une seule fois, une seule fois suffirait largement. Le temps passe, doucement. La musique de la ville se fait moins forte.

– Luce ?

Je lève les yeux, humides. Arlocea Carter se tient accroupi devant moi. Il n'est pas tout seul, un petit garçon se tient debout à peine plus loin. Mais ce n'est pas le sujet actuel.

– Eh oh Luce, regarde-moi. Qu'est-ce qui s'est passé ?

S'il y a une chose que je sais bien faire depuis deux ans, c'est reconnaitre les bonnes personnes pour moi. Choisir ceux qui me demanderont ce qu'il s'est passé plutôt que qu'est-ce que je fais devant chez eux.

– Bon tu sais quoi, rentrons d'abord, et ensuite tu m'expliqueras ce qui ne vas pas d'accord ?

J'hoche la tête car je n'arrive même plus à sortir des simples mots. Je pourrais dormir pendant des heures. Il m'aide à me relever, et on entre tous les trois à l'intérieur de sa maison. J'enlève mes chaussures et vais m'asseoir sur le canapé, comme si c'était chez moi. J'aime vraiment être chez lui, comme si j'étais dans une bulle m'éloignant de tous mes problèmes. Isolée du monde comme si je mettais un temps de pause sur ma vie. Quelques minutes après, Arlocea envoie le petit garçon prendre sa douche, et vient s'asseoir au salon avec moi en me donnant un chocolat chaud.

– Laisse-moi deviner, ce sont encore tes parents ?

– Exactement... Mais j'ai pas vraiment envie de parler de ça... Je suis venue pour penser à autre chose.

C'est calme, et ça me fait du bien.

– Je comprends c'est un peu–

– Arlocea ! l'appelle le petit depuis la salle de bain.

Il pose sa tasse avant de s'en aller. Je ne l'ai encore jamais vu ici, ou alors ça fait tellement longtemps que je ne m'en rappelle pas. De mon côté, je reste là en attendant qu'il revienne. Puis je me demande où est Karyme, et qu'est-ce qu'il peut bien faire en ce moment, sûrement car il me manque. Je prends mon téléphone dans ma poche pour passer sur mes réseaux. Je le fait rarement, alors oui, je ne suis jamais au courant de ce qu'il se passe sur moi ou sur les autres. C'est mieux comme ça. Arlo revient.

– Je sais pas si tu t'en rappelle, mais voici Cìaran, mon petit frère.

Voilà, ça me revient, j'étais sûre de l'avoir déjà vu. Il installe donc ce petit Cìaran avec nous au salon, et lui met un dessin animé.

– Et désolé si j'ai pas beaucoup de temps pour venir te voir, mais je pense pouvoir faire mannequin à ton défilé quand même. Je suis en pleine procédure pour devenir son tuteur légal. il ajoute en caressant la tête de son petit frère.

Chapitre 14 Karyme

Ceux qui vivent sont ceux qui luttent.

Je suis au milieu de la foule, c'est comme si tout le monde faisait exprès de parler de Lucyiahna lorsque je suis dans les parages. Tout pour me rappeler que je l'ai légèrement laissée tombée. J'essaye de me balader, penser à autre chose après ce baiser, tenter de me fondre dans la masse et passer inaperçu. Personne ne me reconnait, et j'ai vraiment envie de dire que c'est tant mieux. Il fait froid, car évidemment je n'ai pas de veste. J'ai envie de me rendre vers mon frère, car dès que je suis proche de lui tout va mieux, mais je suis complètement perdu dans une ville aussi grande. Tout ce que je sais, c'est où se trouve Athéna, à l'hôpital Anthea. Je pourrais demander aux gens proches de moi, mais la plupart sont des jeunes de quinze ans, scotchés à leurs téléphones, qui ne prennent pas la peine de voir autre chose. Alors inutile de leurs demander. Si je demande à des femmes, elles vont croire que j'ai des arrières pensés, car au moment présent, je n'ai pas la tête du mec le plus net. Et les hommes, je sais pas. Bientôt, la rue se fait plus vide, et les marchands commence à fermer leur stand, il ne reste que les derniers. Alors je me dirige vers le dernier petit marchand de sushi, le seul ouvert. C'est une vieille dame, et son petit-fils je suppose.

Tremblant de froid, je me dirige vers eux.

– Excusez-moi… je murmure presque.

Automatiquement, ils se tournent vers moi.

– Je peux vous aider ? me demande la dame.

– Je chercherais l'hôpital Anthea….

– Tu es sûr que tout vas bien ? Tu m'as l'air congelé mon garçon…

Elle dit quelques mots en japonais à son petit-fils, que je suis incapable de comprendre.

– Tout va bien, je vous assure. je grelotte.

– Mais nan… Tient, prend ça, ça re réchauffera un petit peu déjà.

La vieille dame me donne une sorte de pull, et une boîte de sushi. je n'ai rien à lui donner en échange.

– Je peux pas vous payer tout ça… je…

– Tu n'as pas besoin... Ça me fait plaisir tu sais ? Et maintenant, tu vas longer la plage, dès que tu arrives près des ports, prends à droite, et tu prends la deuxième sortie à gauche. Tu trouveras facilement l'hôpital.

– Merci beaucoup, vraiment…

Elle me sourit avant d'éteindre les lumières de son petit stand, de le fermer et s'en aller avec le garçon. Je les regarde s'éloigner un moment avant de prendre mon chemin. Puis, me rendant compte que c'est la première fois qu'on m'a aidé depuis que je suis ici, je souris timidement, pour moi-même. Il suffisait de temps pour qu'on m'accepte.

***

Je marche lentement dans le silence complet tout en mangeant mes sushis. Je n'en avais encore jamais mangé, et c'est assez bon honnêtement. Sur mon chemin, alors que je ne m'attendais pas à croiser encore des gens à cette heure-ci, j'entends un groupe de personnes un peu plus loin. Ce n'est pas le même que tout à l'heure, car après une minute et demie de concentration, je reconnais quelqu'un. L'ex de Lucyiahna. Je n'ai vraiment pas envie de le voir. Mais lorsque je pense à faire demi tout, je sais qu'il m'a déjà vu. Il n'est pas bête.

— Et bah tient Karyme n'est-ce pas ? il m'interpelle.

Je soupire… Je n'ai pas envie de m'énerver maintenant, je veux juste retrouver mon frère.

— Qu'est-ce que tu me veux ?

— Bah alors ? Lucyiahna t'as déjà mis à la porte ? Personnellement, j'ai au moins tenu quelques mois, et j'ai su en tirer des bénéfices.

Il s'approche toujours plus de moi. Je ne l'ai jamais vu aussi proche, presque blond, les yeux verts, des traits dignes d'un mannequin de grande marque.

— Tu dis plus rien tout à coup ? T'avais l'air d'en avoir vachement à dire au centre commercial petit connard, tout à coup tu perds tes mots. À me ridiculiser comme ça.

Ses amis derrière lui commence à rire. Ça part déjà mal. Comme si je leur avait fait quoi que ce soit de mauvais.

— Et tu sais quoi ? articula-t-il. Tu vas le vivre aussi, l'humiliation, et tu t'en souviendras très bien. Autant que moi je m'en souviens encore aujourd'hui.

— Je cherche pas les problèmes… je tente de me défendre.

— Paie moi dans ce cas.

Ils rient tous, comme s'il y avait quoi que ce soit de drôle dans ma situation. Ce n'est pas comme si c'était mon choix de ne pas avoir de moyens. J'aimerais tellement qu'ils puissent le voir, voir tout ce que j'ai dû endurer pour en arriver ici, poser le pieds sur un autre continent.

Juste après ça, il m'assigne un coup droit dans l'estomac que je ressens au plus profond de moi.

— C'est vrai excuse-moi, tu utilisais l'argent de Lucyiahna. Mais pardon, je devrais te remercier pour une chose clochard. S'il y a bien une chose que tu as su m'apprendre, c'est que les mots peuvent faire bien plus mal qu'un simple coup. Merci pour ça je devrais dire.

Il me donne un autre coup, et j'ai vraiment pas envie d'essayer de me défendre. Lentement, je revis cette nuit avec les douaniers. Ce n'était pas il y a si longtemps que ça quand on y pense. Et je m'en souviens toujours.

— Oh et pitié, Sadie filme ça. Je sens que ça va être mémorable. il rit. Écoute-moi bien, les personnes comme toi ne mérite qu'une chose, retourner dans leur pays subir la propre merde qu'elles ont causées. On vit très bien sans vous. Reste là-bas, et bordel crève. Ton seul talent c'est voler ce qui ne t'appartient pas.

Les coups se suivent, les humiliations avec. Je ne cille pas, je n'ai rien à leur prouver. Je ne montre aucun signe que ça m'impacte, parce que je n'ai pas d'ennemi. Les gens ont tous leurs droits de me détester pour n'importe quelle raison. Mais je ne vois pas pourquoi je me mettrais à haïr Lynch sachant qu'il ne m'a pratiquement rien fait. Il peut avoir détruit toute ma vie, ce ne sera pas mon ennemi. Alors je subis en silence, les coups, les rires, parce que c'est ce que j'étais voué à vivre. *C'est le prix de la liberté.* Il me jette dans l'eau, et s'amuse à me laisser couler. Plus je me débat, plus il saura que je suis toujours en vie et continuera. Alors je fais semblant un moment, je me laisse couler un moment, à en entendre très faiblement leurs voix sur le bruit de l'eau. Doucement, le fond m'emporte.

– Lynch… Je crois que t'as vraiment fait une connerie cette fois…

– Oh allez, on peut plus rire ou quoi. Regarde, si je le lâche, il va sortir.

Il me lâche suite à ça, mais je ne bouge pas. Je me sens léger. Je suis dans un état second, comme si je m'apprêtais à quitter mon corps.

– La blague a assez durée Karyme, sors de là. Tu couperas cette partie à la vidéo Sadie.

Le groupe attends un signe de ma part, celui que je ne compte pas leur donner. J'aimerais savoir ce qu'ils feraient si c'était réellement arrivé. C'est seulement lorsque c'est trop tard qu'on regrette n'est-ce pas ?

– On devrait sûrement appeler les urgences… propose quelqu'un.

– Et tu leur explique comment qu'il a fini dans cet état-là ? On a qu'à le laisser là, et ils penseront que c'est un de ces migrants qui a encore raté son coup. On se tire.

J'entends leur pas s'éloigner, alors je sors et prend une énorme inspiration. Au moins ils me croiront mort et me foutrons la paix tant qu'ils ne me verront pas. Je suis trempé, congelé, et rempli de bleus. Et je sais que tout le monde sera au courant. J'aimerais continuer mon chemin, mais y aller comme ça serait juste un manque de respect, alors je m'arrête vers le port, sur le bateau des Paeon. J'attends là que le soleil se lève, et il prend du temps. Papa maman, vous me manquez tellement. Je ferais tout pour m'assurer que vous êtes encore de ce monde, vous rendre fiers.

Je n'ai pas envie que vous ayez donné naissance à un fils incapable. J'y repense, alors je sors mon keffieh de ma grande poche. Vingt-cinq ans qu'il vit, vingt-cinq ans qu'il est avec moi sans jamais me lâcher. Tant d'années qu'il suit mes souvenirs, mes progrès, mon chemin. Je me vois facilement l'encadrer plus tard.

– Ce sera difficile je sais, mais même si être syriens vous compliquera la tâche, vous le resterez à la vie à la mort les garçons.

Je sais, et maintenant je comprends. Tant d'années avant, j'en aurais été incapable. J'observe les étoiles, je serre ce morceau de tissu dans mes mains en repensant à Amira. À me demander si elle aussi est sous ces mêmes étoiles. Si elle aussi se rappelle de moi. Ce serait exceptionnel de se revoir. En fait, même si sa famille et la mienne ne sont pas fait pour être amis, même s'ils nous ont salement trahi, je ne pense pas que j'arriverais à lui en vouloir. Ni à elle et à sa famille. Je ferais juste en sorte de rattraper le temps perdu. Lui en vouloir pour un évènement qui s'est passé une dizaine d'années plus tôt ne vaut plus la peine de s'en souvenir. Je reste ici, seul sur le petit bateau, à repenser à toutes ces personnes qui constituent ma vie. Car j'ai croisé des milliers de personne en une seule vie, des gens qui m'en veulent, des gens qui ne m'aiment pas, des gens que j'ai perdu de vue, et des gens qui m'apprécient. Des milliers de rencontre, de passages communs, dont seulement une petite dizaine dont je saurais citer les noms. Dire que ma vie est gâchée est un très grand mot. J'ai encore des dizaines et dizaines d'années devant moi pour tout changer. Pour me rattraper.

Le cœur en paix malgré la légère confrontation que je viens de subir, je m'endors là, bercé par les vagues.

Chapitre 15 Lucyiahna

Elle est belle, mais elle veut juste qu'on l'écoute.

Deux semaines plus tard…

Le temps continue de passer, et je retombe dans cette même routine qu'avant. Avant Karyme, avant tout ça. Ça fait également depuis tout ce temps que je reste chez Arlocea. Le fait de retrouver mes parents me donne tout sauf envie, et à vrai dire, j'ai sur me rendre utile ici. Mon meilleur ami à bien plus de temps pour se concentrer pendant que je m'occupe de son petit frère, Cìaran. Plus je passe du temps avec lui, plus il s'habitue à moi et j'ai l'impression de moi aussi le considérer comme une part de ma famille. J'ignore complètement quelle heure il est, je suis encore dans mon état second du matin, à moitié endormie dans le lit de mon meilleur ami. C'est à ce moment, que le petit vient littéralement me sauter dessus, encore dans son pyjama lui aussi. Comme si j'étais sa mère, je le prend dans mes bras pour lui faire un énorme câlin, d'un côté, moi aussi j'en ai besoin. J'aime bien ce petit rituel, me sentir aimée malgré que je prenne énormément de retard sur mon projet. Il attendra.

— Alors, qu'est-ce qu'on fait aujourd'hui petit monstre ? je lui demande.

— Je veux aller à la plage !

Exactement ce que nous avons fait avant-hier, et encore le jour d'avant, il est comme son grand frère. Mais d'un côté, je le comprend. Quand on passe ses journées à Londres, sous la pluie et le mauvais temps, pas étonnant qu'on aime profiter de ses vacances au bord de la mer. Et puis, il va très bientôt rentrer, dans deux jours. Alors même si c'est le mois de septembre, et qu'il commence à faire légèrement froid, j'accepte.

— Très bien, va t'habiller alors…

Il file, tout content. Je sais qu'il ne vas pas faire grand-chose d'irresponsable, car malgré ses huit ans, il préfère lire au lieu de se baigner, ce n'est pas grand fan de l'eau. Quant à moi, je me lève également. Pour aller me changer. Depuis deux semaines, je traine dans les vêtements d'Arlo, qui lui se ramasse une grosse semaine de cours.

Je prends une douche en à peine dix minutes, avant de retourner dans la cuisine et de préparer notre repas de midi. Cìaran me rejoins juste après, toujours autant énergétique pour venir m'aider. Il est tellement différent des autres petit de son âge… Les enfants ne sont pas ce que j'aime de plus en général, mais si j'en avais un comme lui, ce n'est pas ce qui me dérangerais.

— Dis-moi, tu voudrais vraiment qu'Arlocea s'occupe de toi ? T'aimerais bien vivre ici pour toujours avec lui ?

Il est aussi loin d'être bête. Concentré sur son travail, il me répond.

– Oui.

– Et, ta famille ne te plait pas ? Tes parents et tout ça ?

– Mes parents ne m'aiment pas.

Je le prend dans le cœur, comme si ce message m'était directement destiné.

– Pourtant, Arlocea m'a toujours dit que ses parents étaient les plus adorables du monde… Je comprends pas, il m'a toujours dit de bonnes choses à leur sujet.

– Arlocea a été adopté. il me rappelle.

– Je le sais bien mais–

– Et pas moi. il tourne son regard vers moi. Je vis toujours avec nos parents biologiques car ils n'ont pas pu m'adopter. Alors je n'ai jamais vraiment connu Arlo comme un frère avant.

Je fourre le pique-nique dans un grand sac, dans lequel il y a déjà des livres et des jeux de société. On se déplace devant la porte pour mettre nos chaussures, et lui rajouter un large chapeau.

– En fait, lui il a été adopté très tôt, alors il n'a jamais su que j'existais. Puis, il a fini pas finalement reprendre contact avec ses vrais parents, et est venu leur rendre visite. J'avais à peine deux ans à ce moment. Comme il vivait à l'autre bout du monde, il venait me voir une fois par an pour s'assurer, que tout allait bien. Mais nos parents biologiques s'amuse à lui faire du chantage émotionnel en m'utilisant pour le faire revenir à la maison, car il savent très bien qu'Arlocea tient beaucoup à moi. il me raconte tout en marchant à mes côtés, main dans la main. Et ils ont pas envie d'arrêter, sauf que mon grand frère est pas du genre à lâcher l'affaire. D'abord c'est lui qu'il frappait, et maintenant c'est moi.

Ça c'est certain. Il va jusqu'au bout de tout ce qu'il fait… Mais c'est nouveau ça, cette histoire de violence. Jamais je n'ai été mise au courant.

– Alors il a dit qu'il voulait s'occuper de moi, il me l'avait promis depuis toujours. Maintenant qu'il est majeur, qu'il vit dans sa maison, il a fait une demande judiciaire pour devenir mon tuteur légal. Le souci c'est qu'il n'a pas encore de travail vraiment sérieux pour pouvoir me prendre en charge. Alors ça fait un an qu'on attend. Moi je sais pas ce qu'ils attendent. Ne crois pas que je connais tout ça, c'est juste Arlocea qui me l'a expliqué en pensant que je comprendrais.

À peine arrivé, il saute sur le sable et abandonne le sac à mes pieds. Je n'étais pas au courant de, *tout ça*. Évidemment j'ai fini par savoir qu'il était adopté, mais je n'avais jamais connu la raison. J'ignorais qu'on pouvait vivre tout ça. J'ai toujours minimisé ses problèmes car j'étais trop aveuglée par les miens. Je n'ai pas pris la peine de le soutenir comme lui le fait pour moi depuis deux ans, malgré des énormes affaires à gérer depuis un an. Ça me fait mal au cœur, ça me rend triste, mais je ne dois pas rendre Cìaran triste. J'installe la nappe en silence sur le sable.

– Lucyiahna, tu me mets de la crème solaire ?

Je me retourne, il a retrouvé sa tête d'enfant. Quand on le regarde comme ça, on a du mal à savoir que son frère se démène comme un fou pour devenir son tuteur légal, en plus de ses examens et de la pression de ses parents biologiques. On a du mal à se dire que deux personnes aimantes, ont maltraité la naissance même de leur amour.

– Oui bien sûr… approche.

Je lui en applique avec soins, comme s'il s'agissait de mon propre enfant. Après ça, je passe mon après-midi à lire des magazines, dessiner et griffonner des idées pour mon défilé, tout en laissant l'enfant s'amuser et lire aussi. Lorsque le coucher du soleil arrive, je commence à ranger mes affaires lorsqu'on m'appelle. Dans un premier temps, je pense à Arlocea, qui me demande ou je suis, puis à Athéna, qui m'appelle pour avoir des nouvelles de Karyme, avant de me rappeler qu'il n'est plus là. *Plus là du tout.*

Mais après une bonne minute, je vois qu'il s'agit en fait de Giovanni. Je décroche.

– T'es sérieuse Luce ? T'es passée où ?

– Je suis chez Arlocea.

– Et ça te saute pas aux yeux peut-être ? T'as oublié que la semaine prochaine tu dois être ma demoiselle d'honneur ?

Ah oui. Très effectivement. Je m'étais tellement déconnectée de mon monde super rapide, que mon rythme lent m'a fait tout oublier.

– J'ai pas du tout oublié… Absolument pas. je mens.

– Donc j'en déduis que tu as une robe, un discours et tous ces trucs-là ?

– Ouais. J'ai tout ça. je réponds.

Il respire un moment, comme s'il attendait que je lui avoue que je suis en train de mentir.

– Super. il finit par déclarer. Je t'attends mercredi prochain, et je–

– Giovanni, déstresse. On est encore lundi.

Silence.

– T'as raison. Faut que je me calme. Bon j'y vais, je dois finir mes préparatifs.

Il raccroche, et je suis dans la merde. J'avais complètement oublié. Mais je tente de ne pas le montrer à Cìaran. Il rentre jeudi soir, je n'ai pas envie de lui gâcher ce qu'il lui reste de temps ici. Je lui souris comme si de rien était. Le sac pris, je lui prends la main et on fait le chemin retour.

Arrivés à la maison, Arlocea est déjà là. Plus tôt que d'habitude. Son petit frère lui saute dans les bras. Je dois bien avouer qu'on dirait une famille parfaite.

– Ça va petit monstre ? Vous avez passé une bonne journée ?...

– Trop génial ! dit-il avant de filer dans sa chambre.

Il s'en va, et on se retrouve rien que les deux.

– T'es rentré vachement tôt… je bafouille.

– Ouais.

On se regarde un moment, c'est étrange qu'il ne dise rien comme ça.

– Y a des fois où je suis fier de t'avoir privée de ces atroces réseaux sociaux.

Il sait comment m'intriguer. Maintenant je sais que je vais tout faire pour savoir ce qu'il faut savoir.

– Pas la peine de me regarder comme ça, je vais bien te montrer ce qu'il se passe.

Il déverrouille son téléphone. Évidemment ça parle de moi, en mal, c'est un peu toujours le cas. Je suis vraiment surprise lorsque je vois que je vois des commentaires qui me soutiennent. Que pour une fois, une partie des gens me soutiennent.

— Avant que tu me demandes, oui il y a une raison, ils ont pas juste changé de camp comme ça.

Mon regard continue de défiler les commentaires, jusqu'à voir que c'est maintenant Lynch qui a pris la place du mec détesté. Comme si on commençait seulement maintenant à me rendre justice. Arlocea reprend son téléphone pour me montrer autre chose. Quelque chose qui me choque. Je regarde sans un mot, et je n'arrive pas à comprendre ce que ces gens ont pu trouver de drôle. Karyme en train de se faire humilier, frapper, par le seul et unique Lynch. Karyme est l'homme le plus pur que je connaisse, celui qui ne cherche des problèmes avec personne, alors quel est la raison de s'en prendre à lui ?

Me faire encore plus de mal, à moi.

Sans moi, il n'aurait rien vécu de tout ça. Parce qu'évidemment, il y a des gens cruellement perspicaces, qui savent exactement où toucher.

— Je vais sérieusement lui arracher la tête un jour. je lâche.

— La vidéo est devenue virale en quelques minutes, mais elle a été supprimée après une semaine. Mais tu le sais, ce genre de vidéos ne disparaissent jamais vraiment d'Internet. Elle restent dans la mémoire des gens jours et nuits.

J'ai sérieusement envie de me venger, c'est peut-être la première fois que je ressens autant cette haine intérieure. J'ai tellement envie de l'effacer de la surface de la terre, de lui répondre encore plus méchamment… Sauf que, c'est exactement ce qu'il veut et attend de ma part. Que je réponde, que je reporte mon intérêt sur lui. lynch veut revenir au centre de l'attention. Actuellement ce n'est pas ma priorité. Je sais déjà comment je vais le faire en fait, je sais comment me venger d'un peu tout le monde en même temps.

– T'es calme parce que t'es triste ou parce que tu prépares déjà le plan le plus machiavélique possible ?

– Les deux. Mais rassure-toi, le plan est déjà en place. Et je crois que pour une fois, ils regretteront de s'en être pris à ce qui m'est cher. Il y a une chose dont les grandes personnes ont peur.

– Dis-nous tout ? il ironise.

– La vérité.

Samedi matin arrive. Je suis, entre temps, passé chez moi rechercher quelques affaires puisque *j'habite* carrément chez lui. Jeudi soir, les parents biologiques de Carter sont venus chercher Ciaran. Ils avaient l'air gentils. Mais c'est exactement comme ma famille. Ceux qui t'aiment en public mais qui te haïssent au plus profond en privé. Maintenant, je dois aller chercher ma robe, préparer mon discours et rejoindre Giovanni. C'est une affaire de deux seconde et demie, je sais ce que je veux.

J'entre dans un magasin de robes assez connues, et j'ai envie de ressortir. Sadie et une de ses amies sont là. Sadie, la même personne qui pourrit mon année scolaire tous les jours, la même personne qui a soigneusement filmé le carnage de Karyme. Je fais demi-tour avant de vouloir lui arracher sa fausse perruque blonde. Pour une personne qui me déteste, je trouve qu'elle cherche vachement à me ressembler. On m'a dit une fois, que pour surmonter ses problèmes, il ne faut pas les fuir mais les affronter. Alors je remets en place mes cheveux, j'entre à nouveau dans le magasin sûre de moi, et sans faire de crise.

Chapitre 16 Karyme

Je vois le monde dans des couleurs qui n'existent plus.

J'avais oublié comment passer du temps avec mon frère pouvait tellement me faire du bien. Comment ça pouvait toujours m'apaiser. Ça fait bien presque trois semaines qu'on s'est retrouvés, et qu'on passe notre temps ensemble. On est tous les deux chez Athéna, avec ses parents, et on lui rend visite tous les jours. J'espère qu'elle pourra bientôt sortir.

– Et oui ! J'avais une surprise pour toi. Quoique deux même. me dit-il, toujours dans notre dialecte natal.

– Ah oui ? Alors vas-y, j'écoute.

Il fait un aller-retour dans sa chambre avant de venir avec une boîte. Je ne l'ai jamais vu aussi enthousiaste de sa vie.

– Alors déjà, je tiens à préciser que les parents d'Athéna sont également dans ce cadeau hein, ce n'est pas que moi. Maintenant, je commence par la bonne, ou la meilleure des surprises ?

– La bonne. je choisis.

Ezekiel me sort une boîte blanche, élégamment trop blanche. Ça pourrait être n'importe quoi, mais sous cette allure, j'imagine que c'est quelque chose de bien cher. Lorsqu'il me la donne, je constate que c'est un téléphone. Ce que je n'avais jamais eu, ni utilisé en vingt-cinq ans d'existence. J'ouvre la boite, et je sors le téléphone neuf. C'est, juste irréel.

– D'accord, je l'ai déjà configuré, j'ai déjà fait un peu tout le sale boulot… J'espère que ça te fait plaisir.

– Ça ne peut que me faire plaisir… Ezekiel, même si tu ramasse une feuille morte sur ton chemin et que me la donne, je serais déjà tellement heureux que tu aies pensé à moi. Je vois pas quelle surprise pourrait être encore meilleure que ça.

Il me sourit, je pourrais me mettre à pleurer, mais pas devant lui. J'allume l'objet, déjà tout fait comme si on l'avait conçu pour moi. Tout est en arabe, tout est si beau, j'ai l'impression que je ne mérite pas ça. Cependant, j'ai encore de la peine à savoir comment ça fonctionne réellement. Je n'ai rien pour lui, rien pour rembourser le frère génial qu'il est pour moi. Je le vois fouiller dans la boîte. Il m'en sors un livre.

– Je me souviens pas avoir reçu ça… mais il ne peut qu'être pour toi, jamais je ne l'aurais pris pour moi.

Je le passe en vitesse, encore une fois en arabe. Plus que j'en ai l'air je l'aime mon frère.

– OK, maintenant là voilà la vraie surprise. Ferme les yeux.

– Oh, tu sais que je déteste quand tu me fais ce coup-là. je ris.

– On a grandi Karyme, je ne te ferais plus ce genre de blague. Quoique…

Il me donne un truc dans les mains, c'est lisse…

– C'est du papier ? Je rêve ou ta super surprise c'est des feuilles de papiers ?

– Bien vu. Mais ce ne sont pas des simples papiers. Ferme toujours, j'ai autre chose à te passer.

Il me mets autre chose dans les mains. C'est plus petit cette fois, plus solide aussi. Les coins sont lisses mais pas fins comme du papier.

– C'est une carte ?

– C'est exactement ça. Tu ne vois pas un rapprochement entre les deux ?

– Je pourrais te dire qu'entre du papier et une carte on peut voir mille rapprochements possibles. Alors non, évidemment que je ne vois pas. Donne-moi un indice.

– Très bien, ce sera peut-être un peu trop évident, mais on a eu affaire à qui en venant. Qui étaient ces hommes qui t'avaient presque battu à mort ?

– Des douaniers grecs, je m'en souviendrais.

– Et pour qu'elle raison ils nous avaient arrêtés ?

– Parce que nous sommes Syr–

J'ouvre subitement les yeux, je vois. J'ai compris, et m'a réaction le fait vraiment rire.

– Je suis pas en train de rêver hein ?... Vraiment pas ? Je peux être ici pour de vrai maintenant ?...

Ezekiel hoche la tête, m'ouvre grand ses bras car il sait que je vais très rapidement m'y réfugier. Qu'il le veuille ou non, je me mets à pleurer. Et il ne refuse pas, m'assurant que j'ai le droit. J'ai tellement envie de le remercier, mais rien qu'un merci ne suffirait pas. Je le sers dans mes bras à l'en étouffer. Puis je me rappelle que je ne lui ai rien dit à propos de ça.

– Je dois te dire un truc. on déclare exactement au même moment.

Je me recule légèrement pour lui faire face. Avec ce faible sourire gêné, j'ai presque honte de le regarder en face.

– Commence. je départage.

– Je t'offre ça, mais en échange je voudrais vraiment quelque chose. il inspire un coup avant de reprendre. J'aimerais vraiment savoir pourquoi tu as cru que je ne t'aimais pas pendant toutes ces années. Je te jure, je fais pas ça pour te déranger, mais en tant que grand frère, ça me ronge de l'intérieur, honnêtement, j'ai besoin de savoir. Et cesse de détourner le regard quand je te parle, et répond moi… je t'en supplie.

C'est dur à expliquer.

– Pour une fois Karyme, je te demande pas plus, juste cette question. il répète.

J'hésite toujours, et je ne sais pas pourquoi. Ezekiel a son regard plongé dans le mien, je sais qu'il meure d'envie de savoir, qu'il en a besoin. Pourtant, malgré le nombre de fois où il me l'a posée, j'ai toujours envie du mal à y répondre, comme un sentiment en moi qui ne veut pas. Je l'ai enfoui au fond de mon cœur pendant si longtemps que maintenant j'ai du mal à en sortir.

Fais-le, une fois pour toute.

– On a jamais été pareil tu le sais, on était de parfait opposé que j'avais un manque d'attention, ce manque d'amour alors que j'étais déjà aimé par tout le monde, sauf toi. J'ai... J'ai l'impression d'être égoïste en disant ça, mais je trouve juste que l'amour de ces parents c'est normal, que c'est cette chose un peu par défaut. J'avais besoin de l'amour d'une personne extérieur.

– T'avais besoin que je t'aime ? Moi ?... Alors que tu es littéralement l'enfant parfait.

– Je suis pas parfait, encore moins si tu n'es pas dans ma vie. J'ai toujours eu besoin de toi, toujours maintenant. C'est juste que tu passais tes journées avec Idris, et j'ai fini par croire que tu le préférais à moi. Et... tout le temps je me sentais de côté en fait.

– Alors pourquoi tu me l'as jamais dit ? J'aurais pu arranger les choses à ce moment-là...

– Parce que j'ai pas osé, j'ai toujours eu du mal à le faire. Exactement comme on a du mal à dire à une fille qu'on l'aime.

Exactement comme j'ai du mal à le dire à Lucyiahna. J'aimerais tellement qu'on le fasse à ma place parfois.

Une sensation étrange s'installe dans mon cœur, comme si tout avait changé en arrivant ici. Une impression de ne plus être soi-même, d'avoir perdu la familiarité avec son propre corps et avec ce qui a toujours été connu.

– Je suis désolé de ne t'en avoir jamais parlé. J'aurais dû, et on aurait évité tout ça. Je m'en veux tellement Ezekiel...

– C'est pas grave. Eh Karyme, regarde-moi.

Je relève les yeux vers lui. À présent je remarque qu'il a toujours, toujours été là pour moi, mais que je ne l'ai juste jamais pris en compte.

– Tu me l'as dit, et c'est tout ce qui compte. Je préfère maintenant, des années après, que de mourir sans le savoir. Maintenant on pourra tout recommencer, dans de bons termes.

Ça me fait du bien, c'est tout ce que j'avais besoin d'entendre.

– D'ailleurs… je tenais à te dire que je me sens plus autant, musulman qu'avant. J'ai décidé d'arrêter, ou du moins faire une pause. J'ai plus cette sensation d'être là-dedans, mais j'ai pas envie de décevoir maman et papa, bien qu'ils ne le sachent pas. Mais c'est surtout toi que j'ai peur de décevoir…

– Tu ne peux pas me décevoir, je te comprend. Et jusqu'ici, tu as suffisamment assez fait, tu as déjà énormément enduré. Tu ne peux pas tout porter sur tes deux épaules. Alors même si ça prendra des années pour que tu puisses t'en remettre, tu prendras le temps qu'il te faut.

Je le remercie, mille fois, pour la personne compréhensive qu'il est. Bien que ce soit loin d'être assez.

***

On se balade dans les rues italiennes, pour une fois, serein. J'ai en poche ma carte d'identité et mon téléphone. Tout ce qu'un citoyen normal a. Je sais que vu mon statut, je ferais mieux de rester de mon côté et de ne chercher des problèmes à personne. Parce que la moindre effraction pourrait me faire perdre. Calmement, je marche avec mon frère, côte à côte. Avec mon appareil, je prends des photos de presque tout, émerveillé par la moindre petite chose. Nous sommes, en plus de cela, en bord de mer ; cet endroit qui me rapproche de chez moi. J'aime m'arrêter à tous les coins de rue et regarder. Juste pour le plaisir d'observer. C'est doux, de se sentir en sécurité.

    La soirée passe, on a sûrement dû faire tout le tour de la ville. Alors on se dirige vers l'hôpital, comme chaque soir, pour rendre visite à Athéna, bien que ce soir soit un peu plus différent, elle a droit à un jour de sortie. Je commence peu à peu à connaître l'endroit et me familiariser avec. L'infirmière continue de nous accompagner dans sa chambre, elle est bien plus gentille avec nous que depuis la dernière fois. En arrivant, je la vois, comme toujours rayonnante. À croire qu'ici, tout le monde étudie la mode. Elle portait une chemise, sur laquelle elle avait mis un corset rouge, accordé à ses talons, accompagné d'un pantalon noir. Plus je la regarde plus je vois ce que mon frère lui trouve. C'est une personne exceptionnelle. Donc avec l'autorisation du médecin, quelques médicaments, on s'aventure à nouveau dans la ville en sa compagnie. Sous les magnifiques paysages italiens, on s'arrête à un petit restaurant de rue, pour éviter de trop l'épuiser.

    – Merci beaucoup, pour tout ce que vous faites. commence-t-elle.

    – C'est absolument normal… Mais, pourquoi tu ne m'as jamais rien dit sur tout ça ?

    – Au fond, je suis exactement comme vous deux… Une origine que les gens apprécient pas forcément au premier abord. Ma mère est italienne, et mon père palestinien. Pour lui, ça allait encore lorsqu'il a quitté le pays, la situation n'étais pas celle d'aujourd'hui, mais j'imagine ce que vous avez vécu.

Athéna a des origines palestiniennes, et je ne l'aurais jamais su.

– Évidemment, ce n'est pas ce qu'on remarque en premier, j'ai énormément pris de ma mère, contrairement à mes frères. Rien n'est vraiment toujours simple à vrai dire.

Le serveur arrive, et nous apporte nos plats de pâtes.

– Ce que le monde fait subir à des gens comme vous n'a rien d'humain, vous ne méritiez pas ça, comme personne d'autre ne le mériterais d'ailleurs. Tout ça pour une origine qui ne change rien à leur vie, ce n'est qu'un détail.

– Je sais que ça t'énerve… Je sais que t'aurais voulu que les choses se passe différemment mon ange, mais c'est comme ça, et on s'en sort très bien.

Je crois qu'en fait, mon frère aussi est loin d'être totalement et parfaitement musulman. Mais j'estime personnellement qu'il a le droit, qu'après ce vécu, il mérite une part de bonheur. Je ne suis personne pour le juger. Lorsqu'ils s'embrassent, je les prends en photo. Et peut-être que j'ai enfin trouvé un truc que j'aime, un truc à moi.

J'aime immortaliser ces moments d'une fraction de seconde.

Chapitre 17 Lucyiahna

Arrêtez de chercher le bonheur à l'endroit où vous l'avez perdu.

La date approche. La robe est prête, le discours aussi, tout est en place. Le moment de rejoindre mon frère est tout proche. Un matin, très tôt, à la maison, devant le miroir de la salle de bain, je coiffe mes cheveux silence. La maison est vide, Giovanni étant déjà dans la salle, mes parents encore sortis je ne sais où, alors qu'eux aussi doivent se rendre au mariage… Dans ce silence bien pesant, je me sens bien en fin de compte, un peu là où je devrais être. Moi aussi je compte m'en aller et vivre ma vie, pas par l'obligation d'un mariage ou d'un enfant évidemment, mais pour mon propre bien. Retrouver la vraie Lucyiahna, retrouver la princesse à son papa et aller de l'avant. Respirer et trouver un havre de paix, même si la différence entre une ville très animée, et une petite maison avec mille choses à gérer sera grande, je suis prête à passer le pas, pour moi. Parce que je le mérite.

Le lisseur dans la main, je chante à fond avec Outkast et Bruno Mars pour faire passer le temps. Ça me rappelle mon adolescence, où je pouvais passer des heures ici à me préparer pour être sûre et certaine d'être la meilleure. Je devrais dire à la Lucyiahna du passé, que ces nombreux efforts n'ont servi à rien, et que des années plus tard elle regrettera. Se maquiller et vouloir grandir trop vite dès l'âge de douze ans est sûrement la pire chose que j'ai pu faire. Plaire aux garçons aussi, était une erreur de débutant. Au fond, si on passe une vie à se préoccuper de ça, on ne vit pas réellement non ?

Alors que je suis en train de chanter sur Roses, un appel coupe soudainement ma musique, Giovanni. Je décroche.

– T'es bientôt prête ou je dois attendre jusqu'à demain ?
– Tout va bien, arrête de stresser. J'ai bientôt terminé. Encore juste deux trois trucs.
– Fait en sorte d'être présentable, se serait bête de gâcher mes photos de mariage. Et pour l'amour du ciel, dépêche-toi.

Il n'est que dix heures, et les invités vont commencer à arriver vers treize heures.

– Tout va bien, je répète, ils arrivent vers treize heures seulement, tu ne vas pas mourir. C'est toi qui t'es engagé là-dedans. Ça ne devrait même pas être à moi de gérer tout ça.
– Bon oui je sais, ce sont mes responsabilités, mais moi j'ai pas l'art de tout gérer à la seconde près. Contente-toi de venir, à l'heure.

Il raccroche la seconde d'après. Nos conversations ne sont jamais bien longues, juste assez pour échanger, les informations à échanger. Tout en prenant mon temps, j'arrive là-bas vers midi et demi. Il n'y a encore personne. Je rejoins Avaluna, la femme de mon frère. Elle est sublime, brillante et je crains bien qu'un homme comme lui est loin de la mériter. Tout autant stressée que lui, je m'assieds à côté d'elle pour jouer les thérapeutes. Bien que je serve à quelque chose pour une fois.

– Tu peux pas savoir comment ça me stresse tout ça Lucyiahna, et si ce n'était pas le bon choix ? Et si le mariage n'était pas réussi ? Et si je parait pas bien ? Tu penses que ça ira ? Mes cheveux, la robe, le maquillage et tout ça ?

Je soupire. Je suis plus que certaine que tout cela ira, elle est magnifique, le mariage sera réussi. Avaluna McGoran n'est pas n'importe qui, c'est une de ces déesses que l'on voit sur terre. Ce genre de personne qui sont tellement sûr d'elles même que leur assurance se voit à des kilomètres. Ces humains qui sont eux, et qui n'ont pas besoin des autres pour l'être. Qui respire la gentillesse et la bonté même, exactement le genre de personne que j'admire le plus. Parfois je les envie, presque jalouse, car je veux leur ressembler, j'aimerais avoir cet esprit libre et ouvert. S'entendre avec tout le monde.

Assises devant sa coiffeuse, je faisais de mon mieux pour la réconforter et la rassurer, bien que je ne sois pas la personne idéale. J'aurais presque pu jurer être dans un de ces anciens château, sculpté au centimètre près. Avaluna avait le don de ne pas avoir besoin d'argent pour être apprécié par les autres. Prête au plus beau jour de sa vie, devant sa coiffeuse, même moi je l'admirais. Car elle est belle de l'intérieur ainsi que de l'extérieur comme personne d'autre. Enfin, si.

Comme Karyme.

Après plusieurs semaines sans lui, ça m'étonne qu'il soit encore dans mon esprit, ça m'étonne que je penses encore à lui, et que je remarque qu'il me manque. À toujours me demander où il pourrait être à l'heure actuelle, me demander ce qu'il peut bien être en train de faire, avec qui il est car ce n'est pas un garçon à rester seul. Il a besoin de compagnie, pas très dur à trouver en fait. Karyme s'entend avec tellement tout le monde, il peut sociabiliser avec n'importe qui, n'importe quoi.

Je ne suis pas particulièrement sensible en générale, je ne fais pas partie de ces gens qui pleure pour beaucoup de chose. Mais aujourd'hui, les larmes me prennent, et pour une raison particulière. Karyme me manque.

– Eh Luce… me réconforte Ava. Tout va bien ?

– Oui. Je… excuse-moi. Je vais pas gâcher ta journée.

– Tu ne me gâche absolument rien tu sais ? Tu peux me dire ce qui ne va pas, et honnêtement, je serais toujours là pour toi si tu en as besoin. Nous sommes de la même famille, alors c'est bien normal non ?

Elle a raison, autant s'y habituer rapidement.

– C'est vrai, t'as pas tort. Mais sincèrement, j'ai pas envie de te prendre avec ces histoire le jour de ton mariage. Tu dois en profiter à fond, c'est tout jour. Pour ce qui est de moi, on attendra mon jour.

La mariée est étonnée, presque émerveillé lorsque je lui dis ça. Dans un premier temps, je ne vois pas spécialement pourquoi, jusqu'à réfléchir à mes paroles.

– Non, non absolument pas ! je me rattrape. Je ne parlais pas de mariage ou quoi que ce soit absolument pas, je suis encore loin d'avoir trouvé l'amour de toute manière. Ce n'est vraiment pas de ça que je voulais parler…

– C'est bien dommage. réplique Ava. Moi je suis pourtant convaincue qu'il ne se trouve plus si loin que ça.

Elle attrape son pinceau à maquillage, et étale de nouveau un peu de poudre sur son visage, me laissant seule avec ces sous-entendus.

***

Plus tard dans la journée, les invités commencent à venir les uns après les autres, pendant ce temps je suis un peu seule dans mon coin, à réviser mon discours. J'observe chaque personne arriver, et me demander ce que pourrais être la vie de chacun, toutes si différentes. Puis je me mets à relire encore une fois, je dois bien le connaître. Les autres invités se servent à boire, discutent entre eux alors que je ne cherche même pas à m'intégrer un minimum. Après avoir fait le tour de la salle du regard, j'ai soigneusement analysé qui sont les personnes que je connais, et les inconnus. Et puisque moi et mon frère partageons presque le même entourage, je connais en tout cas la moitié des invités présents.

Le temps passe encore, jusqu'à ce que je voie mes parents venir, c'est comme si le temps se mettait sur pause, tout le monde s'arrête pour les laisser entrer. C'est à peine s'ils me remarquent à vrai dire, ils préfèrent faire bonne impression auprès des gens. Ainsi, bien que je n'aime pas spécialement ça, je vais me chercher un verre, de quoi tenir toute cette soirée.

Une fois au comptoir, j'attrape la première boisson que je vois, sans même me demander ce quoi est-ce qu'il s'agit. Ce n'est qu'un détail, lorsqu'au loin, j'aperçois Lynch Ferrigni, accompagné de Sadie. Sadie Jasmine. Les voir les deux ne me répugne pas tant que ça. Ils sont faits pour se retrouver.

Je n'éprouve plus du tout la moindre jalousie, ce qui ne veut pas dire qu'on s'entend. Alors du mieux que je peux, je me faufile à travers les groupes de personnes pour leur échapper.

Au moment où la cérémonie débute, je suis au premier rang, avec mes parents, du côté des Sorrez. J'ai beau y être habituée, ça ne les choque toujours pas de voir que nous ne sommes que trois. Ma mère, Jade Sorrez, mon père, Hamza Sorrez, et moi Lucyiahna Sorrez, la demoiselle d'honneur. Il n'y a que nous, c'est l'ensemble de notre famille et ça n'interpelle personne. Aucune tante, aucun oncle, ni cousin ou autre famille. Ce n'est qu'au moment de l'arrivée de la mariée que j'arrive à taire mes pensées. Je suis les applaudissements des autres par automatisme, trop occupée à la contempler. Une robe qui n'a pas besoin de détail pour lui aller comme un gant, des tissus amples, seul le voile est orné de perle et de décoration. Ava a tout bien choisi, comme si la vie allait dans son sens, tout est fait pour elle.

— Elle est si belle… J'espère qu'un jour ce sera ton tour Luce. me murmure ma mère à ma droite.

Loin de là. Épargnez-moi ce jour.

— À présent, j'invite les demoiselle et damoiseau d'honneur à s'avancer. nous demande le maire.

Seule de ce côté, je m'avance, bien que je sois la seule.

— J'appelle maintenant, la représentante de la famille Sorrez.

Je m'avance légèrement, prête à parler devant des dizaines de personne. Cependant, c'est loin de me faire peur, surtout pas quand je dis ce que j'ai sur le cœur.

— Alors euh. Oui, j'ai préparé un texte, et ça fait sûrement bien quelques jours qu'il est avec moi, mais je me rend compte à présent qu'il ne risque pas de me servir à grand-chose aujourd'hui. Un grand travail gâché.

Ce que je dis fais réagir un peu le public, et j'ignore s'il s'agit d'admiration ou de pure gêne.

– Aujourd'hui est un jour comme les autres. je commence, ce qui provoque une nouvelle réaction. Un jour de routine pour une grande partie du monde entier.
Mais pour nous, petit comité, c'est un jour spécial. Spécial uniquement pour nous. Jamais je ne me serais imaginé ici, à cette place même. Pour moi Giovanni et Avaluna sont l'exemple même d'un véritable amour. Un véritable amour pas uniquement parce qu'il se marient aujourd'hui, mais car ce sont des âmes sœurs, que le destin avait déjà prévu de faire rencontrer.

Je replace une mèche derrière mon oreille avant de continuer.

– Des âmes sœurs car ce sont des semblables, ils se ressemblent et se complète tel deux pièces de puzzle pour enfant. Des âmes sœurs également car j'ai vu leur relation se former jusqu'à maintenant se construire petit à petit. J'ai vu leur couple grandir, par des moments de bonheur et des épreuves, qu'ils ont su avec excellence surmonter, *ensemble*. Avaluna, si je m'étais attendue un jour à avoir une personne aussi incroyable que toi dans ma vie… je crois que je ne m'y serais jamais attendue à vrai dire. Tu es la meilleure chose qui sois arrivée à mon frère, mais également à moi, à ta famille, et à toutes les personnes de ton entourage. Tu brilles et éclaires les gens sur leur chemin. Tu as le sens de la bonté et de la sincérité que peu possèdent. Ça ne m'étonne plus qu'avec toi, tes amis se sentent en sécurité. Désormais c'est à ton tour, le bonheur que tu file à ceux qui t'entoure, c'est le bonheur que tu mérites aujourd'hui.

Applaudissement, ils sont d'accord avec moi.

– Giovanni, si un jour on m'avait dit que tu te marierais, je n'y aurais pas cru. je poursuis. Mon grand frère qui n'a jamais cessé de grandir à mes côtés, imagine bien que ça me fait un choc de te voir partir. On, a jamais eu la relation de frère et sœur idéale. C'est même très loin de là. Mais rien de tout ça ne veut dire que je ne t'apprécie pas pour qui tu es. On s'est chamaillée de nombreuses heures pour des choses plus inutiles que les autres. Pourtant, dis-toi que je préfère t'avoir toi, que rien. Tu es également un des plus précieux cadeaux de ma vie. Alors, on voit bien qu'Avaluna et toi ce n'était rien d'autre qu'une évidence. Aujourd'hui, en cette soirée, vous célébrez votre amour devant des dizaines de personnes, mais également devant vous. Vous méritez le meilleur, ainsi qu'une relation de longue durée. Tout bonheur à vous deux.

J'ai droit à un tonnerre d'applaudissements, puis je me recule pour laisser les prochains faire leur discours. Ils répètent à peu près ce que j'ai dit, en ajoutant des évènements spécifiques à leur famille, à leur histoire, jusqu'à ce que la soirée tombe. Lorsque j'entends leur histoire, je n'arrête pas de me dire que je n'étais pas si loin d'avoir une relation pareille avec mon frère. C'est juste la richesse de mon père qui a tout dérouté. La cérémonie se termine, tout se passe dans le calme, jusqu'à ce que, pour la tradition, la mariée doive lancer son bouquet. Je suis loin d'être très enthousiaste, mais je me joins toutefois au groupe de jeunes filles excitées. Je reste au fond, en faisant un léger semblant d'intérêt.

— Vous êtes toutes prêtes ? demande Avaluna bien devant.

Elles se réjouirent toutes en acquiesçant, et je tente de faire de même au fond. Au moment où la mariée lance son bouquet, je m'apprêtais déjà à quitter le groupe même sous les regards de tous les hommes autour de nous, jusqu'à ce que quelque chose m'arrive sur l'arrière du crâne. Je fais demi-tour pour attraper l'objet en question, pour me rendre ensuite compte que ce n'est rien d'autre que le bouquet blanc et beige d'Avaluna. Tout le monde me regarde ; j'ai le bouquet de la mariée entre les mains. Je suis la soi-disant *prochaine mariée*. Ils sont tous heureux, mais je n'ai envie de rien d'autre que de le refiler à une des filles derrière moi. Le groupe se dissipe, plusieurs personnes de la foule viennent me féliciter, bien que je ne connaisse pas la plupart, avant d'apercevoir mes parents accompagnés de Lynch s'approcher de moi. Pire combo.

— Tu as vu Luce ? C'est un message du destin ! s'extasie ma mère en prenant mes mains dans les siennes.

— Bientôt notre tour dans ce cas, n'est-ce pas mon cœur ? ajoute mon ex petit ami.

— Loin de là, très loin de là, peut-être dans une autre dimension. Je compte pas me marier si tôt. ai-je dis à la base sur un ton humoristique qui a sûrement été mal interprété.

Les trois me fixent comme si je venais d'enfreindre une loi.

— Enfin je veux dire… j'ai à peine vingt-deux ans. Le mariage est pas une de mes priorités à l'heure actuelle, j'ai encore du temps devant moi…

– Vingt-deux ans c'est déjà bien tard tu sais. tente de m'expliquer ma mère. Je me suis mariée bien plus tôt que ça, et je trouve que ça fait bien assez sens que tu fasse la même chose. Ça a toujours été un peu comme ça tu vois.

– Oui évidemment que je comprends ce que tu veux me dire maman, mais moi, ce n'est pas ce que je veux. Moi j'ai encore toute une vie à vivre avant de m'engager avec un homme, j'ai beaucoup de choses à faire avant ça.

– Lucyiahna. On en a déjà parlé. Se marier ne va que t'apporter des avantages, ce n'est que bénéfique pour toi.

– Ça ce n'est que ce que tu as toujours essayé de me faire croire ! Parce que bon sang, il y en a des tonnes et des tonnes d'humains heureux seuls, des humains qui ne se marient pas à vingt ans, et des humains qui ne se pressent pas pour ça. Je veux juste suivre mes envies.

Alors que mon père tente de dire quelque chose, je le coupe.

– Non non et non j'ai pas envie de plaire à la société. Si ça leur plait pas que je sois heureuse c'est leur problème ! Me tuer à être parfaite ne me laisse plus assez de vie pour être la Lucyiahna que je suis censé être. Toi aussi tu es le premier des menteurs !

– Je te conseille de te calmer, tu commences à pousser le bouchon trop loin jeune fille…

– Et bah j'en fais ce que je veux ! Si je veux parler, dire ce que j'ai à dire je vais le faire, et tu peux te garder tes commentaires, tu n'as pas tes droits là-dessus c'est clair ? Très bien. Je ne m'énerve pas. Mais tenez, prenez ce bouquet, je préfère l'offrir à quelqu'un qui en as l'opportunité pour bientôt, qu'à moi qui risque d'attendre une décennie.

J'ai dit ce que j'avais sur le cœur, alors je m'en vais. Sans attendre la soirée, je m'échappe de ce mariage.

Car j'ai une autre priorité.

Chercher mon bonheur.

Chapitre 18 Lucyiahna

M'entends-tu quand je penses à toi ?

Je prends une grande bouffé d'air lorsque je me suis enfin éloignée d'eux. Il commence légèrement à pleuvoir petit à petit, alors que je suis encore dans ma robe jaune pâle. Jaune pâle qui, sous la pluie, à le même effet que du blanc. Mais je ne m'en préoccupe même pas un peu, car je me sens bien, pour une fois, alors autant ne pas gâcher cette opportunité.

Je sors mon téléphone de mon petit sac à main en cuir, je le déverrouille bien que la pluie rende cela un peu inconfortable. Je compose le numéro d'Athéna, qui ne prend pas plus de temps que ça à me répondre. Elle aussi, c'est une personne douce.

– Hey Lucyiahna, tout va bien ? s'extasia-t-elle presque.

– Oui, ça va... Et toi ?

– Super, je passe plus de temps en dehors de l'hôpital même si je dois me trimballer trois boites de médicaments. C'est toujours mieux que d'être enfermée dans une pièce au murs blancs. D'ailleurs, ça fait longtemps qu'on s'est plus parlé, ni vu au fait.

En fond, j'entends les voix de Karyme et son frère, toujours dans leur langue natale. Et purée qu'est-ce que ça me fait du bien, rien que de l'entendre ça me rassure, de me dire que je ne l'ai pas totalement perdu. J'ai encore ma chance de me rattraper pour avoir disparu pendant autant de temps. Car avec lui, j'ai cette envie de bien faire, de ne pas gâcher une seule de ces chances.

— Il s'est passé quelque chose avec Karyme ?

— Non non, du tout. C'est juste mon père qui a pété un plomb pour quelque chose d'inutile. Mais n'entrons pas dans les détails. J'ai envie que tout se passe bien aujourd'hui. Euh… Ça te dérange si je passe ? À vrai dire, j'ai envie de le surprendre.

— Alors là, tu peux être certaine qu'il ne s'y attend pas du tout. Depuis qu'il a retrouvé son frère, je pense qu'il essaie de rattraper le temps perdu. T'es environ où là ?

— Peut-être à vingt minutes à pied. Mais ça se fait rapidement.

— Il pleut, t'es sûr que ça ira ?

— La pluie ne tue pas. j'affirme.

On organise alors cette petite surprise, et bien que mes pieds souffrent dans ces talons, je ne m'arrête pas sous la pluie battante. Je continue toujours sous la douleur sans me plaindre. J'ai l'impression de vivre ce moment au ralenti, car je sais qu'il est unique. Tous les moments sont uniques à leur façon, mais tous loin d'être exceptionnel comme maintenant. Les rues sont vides, mon esprit aussi. Je peux enfin penser sans me sentir oppressé par la population qui m'entoure. Je me retrouve enfin, sans rien. Sans personne. Et j'ignore combien de temps ça fait que je n'ai pas ressenti ça. Sous chaque goutte qui m'atteint, je n'arrive pas à m'arrêter, je profite. La maison d'Athéna se trouve au fond de la rue, et a donc une longue avenue droite jusqu'à chez elle. Je suis en face, mais bien cent mètre plus loin. Et de là, j'aperçois Karyme.

Trois longues semaines sans se voir, trois longues semaines sans sa compagnie, auraient été une véritable torture si je n'avais pas gardé Cìaran et eu le mariage de mon frère aîné. Il pleut encore plus fort qu'avant. Je suis sur le point de pleurer lorsqu'il lève la tête et me voit. Karyme m'a tellement manqué finalement. Mon allure se transforme en course lorsqu'il fait de même sur le chemin inverse. J'enlève mes talons qui ne font que me gêner, je les abandonne là, ce n'est pas comme s'ils allaient disparaitre.

Et de nouveau comme si nous étions au ralenti, sous l'averse, je saute dans ses bras, même si je pense que c'est lui le premier à m'avoir prise. Ce que j'aime entre nous c'est que bien souvent, on a pas besoin de mots pour se comprendre, un regard ou une action nous suffit. Nos gestes comptent plus. On a ce langage corporel bien plus fort que nos paroles. Il me prend dans ces grands bras, et cette fois-ci, pour de vrai, *je me sens à ma place*. Je suis là où j'aurais dû être il y a longtemps, là où je suis moi. Plus Lucyiahna, encore moi Luce, non plus une Sorrez, mais moi. Celle que j'ai toujours voulu être.

Karyme me repose au sol, et c'est à cet instant que nos regards se croisent. Se plonger dans ses yeux vert et brun, revient à vivre un rêve à chaque fois, et je ressens cette sensation que je n'ai jamais connue. Parce qu'avec lui, tout sonne comme différent.

Comme attirées, nos lèvres se rapprochent mutuellement avant de se toucher, et de plonger ensemble dans un long baiser, la sensation que c'est naturel, que j'ai toujours connu ces lèvres. On le prolonge, comme si on avait peur de se perdre à nouveau de vue. Je ne veux plus jamais me séparer de lui. Mes bras passe autour de sa nuque, les siennes posées avec force sur mes hanches. L'eau de la pluie nous coule dessus et intensifie le moment, nos corps mouillés se collent l'un à l'autre. Il est possible que même dans ma prochaine vie, je m'en souvienne. Que je me souvienne toujours de ce baiser tant il me marque maintenant. On se détache à nouveau pour reprendre notre étreinte.

– Chaque jour sans toi était insupportable Lucyiahna... il me chuchote dans le creux de l'oreille.

Ses paroles vibrent dans toute mon échine. Le monde peut tout m'enlever, sauf cet homme. Il m'est tellement cher. Je le garde contre moi encore longtemps. Je le garde à presque m'en imprégner de son odeur, si particulière. L'averse est toujours présente, les orages, s'y ajoutent. Ma robe en satin jaune est transparente, et complètement trempée. Je sais qu'il l'a vu, au moment où il enlève son sweat à fermeture éclair pour me la donner.

– Tu dois crever de froid... allons à l'intérieur.

Cette fois, je refuse de faire comme s'il ne s'était rien passé. Alors je prends mon courage à deux mains pour lui dire.

– Et... tout ça ?
– Quoi, tout ça ? il demande.
– Je veux dire, ce baiser. On peut pas faire comme s'il n'avait pas existé pas vrai ?

Il prend une inspiration, avant de me répondre pour de bon. Je ressentais la même chose que ces adolescentes qui dévoilent leur sentiment, la peur du rejet. Parce qu'une fois dit, et une fois refusé, plus rien n'est pareil.

– Je crois que ton père est loin d'être pour cette idée. Mais fut un temps où les baiser officialisaient des relations. Enfin, c'est comme tu le souhaite, c'est à mon honneur. il sourit.

***

Une fois au chaud dans la maison, j'ai accepté de prendre un thé avec eux pour me réchauffer, assise sur le canapé au côté de Karyme. Mon possible petit ami à l'heure actuelle. Comme je le savais, cet homme, malgré son âge et son apparence plutôt solitaire, il a besoin d'amour et contact physique. Et je suppose que c'est pour ça qu'on dis de ne jamais juger les gens à leur apparence.

Je penses que ça nous aide, d'avoir déjà été proche, bien plus que côte à côte. Sous le coup de l'ennui, on a décidé de jouer au Monopoly. Athéna, Ezekiel et maintenant Karyme, font sûrement parti de moi. Avec Arlocea, ce sont les personnes avec qui je m'entends le plus. C'est loin d'avoir cet effet forcé, je me sens naturellement bien avec eux. Tout d'abord, on passe un bon moment à leur expliquer les règles et le fonctionnement du jeu. J'imagine qu'avoir vécu longtemps presque coupé du monde, doit être un choc lorsqu'on entre dans la technologie actuelle, tellement développée en si peu de temps. Bien que ce soit bénéfique, pas tout le temps.

– Donc si je comprends bien, le but c'est d'arnaquer les autres joueurs ? questionne Ezekiel.

– Non ! Le but c'est d'amasser le plus d'argent, car chaque personne qui passe sur une case dont tu es propriétaire doit payer. Et plus la case est proche de celle de départ, dans le sens des aiguilles d'une montre, plus c'est cher.

– J'ai compris tout ça ! Mais ton jeu-là c'est pour nous monter les uns contre les autres !

– Mais non justement ! Puisqu'il s'agit d'un jeu Ezekiel !

– Oui mais non, change de jeu. Je comprends toujours pas vos jeux de société, à croire que c'est fait pour s'énerver.

Ça me fait rire de les voir se chamailler comme ça pour un des jeux les plus connus universellement. Le jeu auquel tout le monde a pourtant déjà joué.

– On change de jeu si ça peut te faire plaisir, à croire que tu n'as jamais joué à un jeu de société avec tes amis ou ta famille.

– Pour le coup, enchaine Ezekiel, c'est exactement le cas.

Je suis à moitié en train de m'endormir sur place, je vis un vrai bonheur. Athéna range le Monopoly, et ne sort finalement rien d'autre. La soirée se prolonge un peu trop, et plus personne n'a vraiment la tête à jouer à ça.

– Au pire, regardons un film. Et là, Ezekiel, on ne se monteras pas les uns contre les autres.

Il l'embrasse en retour. Tout est tellement calme ici, l'ambiance entre nous, pas de secrets, personne qui se crie dessus, juste la paix. Aucune pression, pas de besoin de plaire aux autres, être juste soi. En quelques temps, on se retrouve sur son balcon, après nous avoir aménagé un petit coin cinéma tout juste pour nous quatre. Athéna qui connait bien plus de films classiques que nous trois autres réunis, choisi un film dont je n'ai encore jamais entendu parler.

"Capernaum" – *2018*

J'ignore complètement de quoi ça parle, mais elle m'a prévenu que c'était triste. Pendant deux heures, personne ne parle, silence complet, uniquement comblé par le son du film. Au bout d'une heure, je sens que je sombre dans le sommeil, mais ma volonté de terminer ce film jusqu'à la fin me fait rester éveillée. Je verse évidemment des larmes, alors je n'imagine pas Karyme. Qui en plus d'être hypersensible, doit se reconnaître à fond dans cette histoire. Et c'est sûrement pour ça que je pleure. Car quand je le regarde, je me dis que ce n'est qu'un film, mais à côté de moi, je connais quelqu'un qui a vécu approximativement la même chose. Je m'en veux de ne pas avoir pu l'aider, et je m'en veux car certain la vivent en ce moment même, mais on y pense pas.

Une heure et demie de film passe, jusqu'à ce que je sentes un poids dans mes bras, Karyme y es profondément endormi. Je le garde ici, et caresse lentement ses cheveux brun foncé. Bien que ça touche le fond de mon cœur, je regarde jusqu'à la fin. À côté de moi, Ezekiel n'a rien. Il est simplement calme et silencieux. Mais j'imagine qu'on ne transmet pas tous notre tristesse par les larmes. Parfois la tristesse est bien plus profonde que ça et ne se montre pas. Moi je pense qu'Ezekiel le fait pour Karyme, parce que pour lui pleurer est un synonyme de faiblesse, ce qu'il ne tient pas à être, étant donné que c'est l'aîné. La pression de ne pas décevoir la personne pour qui nous sommes l'exemple.

Avec l'aide des autres, j'emmène Karyme dans sa chambre. C'est fou comme son sommeil est profond, je pense que le matin il faut le laisser se réveiller seul, ne pas prendre le risque de le perturber. Je suis tentée de rester avec lui, mais mon téléphone sonne et me ramène sur terre. Proche de la réalité, c'est mon père.

Seul dans le vent du balcon, je décroche.

– Je te déconseille de jouer à ça Luce, je crois que tu ne sais pas ce qu'il t'attend réellement.

– Ne prend pas une heure à jouer les mystérieux et dis-moi ce que tu as à me dire. j'exige.

– Très bien, je me dépêche. Alors comme ça notre cher Karyme Nasaeel te manquait, n'est-ce pas ?

Je me fige un instant. Comment est-il au courant que je suis ici, en compagnie de Karyme, alors que nous ne sommes même pas chez lui ?

– Ne crois pas que c'est parce que je ne te vois pas, ou que tu penses m'échapper que tu es totalement tirée d'affaire. Je s'aurais *toujours* où tu te trouves, et ce que tu fais.

– Je ne suis pas ta chose à ce que je sache, alors je fais ce que je veux. Ce n'est pas toi qui va me faire peur, je te connais, et peu importe le coup que tu prépares, ça ne peut pas m'atteindre.

– Tu en est certaine ? Rompre le contrat avec ton école de mode ne t'atteindrait pas peut-être ? Je ne suis pas naïf, je suis ton père. Je sais où toucher.

Effectivement il le sait à la perfection.

– Alors c'est très simple. il explique. Reste loin de lui, et ton contrat restera d'actualité. J'ai été bien clair cette fois-ci ?

Mes dents grincent. C'est vraiment, *super*. Tout ce dont j'avais absolument besoin aujourd'hui.

– C'est très clair connard.

Il raccroche, et j'ai envie de m'effondrer une fois de plus. Pourquoi est-ce qu'il cherche constamment à gâcher tout ce que je me tue à construire avec le temps ? Toute cette estime de moi je la perds à chaque fois que je me rappelle que je ne suis qu'une de ces poupées pour mon père. Celle dont il a la possibilité de faire ce qu'il veut. J'ai envie de faire quelque chose contre lui, j'ai envie de pouvoir faire ce que je veux librement, mais rien de tout ça n'est vraiment possible. J'éteins donc mon téléphone, je reste ici encore un moment, regarder le ciel au milieu de la nuit est quelque chose qui a toujours su me faire du bien. Peut-être parce que je peux me dire que mon véritable chez moi est sous les mêmes étoiles. Que rien ne se perd totalement en fait. J'attends que ça passe, j'attends de retrouver mes esprits, puis je sais. Je n'aurais qu'à les suivre ses stupides obligations. Je n'aurais qu'à faire ce qu'il me demande si c'est bien ce qu'il veut, mais pour une fois il regrettera de m'avoir fait subir ça pendant autant de temps. J'ai envie de le dire à tout le monde. Parce que si j'ai envie de me venger, je me venge.

Bien que le ciel me dise que ce n'est pas la bonne chose à faire, la vengeance n'est jamais la solution à nos problèmes. Ce à quoi je pensais ne se compterait pas comme une vengeance à elle-même, ce n'est que rétablir la vérité. Dire ce que j'aurais toujours dû dire pour ne plus vivre là-dedans, dans ce cercle vicieux. Au fond, rien n'était comme ça avant.

Je me laisse glisser sur le fauteuil, et m'endors paisiblement ici. J'ai enfin découvert la paix, là où je pouvais me sentir chez moi, alors pour rien au monde je ne perdrais ça à nouveau.

    L'air chaud sur moi m'emporte dans un long sommeil profond.

Chapitre 19 Karyme

Aimons-nous comme si tes parents n'étaient pas divorcés.

Je me réveille en même temps que le soleil. Il faut croire que d'un côté, j'ai toujours cette habitude de prières en moi. Seul à nouveau dans mon lit, je me redresse directement. Je jette un coup d'œil sur mon téléphone, qui m'indique sept heures. Je ne sais pas depuis quand ça m'arrive, de me lever comme ça sans raison. Et ce n'est pas la première fois, c'est comme ça depuis plusieurs jours d'affilé. Mon sommeil ne semble pas vouloir me laisser tranquille.

Comme chaque matin depuis, je me rend sur le balcon, mais j'y aperçois très vite Lucyiahna endormie. La soirée d'y hier me revient, à vrai dire elle sonne comme un rêve. Tout droit descendu du paradis.

J'ai toujours cet effet étrange en moi, ce sentiment d'être instinctivement *amoureux*. Ce sentiment d'avoir une relation saine et non forcée, une affinité qui se construit sans même qu'on ne l'ait cherché. Je la regarde là, adossée contre la paroi, et me demande pourquoi elle est restée ici. Peut-être que d'un côté elle n'est pas si à l'aise avec moi. Je ne lui en veux pas, elle fait comme elle le sens de toute façon, je ne la forcerais jamais à rien.

Karyme bordel calme toi. Ça ne dure que depuis hier, tu t'emballes juste. Inspire, et expire. Je m'accroupi pour la prendre dans mes bras et l'emmener dans mon lit. Je crois que j'aime tellement la tenir contre moi, la garder contre moi c'est ce qui me fait du bien je pense. Après l'avoir emmitouflée du mieux que je pouvais dans mes draps, je dépose un léger baiser sur son front, et j'ai tendance à penser que je me précipite un peu trop. Comme un petit garçon impatient d'ouvrir ses cadeaux d'anniversaire.

– Si tu pouvais seulement te voir à travers mes yeux Lucyiahna…

Puis, je la laisse dormir en paix, je referme la porte de la chambre et descends. Il n'y a personne, comme tous les jours. Tous les matins depuis deux semaines. Comme à ma très fidèle habitude de chaque matinée, je me sers d'un bol de céréales. Quand j'ai appris que c'était pour les enfants, j'ai su que j'étais destiné à grandir ainsi. Avec le mental d'un petit garçon, ça me correspond plutôt bien à vrai dire.

Je prends mon téléphone posé à ma droite, pour chaque jour en apprendre un peu plus sur ce monde et rattraper mon retard. Mais quand la première chose que je vois, est que l'âge légal du consentement en Irak a été baissé à neuf ans, je l'éteint. Parce que souvent j'ai l'impression qu'il y a plus de mauvaises nouvelles que de bonnes dans cette vie.

***

Une à deux heures suivent avant que tout le monde ne soit là. La journée se passe lentement, et tout se passe bien, alors vers le début de l'après-midi, je repars avec Lucyiahna, en promettant à Athéna et Ezekiel que l'on reviendrait prochainement.

On marche un moment sans pour autant directement retourner chez elle, et j'ignore pourquoi, mais j'ai l'impression qu'elle fuit, et pas que moi. Moi et sa famille. J'ai envie de l'aider comme j'ai envie d'aider n'importe qui, alors tant qu'elle ne me dit rien, je ne le fait pas non plus. Je souhaite juste que ce soit naturel.

Étant donné que nous sommes en novembre, le soleil se couche bien plus vite pour laisser place à son reflet, la lune. Nous sommes posés sur la plage, elle regarde dans le vide et n'ose toujours rien dire, pendant que je n'ose rien faire.

– Tu crois au destin Karyme ?

Je ne m'attendais pas à ça, mais étant seuls sur cette plage calme, je me suis finalement dis que cette discussion ne pourrait pas nous faire de mal.

– Oui, j'y crois. Comme je pense que tout le monde devrait.

– Et tu penses que nous, on était destinés à se trouver ? Que c'était une évidence que ça se passe comme ça, ou alors que c'est nous qui avons changé sa direction ?

– On ne dévie jamais la direction du destin. Il est écrit bien à l'avance.

– Est-ce que, dix ans plus tôt, tu t'attendais à cette vie ? Honnêtement.

J'ai besoin d'y réfléchir, car je ne me pose que rarement ce genre de question. Et quand je le fais, c'est pour moi et mon cœur. Jamais vraiment pour les autres.

– Non. Je m'attendais à rester avec mes parents, ils font partis de moi. Encore maintenant je pense à eux presque tous les jours, car ils ont tout sacrifié pour que je sois là. Parfois, quand je regarde le ciel, je ne peux m'empêcher de me demander si eux aussi le regarde en pensant à moi. Peut-être que c'est ce qu'ils font, regarder les étoiles. Ou peut-être qu'ils en font partie maintenant.

Je ne la regarde pas, bien conscient que ses yeux sont sur moi.

– Ce qui me fait le plus de mal dans tout ça, j'avoue. Ce n'est pas de savoir s'ils sont en vie ou pas. Ce qui me fait mal c'est de ne pas le savoir, de ne pas être au courant de ce que vive mes propres parents. J'aimerais bien remonter le temps en fait, et faire les choses comme il fait. Mais avec du recul, vouloir tout refaire parfaitement n'est jamais la solution, car le résultat n'est jamais celui qu'on préfère. Je préfère ces imprévus, je préfère de loin que tu me surprenne en venant me voir plutôt que je le sache à l'avance. Par exemple, si j'avais tout refait à la perfection, j'aurais *su*, que mes parents comptaient dépenser leur argent pour moi et mon frère, c'est évident que je l'aurais évité. Mais cet évènement qui m'a bien fait plus de mal que de bien, m'a fait comprendre qu'on a rarement ce qu'on désire. Sans ça, je ne me serais jamais réconcilié avec mon frère, et sans ça je ne t'aurais jamais rencontré. Alors non, évidemment que je ne pouvais pas m'attendre à cette vie, et il est évident que je n'ai pas toujours apprécié ce qu'on m'a fait vivre. gêné d'en dire autant d'un coup, je fais une pause.

Je respire un coup, toujours les yeux fixés sur le ciel. Comme s'il était capable de transmettre ces mots à mes parents.

– Sauf que sans ces moments de souffrance, je n'aurais jamais su apprécier les bons. Et c'est comme ça que j'aurais raté ma vie.

Silence. Un silence capable de me faire culpabiliser d'avoir trop parlé, ou juste d'avoir parlé de moi ouvertement comme ça. Pourtant, lorsqu'elle pose sa tête sur mon épaule, je suis conscient que ce n'est rien de ça.

– Moi non plus je n'imaginais pas ma vie comme ça, en revanche, j'aurais adoré tout pouvoir recommencer.
elle commence. J'ai horriblement tout raté, et tout est gâché d'avance. Et puis, je n'ai commencé à changer il n'y a que deux ans, avant je n'étais qu'une erreur. J'avais la possibilité d'aider les gens, et je ne l'ai pas fait. Maintenant, lorsque je ne peux plus, c'est ce que je veux faire. Karyme, le plus honnêtement, qu'est-ce que tu vois en moi ? Qu'est-ce que tu vois qui te fait *m'apprécier* moi et pas n'importe qu'elle autre ?

Je soupire, elle se sous-estime tellement. Tout le monde la sous-estime.

– Pour tout et pour rien tu sais. Je t'aime parce que tu es toi, et que ça ne s'explique pas.

– Tu dis ça parce que tu ne m'as jamais connue quand j'étais encore une garce avec les autres, tu ne m'as pas connu avant.

– Et c'est pour cela que je crois au destin, car il nous a fait nous rencontrer maintenant. Lucyiahna, tu as su changer, tu sais remarquer des défauts et tes erreurs, et c'est sûrement une des choses que j'aime le plus chez toi. Tu n'essaie justement pas d'être *parfaite*, tu essaie d'être *toi*. Si tu voulais à tout prix être parfaite, tu l'aurais déjà fait, et tu aurais ressemblé à toutes les autres. C'est pour ça que tu es différente, et que tu es une fille géniale.

Je la prends dans mes bras, comme avec cette fille sur la plage et son groupe d'amis. Mais ce qui a changé, c'est que je suis avec la bonne fille cette fois.

Dans mes bras, elle rit, et mon cœur s'illumine.

J'aurais pu la garder dans mes bras toute la soirée, mais le temps froid de novembre finit par nous chasser. Elle parait un peu plus souriante, mais pas assez comme je l'aurais voulu, j'ai envie de lui demander ce qui la tracasse, mais je pense comprendre lorsqu'on arrive devant chez elle. Ses parents se crient à nouveau dessus, comme toujours.

– Mon père m'a dit qu'on ne devait pas être proche, au risque de l'exclusion de mon défilé. m'explique-t-elle.

Pas plus de détail, avant qu'on ne rentre dans le chaos. C'est bien plus fort que d'habitude, et je crains le pire.

– Mais oui Jade. Dis tout, révèle tout à qui tu veux ! Moi j'ai de quoi me protéger, contrairement à toi !

– J'essaie simplement de discuter avec toi pour une fois Hamza ! Toi-même tu te rend compte que l'Italie ne nous corresponds pas, ce n'est pas *nous*. On ne peut plus se permettre de rester dans ce mensonge, plus le temps passe, plus on s'enfonce !

– C'est peut-être le but principal tu ne crois pas ? C'est ce qu'on avait dit au départ, faire disparaître ce maudit secret !

– Et bien ça ne fais plus partie de mes idées actuelle, ce secret fait partie de nous et on ne peut pas s'en débarrasser ! C'est mieux pour nous de–

– Je t'encourage à t'en aller. il conclut. Je t'encourage à engager une putain de procédure de divorce qu'on mette terme à toutes ces chamailleries. Si tu ne penses pas comme moi, je t'invite à te débrouiller seule Yusra.

– Attendez attendez, qu'est-ce qu'il se passe ? s'étonna Luce, d'une voix faible.

Ses deux parents se retournent vers nous comme s'ils n'avaient pas conscience de notre présence ici. Ils arrêtent de se crier dessus pour reprendre un semblant effet de calme.

– Il se passe ce qui aurait dû se passer il y a des années. explique finalement l'homme. Ne te mêle pas de ça, tu as bien assez à gérer toute seule.

– Non non non attendez je… on peut tout arranger n'est-ce pas ? Ce n'est qu'un malentendu comme un autre.

– Lucyiahna. Ne te mêle vraiment pas de ça, s'il te plait.

Son père s'en va, tentant de nous laissant seuls, mais sa fille semble obstinée à le suivre, à vouloir empêcher ça. La voir ainsi me fait mal, pas parce que je l'aime spécialement, mais parce que je le ressens comme si c'était moi. Ce besoin de tout devoir réparer, tout devoir protéger, pour que rien ne se brise, que tout reste comme on l'a toujours connu. C'est ce qui arrive quand souvent on a peur des gros changements, qu'on est effrayé de sortir de cette zone de connaissance. Elle attrape le bras de son père pour le supplier de rester, celui-ci continue de refuser, de dire que c'est la vie, que même elle ne pourra rien contre ce qui arrive.

Son père la repousse, et se dépêche de s'en aller. Sa mère en profite pour s'éclipser également. Peu importe l'âge de nos enfants, voir ceux qui sont censé s'aimer pour toujours se séparer, ce n'est pas toujours simple. Je m'approche doucement d'elle, je veux l'aider, faire de mon mieux. Parce que moi aussi j'ai ce problème, je veux aider tout le monde. Lorsque je tente de dégager ses cheveux de son visage, elle refuse. Une fois d'abord, puis deux, puis trois.

– Laisse-moi tranquille s'il te plait…

Alors je recommence, quelques fois. Je sais que je la dérange, mais d'un côté c'est sûrement le but. La faire craquer, la faire pleurer bien que je déteste entendre ses larmes, elle a besoin de vider le poids sur ses épaules. Encore et encore, elle ne veut pas croiser mon regard, elle n'ose pas me partager cette souffrance.

– Karyme arrête et fous moi la paix. Je te demande juste ça pour une fois.

Plus elle se plaint, plus j'ai l'intention de continuer. Je joue avec sa chevelure blonde jusqu'à ce qu'elle s'énerve pour de bon. Sache que je suis désolé si tu n'apprécies pas ça, mais c'est pour ton bien. Je force, la taquinant au pire moment.

– Je t'ai dit de me laisser tranquille !

– Je te demande juste de me regarder Lucyiahna, tu vas pas rester seule dans ton coin comme ça. T'es plus une gamine, alors arrête ce petit jeu.

– Laisse-moi tranquille à la fin ! me crie dessus, se retournant vers moi en même temps. Qu'est-ce que tu comprends pas à la fin dans, je veux rester seule car j'en ai besoin ! Et non je ne suis pas une gamine non plus. J'ai juste besoin de tranquillité ce que tu es *incapable* de comprendre. J'ai pas besoin de toi, je peux très bien le faire toute seule, je sais me débrouiller et–

– Je sais que tu sais. Je sais très bien que tu es plus que capable de t'en sortir, je sais également que tu es bien assez grande pour le faire *toute seule*. Mais laisse-moi t'aider. Laisse-moi prendre une partie de ce poids avec moi et je te promet que tout ira mieux. je tente du mieux que je peux de la rassurer. Demander de l'aide n'est pas toujours un signe de faiblesse tu sais ? Alors oui, tous les deux, on a du retard par rapport à ta société, j'en suis bien conscient. Sauf que ce monde n'est pas ici pour nous faire de cadeau, alors grandissons, et parlons-nous. Arrête de penser pouvoir tout gérer seule.

– Tu dis ça parce que c'est simple pour toi, tu as toujours eu des parents aimants et là pour toi, c'est différent.

– Toi tu as eu la chance de vivre sans danger de mort, c'est différent aussi. Et tout ne se passe pas toujours comme on le veut.

Je l'attrape et la tire contre moi pour éviter qu'elle ne s'en aille. Moi aussi il y a tant de choses que je suis incapable de gérer, moi aussi j'ai du mal à demander de l'aide. Parfois c'est dur je suis d'accord. Elle continue de se débattre, refuser mes avances, et je ne cède pas.

– J'ai pas besoin de ton aide ! J'ai pas besoin de toi, ni de personne.

Je ne la lâche pas, à contre cœur, je continue de la garder dans mes bras. Lucyiahna se débat, me repousse comme elle peut, elle fait de son mieux pour ne pas partager sa douleur avec la mienne, de son mieux pour continuer de m'éviter. Manque de chance, sans avoir passé des années avec elle, je la comprend mieux que personne. Parce qu'on devait se rencontrer, c'était inévitable, je vois pas à quoi m'aurais servi l'Italie sans elle. Je ne sais pas comment j'aurais pu continuer de vivre sans elle. Bientôt, sa tension redescend, elle redevient calme et se laisser aller dans mes bras. Sans aucun mot. Aucun son hormis ses pleurs.

– Tu as besoin de moi Lucyiahna. j'admets.

Ce qui cache un possible, *moi le premier j'ai besoin de toi.*

Chapitre 20 Lucyiahna

La beauté plaît aux yeux, la douceur charme l'âme.

Lorsque je me réveille, je suis à nouveau chez moi, à la case départ. Mais, pas totalement en fin de compte. Karyme est couché à côté de moi, dans mon lit. Et comme à son habitude, il s'est occupé de moi. Je suis toujours dans les mêmes vêtements qu'hier. En temps normal, en plus à l'heure à laquelle je me suis couchée, je ne me serais jamais réveillée aussi tôt. Je me dirige en tout premier sur mon téléphone, histoire d'au moins prendre connaissance de l'heure, puis une notification m'apprend que mon soi-disant colis est arrivé. Pourtant je n'ai rien commandé ses derniers temps, ou du moins je n'attendais rien de spécial. Il est huit heures, le soleil est déjà debout dehors. À peine sortie de mon lit, je sors devant chez moi pour prendre la boite en question. Elle est bien plus grande que ce à quoi je m'attendais, presque encombrante dans mes bras, je l'emmène dans le salon. Lorsque je la déballe soigneusement, je constate qu'il y a deux boites, de deux marques bien différentes.

Puis, la marque Jenny Packham me rappelle tout de suite pourquoi j'ai ce paquet de luxe chez moi. J'ai en effet été invitée à deux galas ce weekend. Je sors le premier grand carton de luxe, pour rencontrer le deuxième. Bait Al Kandora. Tout me revient, je dois faire tout ça en même temps. Gérer les invitations aux galas, terminer les tenues pour le défilé qui approche à très grands pas, car il est dans un mois. Un seul mois pour terminer tout ce que j'ai commencé. Je vais en premier prendre un verre d'eau pour me remettre de mes esprits, évidemment je me suis dit que six mois pour ça ce ne serait rien, mais j'ai effectivement oublié mes responsabilités à côté de ça. Bon, ça devrait aller, si je dois m'y rendre à dix-sept heures, j'ai la journée pour avancer sur ce que je dois faire.

Les cartons dans mes bras, je remonte dans la chambre silencieusement. J'ai déjà des tonnes et des tonnes d'affaires qui traine sur mon bureau, mais je sais que si je les range, je vais les perdre. Dès que tout sera terminé, je prendrais le temps.

Dès que tout sera terminé ? …

C'est vrai que ce n'est qu'une période de six mois, pas plus ni moins. Pourtant, en voyant Karyme profondément endormi, j'ai du mal à imaginer une fin à tout ça. Une fin au nous qui vient à peine de commencer. Je me chasse ces pensées de la tête, ce n'est pas le moment. Nos tenues posées sous mon bureau, je continue les autres pour le défilé. En fin de compte, j'ai trouvé ma petite équipe. Karyme, Giovanni, Arlocea et Avaluna qui a accepté au dernier moment. Pour ce qui est de Giovanni et Arlocea, c'est déjà terminé, hormis quelques dernières retouches de dernières minutes à faire, je me concentre un moment sur Avaluna. Découpes et retouches jusqu'à son réveil.

– Qu'est-ce que tu fais ? … il me demande d'une voix encore complètement endormie qui me fait craquer.

– J'avance pour le défilé, c'est dans un mois et on a pris trop de retard.

– T'as besoin d'aide ? …

Je prends un moment pour réfléchir, car je sais qu'il le demande pour moi. Parce qu'il veut prendre soin de moi.

– Ça va, je m'en sors, et puis tu viens à peine de te réveiller.

Il ne cherche pas à me contredire, et viens naturellement s'asseoir à côté de moi. Ses cheveux encore en désordre, il se pose sur le bord de la table, et me regarde. Il fait simplement ça.

– Tu comptes me regarder faire un moment ? je le taquine.

– J'aime bien te regarder, peu importe ce que tu fais.

On passe la journée seuls, il n'y a personne d'autre dans la maison, c'est calme. On rit sur des blagues nulles, on apprend à se connaître, et c'est vraiment ce genre de moment que j'aime le plus. Ils n'ont pas besoin d'argent, pas besoin d'attention supplémentaire, juste besoin de lui, et c'est exceptionnel. On s'embrasse par ci par là, et je comprends que c'est ce que je veux, pour le reste de ma vie. Passer mon temps avec un homme qui m'aime, mais qui est également mon meilleur ami. Tout passe tellement vite, mais on a eu la chance d'avancer énormément sur une tenue, à presque la finir. Plus que trois après ça, deux pour Karyme, une pour Ava. Quinze heures trente arrive, on rentre après s'être baladé dans un des quartiers les plus calmes et moins fréquenté. Une fois de retour, il me demande ce qu'on va faire ensuite.

– Je suis invitée à un gala…

– C'est super, tu ferais mieux d'aller te préparer dans ce cas.

Je reste proche de lui, j'attends qu'il vienne aussi.

– Bah, vas-y non ? me demande Karyme à nouveau. Je t'attendrais ici.

– Oui, mais tu viens avec moi.

Moment d'incompréhension, c'est amusant de le voir comme ça.

– Oui. je répète. On va y aller à deux.

– T'es, vraiment sérieuse ? Je veux dire, c'est peut-être normal pour toi, mais moi…

– Allez viens, on va être en retard.

Je monte avec lui dans ma chambre, je sors les boites qui sont restées toute la journée sous mon bureau. Je lui tend la sienne.

– Rien que la boite j'ai du mal à me l'offrir… C'est, pour moi ?

– Allez ouvre la !

Toujours avec des mouvements lents, il l'ouvre avec la plus grande précaution.

– Nan nan Luce je… je peux pas accepter ça. C'est beaucoup trop.

– C'est normal, ça ne vaudra jamais tout ce que tu fais pour moi, mais j'espérais au moins que ça te plairait.

Un bisht saoudien noir et doré. Et il m'a quand même couté dans les quatre cents euros. Enfin, ce n'est que le quart du prix de ma robe... Tant pis il ne le sait pas.

– Évidemment que ça me plait... il est magnifique. J'aurais jamais assez pour te rembourser tu sais...

– C'est un cadeau Karyme, ça ne se rembourse pas.

Un dernier câlin avant qu'on aille se préparer. Il reste dans ma chambre alors que je vais dans la salle de bain. Je me regarde dans le miroir, et je souris naturellement, sans me forcer. J'adore ce que cet homme me fait ressentir, c'est spécial. Comme à mon habitude, je mets de la musique pour me préparer, je tombe aujourd'hui sur *Dangerous Woman*, d'Ariana Grande. Depuis que je l'ai découvert, je n'écoute plus que ça. Je chante par-dessus tout en appliquant un maquillage léger et naturel. Peu après ça, j'enfile ma robe rouge en satin. Le tissu est magnifique, et rend la coupe encore plus exceptionnelle, le rouge contrastant parfaitement mes cheveux blonds. Pour une fois, je me trouve belle. Les minutes passent vite, et je suis loin d'avoir terminé.

– Je peux entrer ? on me demande après avoir toqué à la porte.

– Oui bien sûr. je réponds en continuant de chercher mon rouge à lèvre.

Karyme entre, et je ne peux m'empêcher de le regarder. C'est comme si je ne voyais plus que lui. Il parait encore plus grand là-dedans, encore plus important.

– Ça te va à merveille. on se dit l'un à l'autre au même moment.

C'est comme ça depuis ce matin, comme si on réfléchissait exactement de la même façon. Je souris en retour, et je me remet à chercher.

– Je crois que j'aurais jamais le temps de finir de me préparer…

Je fais des allers-retours dans toute la pièce à la recherche de mon lisseur maintenant. Bien que Karyme semble être contre cette idée. Il m'attrape par les hanches pour me ramener devant l'énorme miroir. Derrière moi, il replace mes cheveux en arrière, avant de fouiller dans les tiroirs à la recherche de quelque chose. J'ignore ce qu'il essaye de faire, je ne pense pas qu'il ait conscience qu'à des galas comme ceux-ci, je ne peux pas arriver n'importe comme.

Deux minutes après, le temps continue de passer. Il se retourne, deux barrettes nœuds dans la bouche, ma brosse dans son autre main, un élastique dans la dernière qu'il lui reste. Je ne me souvenais même pas de les avoir. Avec toute la douceur du monde, il brosse mes cheveux dans le bon sens, toujours en prenant son temps. Je le laisse faire. Bientôt, il termine, et se replace derrière moi, ses mains sur mes hanches.

– Tu peux ouvrir les yeux. il m'informe enfin.

Au moment où je me vois dans le miroir, je constate qu'il est sûrement bien plus doué que moi. C'est *magnifique*. Exactement ce dont j'avais besoin les nœuds blancs sur ma tête qui rappelle à merveille mes talons, mon visage mis en valeur, c'est parfait. Karyme m'embrasse une dernière fois, avant de revenir devant moi et sortir son téléphone.

– Qu'est-ce que tu fais ? je lui demande, gênée.

– J'immortalise. ajoute-t-il avant de me prendre en photo.

Je souris, car c'est lui et on s'en va avant d'arriver en retard.

***

Nathaël nous fait descendre devant un immense bâtiment très imposant. Une galerie d'art. Tout devant, trois hommes sont chargés de vérifier toutes les invitations, chaque nom sur la liste, et lorsque je m'approche, je crois qu'il n'ont même pas besoin de mon nom pour me laisser passer. C'est souvent comme ça, et à présent, j'aurais du mal à dire si j'en suis fière ou pas. Il y dans la première pièce, un énorme hall, avec que très peu d'invité. Ils doivent tous être en haut, ou en train de faire le tour de la galerie, aujourd'hui je n'ai pas la spéciale envie de me mêler à tout le monde, mais je ne crois pas en avoir largement le choix. On se retrouve à devoir monter à l'étage, pour suivre la présentation des œuvres ici présentes. Assis sur les sièges du fond vides, et l'écoutons parler.

– Bonjour à toutes et à tous, réunis ici pour une nouvelle exposition ! La dernière date d'il y a bien quelques années, car à vrai dire ce n'est pas tous les jours qu'on sort une nouvelle collection de tableau ! Tous ceux que vous verrez ici, seront présents aux ventes aux enchères de la semaine prochaine, et si vous avez de la chance, peut-être trouverez-vous les peintres prêt à vous peindre sur votre parcours ? Comme j'aime bien dire, qui doit être muse, se placera peintre sur son chemin. Je vais refaire quelques présentations, bien que la plupart d'entre vous les connaissiez déjà. Les trois bien évident, Auriel, Jude et Dayni, deux jeunes et une femme à grand succès. Veuillez les applaudir !

Le public applaudit, et je sens Karyme se crisper légèrement à côté de moi. Je connais évidemment Dayni, nous étions dans la même classe en primaire. Elle a toujours les cheveux bruns aussi bouclés. Alors qu'il termine son discours, pour une raison inconnue, Karyme fait partie des premiers à se lever et quitter la salle. Je le suis rapidement, et on s'engage dans la galerie d'art. Je ne compte pas aborder le sujet, juste profiter. Ce n'était qu'une micro-réaction.

– Ça te dit qu'on essaie de trouver un de ces peintre pour avoir notre portrait ?

– Avec plaisir.me répond-t-il, toujours aussi enthousiaste.

Je me suis inquiétée pour rien, c'est juste son premier évènement, il doit être nerveux. On se balade lentement, en observant chaque œuvre d'art, avant de s'en aller dans la cour. De loin, j'aperçois Dayni, posé devant son chevalet, une toile blanche. Tout excitée, je tire Karyme avec moi pour que nous soyons les premiers arrivés.

– Hey ! Salut Dayni.

Elle tourne la tête, et me reconnait également.

– Luce ! Ça fait tellement longtemps…

En face, je vois un autre couple arriver, et je suis un peu fière de moi.

– Allez y asseyez-vous, vous êtes les premiers. Alors, c'est par hasard que vous m'avez trouvé ?

On s'assied en face d'elle sur le petit banc.

– C'est ça, mais il faut croire que j'étais quand même déterminée à l'avoir ce portrait.

– Oh et, tu n'es enfin plus avec Lynch. D'ailleurs, on se connait toi non ?

Connaître Karyme ? Comment ça peut bien être possible ? Le concerné se cache le visage entre ses mains, et je devine qu'il y a un truc qu'il ne m'a pas dit. On a donc affaire à un long moment de silence, Dayni se met à dessiner pour sortir de cette situation. Je regarde Karyme, qui a toujours peur de croiser mon regard.

– Karyme ? je l'interpelle.

Il lève enfin les yeux vers moi, l'air peur fier. Il ne me répond toujours pas, alors je décide de laisser tomber juste pour le moment, je reviendrais sur le sujet plus tard. Elle continue de nous peindre avec patience, personne ne dit rien non plus. Je vois que de l'autre côté du tableau, elle s'empresse de terminer son dessin. Je reste bloquée sur le fait qu'il se connaissent. D'un côté, je n'aurais même pas le droit de lui en vouloir d'avoir aimé quelqu'un d'autre, je suis pareil avec Lynch, mais c'était bien avant.

– Et voilà ! Je te l'enverrais chez toi lorsque j'aurais terminé les dernières retouches.

– Oui, merci.

Enfin libérée. Karyme et moi nous dirigeons vers la sortie, Nathaël nous y attend déjà. Nous roulons lentement.

– C'était juste un accident... il se justifie enfin.

– Un accident de quoi ? Je vais pas m'énerver si tu me le dis.

– Je l'ai embrassée, c'était il y a longtemps.

Oh. Je vois mieux. Je sais que ce n'est qu'un détail, ce n'est pas non plus la chose la plus grave qu'il puisse faire. Je peux imaginer que ça arrive de temps en temps, bien qu'au fond je me sente un petit peu mal au fond.

– C'est, rien de grave tu sais...je parviens à dire.

– Si c'est grave. C'est justement ça le problème.
– Ça ne m'importe pas tant que ça de toute façon.
– Moi oui. Ça peut être un léger détail *pour toi*. Mais moi je m'en souviens même si ça fait des semaines.
– Je sais que t'es pas comme ça Karyme, tu n'as pas besoin de t'excuser pour la chose la plus humaine du monde. C'est normal.
– Si tu le dis...

Parfois il est bien difficile à convaincre. On reste assis jusqu'à arriver à destination. C'est calme, un peu trop pour chez moi. Certes, mes parents sont en procédure de divorce, mais ça reste quand même bien calme, beaucoup trop à mon habitude. Karyme sort de la voiture, et en fait le tour pour venir m'ouvrir ma portière. Seule la lumière du grand salon est allumée, la fontaine de dehors fonctionne toujours, et à part le bruit de l'eau, et de Nathaël qui s'en va avec sa voiture, il n'y a rien d'autre. Chacun de mes pas aux talons résonne à côté de nous. Je ne sais pas ce qui m'arrive, pourquoi j'ai cette impression que tout se déroule bizarrement alors que je rentre de soirée, comme tous les soirs. Je continue d'avancer, mon copain à mon bras, et on entre finalement à l'intérieur. Seul le grand salon où mon père est installé est éclairé, tout le reste est plongé dans le noir. Lorsqu'il m'aperçoit, il se lève.

– Tiens, Lucyiahna. Je t'attendais.

Chapitre 21 Karyme

On n'entre pas dans un monde meilleur sans effraction.

– Luce et Karyme, deux jeunes amoureux.

Automatiquement, nos mains entrelacées se détachent l'une de l'autre, ce qui le fait rire. Pas que ce soit trop tard, il le savait déjà. Son père sort un paquet de cigarette pour en allumer une. Le regard fixé sur nous, plus en particulier sur sa fille, il rit encore. Je ne peux que me sentir mal.

– C'est mignon n'est-ce pas ? L'amour de jeunesse.

Il inhale la fumée de sa cigarette avant de nous la recracher dessus, Lucyiahna ne cille même pas à côté de moi. Sa seule voix porte presque dans toute la villa.

– Je vois qu'une fois de plus, tu profites à fond de *cet argent*, je me trompe ? ajoute-t-il en nous tournant autour. Je vois que ça te plait, tout ce pouvoir. Tout ce beau pouvoir que tu n'avais *pas, avant*.

Aucun de nous deux n'ose répondre quoi que ce soit, juste là, à se laisser faire.

– Une faible jeune femme…

Il passe maintenant derrière moi, passant son bras sur mes épaules, comme si nous étions ami. Ce qui n'a jamais été le cas.

– Accompagnée de grand et fort jeune homme, Karyme Nasaeel.

Son père continue son petit jeu, nous détaillant de haut en bas chacun notre tour.

– Qu'est-ce que tu nous veux à la fin ? lui demande agressivement Lucyiahna.

– Ce que je veux ? Ou ce que je *voulais* plutôt. Je ne voulais pas que vous vous rapprochiez trop l'un de l'autre.

Sans raison, une simple haine arbitraire, comme ce que je vis en permanence à cause de mon origine généralement.

– Oh et non mon petit, c'est loin d'être du racisme, je sais que tu le pense. C'est même pour *toi*, que je fais tout cela, pour te protéger du pire. Je vous protège tous les deux d'une chose en particulier que vous avez peur d'affronter, que *tu* as peur d'affronter Luce. Si pauvre jeune fille qui pense que les secrets disparaissent, alors qu'un jour ou l'autre, ils refont surface.

Je la regarde, nous qui avions promis de tout nous dire, en une soirée, tout est déjà mal parti. Mon visage réprime seul une émotion de dégout face à l'odeur du tabac, toujours plus forte.

– Oh pardon, je m'excuse. Il est vrai que c'est impoli, pour certains non habitués.

Il l'écrase par terre, sur le tapis. Je suis mitigé entre le fait de le remercier, ou de me taire car son comportement est vachement louche. Je préfère me taire.

— Pas la peine de me regarder comme ça vous savez, je sais être de bon cœur, je sais ne pas être un connard quand il le faut. Je sais également que tu me hais au plus profond de ton âme Luce, pour la façon dont je t'ai traitée toute ton enfance, comme une moins que rien. Je regrette tu sais, d'avoir utilisé la force pour te faire garder le silence pendant autant de temps. T'enfermer dans une pièce, seule, pendant des heures, profiter de ton corps, tu as raison, rien de tout ça n'était bien. Et il est bien probable que je regrette à l'heure actuelle. Mais au moins, tu as su rester dans le silence durant *douze longues années de torture*. Ainsi, tu m'a protégé moi, et ton futur.

L'enfermer pendant des heures ? Se servir de *son corps* ? Je savais que ce n'était pas un homme, ou un père parfait, mais j'étais loin d'imaginer ça. Loin d'imaginer tout ce que ce petit visage d'ange a pu subir pendant des années. Et je m'en veux, de ne pas avoir pu être là pour elle, *ma princesse*.

— Pardon milles excuse encore, je tourne autour du pot. Lucyiahna, en gardant le silence, tu as su garder notre secret. Au fond, tu es ce genre de fille qui parle à tout va, qui s'exprime, c'est ce que tu étais devenue avec le pouvoir de l'argent, et tu as récemment retrouvé la raison, après avoir eu le cœur brisé. Devrais-je dire, anéanti. Enfin les cœurs brisés, on en connait tous. Mais, saurais-tu me dire ce qui t'as fait le plus de mal entre mes coups, ou les mensonges de Lynch ? Je te pose sincèrement cette question tu sais ?

Elle n'a pas besoins d'une grande réflexion avant de parler.

— Les mensonges… les coups finissent par s'en aller. elle avoue.

J'ai mal pour elle. Pour tout ce qu'on a pu lui mettre sur le dos. Je n'ai même plus l'impression d'être bien pour elle. Elle mérite plus qu'un entourage d'incapables.

– Tu as raison. Les coups font sûrement plus mal sur le coup, c'est le cas de le dire, mais il partent rapidement, en une semaine ou deux. Les mensonges, les vrais, sont des blessures plus longues. Car ils nous marquent plus longtemps, et ils nous changent. Lynch a beau t'avoir menti pendant toute votre relation, on ne pouvait pas cacher que tout le monde s'y attendait. C'est le genre de bel homme avec le monde à ses pieds, tu es tombée droit dans le panneau, comme les autres, car il t'as fait sentir différente. Les hommes sont tous comme ça, rare sont ceux qui disent la vérité. Mais il ne faut pas t'en vouloir ! N'importe qui aurait fait pareil. En bref, les mensonges font mal, surtout les gros. Il me semble que nous sommes une famille très bien placée pour le savoir. On ne mens pas qu'à nous, mais à tout le monde.

Plus il parle, plus tout ça m'intrigue. Qu'est-ce qu'il peuvent bien cacher de si *énorme* que ce qu'il prétend ? Quel genre de secret de famille peut avoir cet impact ? Ils sont bien célèbres, je sais, mais à ce niveau, ils doivent surestimer ce secret bien au-delà de sa réalité. Et de la façon dont il parle, j'ai comme l'impression que je suis spécialement visé.

– Je m'en voudrais, continue-t-il dans son monologue, de briser tout ce que tu crées, mais d'un côté, c'est tellement plaisant. De l'autre, c'est de l'aide. De l'aide pourquoi ? Parce sans moi tu ne l'aurais jamais dit, et il aurait fait surface bien après. Plus la révélation d'un mensonge dure, plus il fait mal lorsqu'on l'apprend. Ce n'est pas ça que tu veux infliger à

Karyme n'est-ce pas ? Tu ne voudrais pas lui infliger ce que toi même du as eu énormément de mal à vivre ?

– Non… Évidemment que non…

– Mais tu l'as déjà fait. C'est déjà trop tard depuis quelques temps.

– Bon sang, tu ne peux pas juste sortir ce que tu as à dire ?! Arrête de tourner autour du pot ! Tu sais très bien que c'est horrible. elle s'énerve.

– J'arrête ? Tu veux sincèrement que j'arrête ?

– Oui je veux que tu arrêtes ! Je veux que tu me laisse vivre une vie heureuse sans toujours être là pour la gâcher ! J'ai envie de profiter, avoir une vie comme les autres, mais tu n'es jamais foutu de me la laisser.

– C'est pour ton bien, *Amira Parvina.*

Alors que ce nom que je n'avais plus entendu depuis des années sors de sa bouche, mon cerveau arrête de penser pendant une minute, et je ne suis pas le seul à avoir remarqué ma réaction. Je comprends, *il attendait ma réaction.* Mais pourquoi moi ? Pourquoi cette probabilité que ce soit ce prénom à elle ?

– Vous avez bien dit, Amira ? je redemande pour être certain.

– Attendez moi là une minute, je reviens.

Lorsque son père s'en va, mes pensées tourne toujours à mille à l'heure, ça pourrait tout et rien dire, Amira n'est que la traduction de princesse en arabe.

Ça pourrait n'être qu'un hasard ?

Mais il revient avec une pile de photo, et un petit nœud papillon jaune. Il en sort, une du paquet. Une précise.

– Regardez, il y a longtemps de cela, *vous vous aimiez déjà tant.*

Mon cœur s'arrête une seconde, et reprend difficilement. Cette photo... cette photo n'est clairement pas du hasard. Je la prend dans mes mains, elle est poussiéreuse, c'est l'originale. À merveille, je me reconnait dessus.

On s'apprêtait à aller au bord de la mer, nous étions en plein été, il faisait vraiment chaud. Je n'aimais pas spécialement la mer, j'avais une peur bleue des profondeurs, alors j'évitais de m'en approcher. Cet après-midi-là, muni de quelques livres divers, j'ai suivi mes parents, leur amis, Ezekiel, Idris et Amira. Pour une fois, j'ai su m'amuser avec eux. À peine arrivé, que j'ai déposé mes affaires en vrac dans le sable, sans écouter mes parents me demandant de revenir les ranger. On a commencé par aller dans l'eau, et encouragé par mon frère, je les ai tous suivi. Nos vêtements nous collaient à la peau, mais on s'en fichait, on était que des enfants insouciants. Sous la chaleur, on est restés une bonne heure jusqu'à en avoir marre.

– On va faire un super château de sable maintenant ! a proposé Ezekiel, que nous avons tous suivi.

Nous étions devenus de petits ingénieurs, y réfléchissant comme s'il s'agissait d'un futur palais. Le sable nous collait de partout, au final, tout n'as fait que s'écrouler, alors on a rapidement abandonné, tout sali par le sable. On entendait toujours les coups de feu et bombes plus loin, mais on était tellement épuisés pour s'en préoccuper une fois de plus. Les quatre, nous aurions presque pu nous endormir ici. Mais dès que mon père a proposé de faire un tour en bateau, on était tous prêt. À six, nous montions, laissons nos mères se reposer. Sur la mer, on faisait un tour, on s'éloigne de plus en plus de la côte, j'ignorais encore que des années plus tard ce serait pour de bon. Puis, devant le soleil couchant à l'horizon.

— Avant de vous endormir, mettez-vous côte à côte, qu'on prenne une belle photo. nous avait dit Hamza

Assis entre Amira et Ezekiel, Idris à gauche de sa sœur, j'affichais mon plus beau sourire. C'était une incroyable journée d'été. Dix-huit ans plus tôt.

En revenant à la réalité, les larmes me montent aux yeux, car jamais je n'aurais pu y penser. J'ai encore du mal à me l'avouer à moi-même. Sauf que ça ne peut qu'être réel, cette photographie ne sort pas de nulle part.

— Wow, je... c'est une sacrée nouvelle.

Je comprends à présent, que j'étais le seul à avoir été dans l'ombre, elle le savait, et elle avait simplement décidé de ne rien me dire. Je ne m'en remet pas.

— Karyme... Je peux tout t'expliquer... c'est...

— Nan Lucyiahna, ou Amira, il n'y a plus rien à expliquer. Tu t'es ouvertement foutue de moi, pendant tout ce temps ? Tu savais très bien qui j'étais, et tu n'as juste rien dit ?

Elle ne me répond plus, c'est super. Encore pire, elle détourne le regard, elle qui aimait tant mes yeux. Je me sens trahi, délaissé, je me sens, une fois de plus, comme ce petit garçon abandonné. Je reviens à cette soirée, où je lui avais avouée une partie de mon passé. LE nombre de fois où je lui ai parlé d'Amira, elle n'a rien dit. Et dire que j'aurais tout sacrifié pour elle, et c'est ainsi qu'elle me remercie.

— Je sais pas si tu t'en rend vraiment compte en fait Luce. J'étais prêt à *tout* pour toi, bien qu'on soit ensemble depuis seulement quelques jours. J'aurais pu tout sacrifier par *amour* pour toi. Regarde-moi quand je te parle merde.

 Elle lève enfin les yeux, aussi humides que les miens. Je souris du mieux que je peux, alors que je suis au bord de l'effondrement.

 – Tu t'es pas dit à un moment que ça pourrait être utile que je le sache ?

 – Je comptais te le dire mais– elle tente de se justifier de son air coupable.

 – Oui mais oui, tu comptais le faire dans dix ans ? Arrête de mentir, tu sais très bien que tu ne l'auras jamais fait, tu m'aurais laissé dans ce mensonge pendant tout ce temps. Ça signifie peut-être *rien* pour toi. Mais moi c'est plus que tout, et tu ne t'en rend pas compte.

 J'ai envie de m'énerver, d'encore lui crier dessus, mais je ne sais pas, les mots ont du mal à sortir tellement je me sens trahi. Je pensais valoir plus que ça à ses yeux. Pour une fois que je me sentais spécial et différent aux yeux de quelqu'un, il a fallu qu'on me mente, une fois de plus.

 – Tu as osé me mentir, sur qui tu es. Dès le départ tu m'as caché la vérité, en te disant que je n'allais jamais le remarquer, que j'allais vivre là-dedans.

 – Je suis vraiment désolée...

 – Et tu penses que c'est ça qui va me suffire ? Un simple désolé pour tout ce que j'ai enduré à tes côtés ? Un simple désolé pour tout ce que j'ai fait pour toi. Et puis, tu aurais pu t'excuser avant, tu avais tout le temps de le faire. C'est trop tard maintenant. Je... j'en reviens toujours pas Lucyiahna. Tu savais très bien à quel point Amira était importante pour moi, tu le savais mieux que personne, et au lieu de me dire que c'était toi, tu as préféré te cacher sous une personne que tu n'es pas. En fait, je crois qu'à mes yeux, tu ne seras jamais Amira. Car elle, elle ne m'aurait jamais fait ça.

Bon sang qu'est-ce que mon cœur a envie de l'insulter de tous les noms, ou pas. La photo entre mes mains tremblantes, je vois qu'en fin de compte il y avait une tonne d'indice. Aucune photo d'elle plus jeune, personne ne sait rien sur son passé, elle parle arabe, et spécifiquement le dialecte syrien. Et je n'ai rien vu. C'est plus fort que moi, les larmes coulent. Je me sens épuisé de l'intérieur. J'ai besoin de retrouver mes parents, j'ai besoin de rentrer à la maison, *je dois retrouver mon autre chez moi.* Ma respiration ralentit, ou accélère je n'en sais rien, je n'ai plus envie de m'en préoccuper. La photo entre mes mains, tremblantes, je perds lentement ma voix.

– J'ai vraiment cru qu'on pouvait se faire confiance. ma voix se brise. Mais j'ai eu tort.

– Karyme… j'aurais tellement voulu te le dire plus tôt…

Elle fait tout pour se rattraper, mais c'est évident que c'est trop tard. Luce s'approche pour tenter de prendre mes mains dans les siennes, que je repousse instantanément.

– Luce… Ne brise pas les choses si tu sais que tu es incapable de les réparer. N'essaie plus de te fondre dans un personnage que tu n'es pas. Tu aimerais que les autres arrêtent de te traiter comme une moins que rien, mais commence par faire de même avec eux. Sois la fille que tu aimerais que les autres soient avec toi. Tu es une fille géniale, j'en suis certain, mais tu n'es pas toi, tu n'es plus celle que tu as toujours été.

Je recule lentement, de plus en plus je m'éloigne. Peut-être que moi aussi j'avais tort. Son père reste un monstre, mais je comprends pourquoi il a agi de cette façon à mon égard, je devrais arrêter de faire confiance trop rapidement. En fait, il faut moi aussi peut-être que je commence à m'adapter à cette société, que je sois moins sensible, moins pleurnicheur et sûrement plus masculin comme ils l'entendent. Moi aussi je devrais changer ?

– Attend, attend s'il te plait Karyme… je… j'aimerais…

Elle s'effondre à genou, et je dois lutter pour ne pas craquer. Je continue de m'en aller, je ne veux plus la voir, *je ne peux plus*. Je sais que les autres ont tort sur elle, je sais que c'est quelqu'un de bien, car c'est quelqu'un que *j'appréciais*. Je ne suis pas ce que je devrais être dans l'histoire, ce n'est pas l'homme qui doit fuir. Mais moi j'ai envie de dire que le monde peut aller se faire foutre, et qu'on a le droit de vivre comme on le sens. Car c'est ainsi que la vie est, souvent, plus belle. Ma main sur la poignée, sur le point de m'en aller.

– J'aimerais te dire que je t'aime… elle termine. Je t'aime tellement…

Je ne supporte plus, je sors. Mes vêtements s'envolent dans le vent. Je n'ai plus envie de la voir. Je me sens plus que trahi, je me sens comme au plus bas. Pourquoi la vie est-elle si injuste ? Pourquoi tout ce que les autres ont, je n'ai jamais eu le droit de l'avoir ?

J'ai besoin de rentrer à la maison.

Chapitre 22 Lucyiahna
Je veux qu'on se retrouve même si on se dit adieu.

Il claque la porte, et je doute cette fois qu'il revienne vers moi. Et putain je me sens mal, et bien consciente que c'est de ma faute. Mon mascara coule, tout mon maquillage avec. J'ai les jambes presque ankylosées, je n'arrive plus à me lever. Je suis ce qu'ils pensent tous de moi. À ma grande surprise, au lieu de me narguer, mon père vient me prendre dans ses bras, et je ne refuse pas. J'en ai tellement besoin. Un long moment, je pleure contre son torse. J'ai besoin d'amour.

– Pardon Luce… Je regrette de t'avoir traitée ainsi, tu aurais mérité un meilleur père, j'en suis bien conscient. J'ai tellement sous-estimer la façon dont tu te sentais au fond.

– Merci…

Je reste si longtemps que je perds la notion du temps. Enfin, je finis par monter dans ma chambre avec le peu de force qu'il me reste, je me met en pyjama, et j'ai tellement de peine à m'endormir, que je passe ma nuit à pleurer, encore et encore, à me demander comment j'y arrive. Je reste dans mon lit, je fixe la tenue de Karyme, qu'on avait continué à faire *ensemble* ce matin même. Comment tout peut s'effondrer dans l'espace de vingt-quatre petites heures ?

Pour la première fois depuis des moi, je passe une nuit blanche, complète. Je n'arrive pas à trouver le sommeil, alors je ne dors pas. Je passe ma nuit à lire ce que je peux, mais tout me rappelle Karyme. Ma nuit se passe comme ça, me morfondre, me retourner jusqu'à trouver la bonne position, pour au final me lever aller boire de l'eau et revenir pleurer. Et je peux jurer que ça a été la nuit la plus longue, et la plus dure de ma vie.

***

Le matin arrive, je ne m'en rend même pas compte, je dois avoir dormi une demi-heure, et nous sommes lundi. Ça fait maintenant quelques moi que je ne suis plus allée en cours, trop concentrée sur mon projet, Karyme, et vivre. Aujourd'hui, je n'ai pas envie de travailler sur le défiler, alors je me dis qu'autant aller en cours pour se vider l'esprit. Lorsque je me lève de mon lit, ma tête me fait horriblement mal, et il est fort probable que je m'en sorte avec une migraine. C'est super. Que dire d'autre ?

Avec peine, je dégage ma couette, je vérifie l'heure sur mon téléphone. Six heures trente, encore mieux pour une personne qui commence à huit heures. Je respire un coup et tente d'arrêter de croire que le monde est contre moi, j'attrape les premiers vêtements que je vois dans ma penderie, et me dirige dans la salle de bain. Après une bonne douche et deux trois coups de mascara et de brume, je ressors.

Silencieux comme toujours, je me sens étrangère, pas chez moi, *je n'ai jamais été chez moi.* Mon sac à main ne contient que des rapides cahier, ma tablette, et une trousse, je crois qu'il ne me faut pas grand-chose de plus. Joanne, à sa fidèle habitude est là, et c'est la seule personne que j'accepte de voir.

– Tout va bien Lucyiahna ?

Je fais signe que non, je lui demande un simple médicament, que j'avale sans eau. Après ces deux minutes d'interaction, je m'apprête à sortir.

– Passe une bonne journée… elle ajoute.

Je me retourne, j'ignore comment elle fait, garder cette humeur parfaite dans une famille comme la nôtre.

– J'essayerais… je réponds la voix lâche, avant de sortir.

À chaque mot prononcé, j'ai cette impression que je vais rechuter, car parler avec le reste du monde ne sera jamais aussi passionnant que de parler avec lui. Devant l'immense allée, Nathaël est parqué, il attend sûrement mon père, c'est la seule personne encore présente à l'intérieur. Je m'en veux pour toutes ces personnes qui travaillent pour nous. Quand on y pense, eux aussi devaient avoir des rêves, eux aussi avaient des objectifs qu'ils voulaient atteindre, des parents à rendre fier, des parents qui ont tout sacrifiés pour eux. Mais qui n'ont jamais réussi. Au fond, c'est à cause de personnes comme moi que certains se retrouvent privés de ce qu'ils aiment.

– Lucyiahna, vous ne m'aviez pas dit que vous sortiez, à présent je dois conduire votre père. Mais si vous le souhaitez je peux vous emmener à votre destination quand même.
il s'excuse.

– Ce n'est rien Nathaël, je crois que j'ai juste besoin de passer la journée seule.

– C'est comme vous le voulez, gardez toujours en tête que je suis là.

Je suis sur le point de continuer ma route, avant de me rappeler que je n'ai pas une seule carte de transport, et que j'ai tout sauf envie de prendre une amende plus chère que le prix du ticket. Bon, ce n'est pas comme si mon école se trouvait à dix kilomètres d'ici non plus, ce n'est pas si loin.

– Nathaël ?

Il se retourne vers moi, et en y réfléchissant, il a vraiment un air de Lewis Hamilton. Je n'y ai jamais prêté attention.

– Est-ce que vous aviez un rêve avant de devoir travailler ici ? Un rêve que vous auriez toujours voulu réaliser ?

– C'est fort possible, mais il faut dire que plus jeune, j'aurais adoré être avocat, mais la vie en a décidé autrement.

– Il y avait une raison à ça ? Et qu'est-ce qui vous a fait changer d'avis ?

– À la base, je voulais rendre mes parents fiers. Ma mère pâtissière, mon père chirurgien, ils m'ont toujours soutenu, peu importe mes choix. Bien même lorsque j'ai raté ma fac de droit. Deux fois. Je n'étais pas très bien au fond de moi, c'est clair, mais après des années à votre service, ce n'est au final pas si mal.

Au moment où mon père sort, je comprends vite que c'est la fin de notre échange. Il a horreur que je discute avec ses employés comme si c'étaient mes amis, alors que durant ma vie ici, ils ont été mes seuls compagnons. Nathaël et Joanne ont toujours été plus que deux personnes au service de ma famille. Ils ont comme parfois été mes parents présents.

– Luce tu sors aussi ? Monte qu'on t'emmène.
– Ça va, je peux me débrouiller.
– Tu es sûre que–

Mais je suis déjà en train de m'en aller, sans avoir pu dire aurevoir à Nathaël. Dans mon large pull, ma salopette et mes converses, je me dirige vers notre garage. Et dire que ça fait bien des années que je n'y suis plus entrée, c'est plutôt l'endroit de Nathaël, car personne d'autre n'y entre jamais, et c'est tellement différent. Bien sûr, il y a les deux autres voitures assez rarement utilisées et la moto que Nathaël utilise pour rentrer chez lui à chaque fin de journée, mais il a su en faire son petit coin, après tout c'est ici qu'il passe ses journées, pour être prêt à n'importe quel moment. Des photos de sa famille, qu'il ne doit plus souvent voir, je m'arrête un moment pour les observer. Il a deux petites sœurs, des jumelles à voir comme elles se ressemblent. Elles sont tellement chou, et je me demande combien de temps ça fait qu'il ne les as plus vu, peut-être plusieurs mois. En fouillant un peu, je trouve leur numéro, que j'enfourre dans la poche.

Après quelques minutes de recherches, je déniche mon vieux vélo rose, bon, pas si vieux que ça. La dernière fois que je l'ai utilisé remonte à seulement quatre ans, il est toujours en bon état. Je pose mon sac dans le panier, et le sort du garage en prenant soin de ne rayer aucune voiture. En quatre ans on oublie pas comment faire du vélo n'est-ce pas ? D'ailleurs je m'en souviens comme si c'était hier, c'est encore Nathaël qui m'a appris à en faire, et c'est Joanne qui pensait toutes mes blessures. Sortie du garage, je remonte sur mon vélo pour la première fois depuis ma majorité, et ça m'amuse, ça me fait sourire, pour la première fois de la journée.

S'il y a bien une chose que j'ai su garder en tête, c'est comment aller sur la route, car à vrai dire, c'est le seul permis que je possède. Le chemin jusqu'à mon école n'est pas si long qu'il en a l'air, et, à fond dans ma playlist, il passe encore plus rapidement. J'arrive à l'heure à mon établissement, et je suppose que pour là où je vis, je n'ai pas besoin de mettre un cadenas sur mon vélo. Passer une journée avec une Justine Monroe de bonne humeur, rend les autres de bonne humeur. Comme personne de ma classe de terminale n'est présent aujourd'hui, je me retrouve à passer la journée avec les petits 3èmes, qui entame leur deuxième année. Au lieu de suivre le cours, que j'ai déjà suivi donc trois ans auparavant, je le fais avec ma prof.

– À présent, je vous laisse poser les questions que vous souhaitez lui poser !

Et elle sort de la salle, pour prendre son café sauveur. J'ai fini par la comprendre. C'est une grosse pression.

– Est-ce que c'est dur la terminale ? ose enfin demander l'un d'entre eux.

– Je pense que c'est plus simple. La plus dure est la 1ère je pense.

L'après-midi, je passe seule du temps avec ma prof, je lui pose quelques questions, et je réponds au sienne. Il faut que je sois occupée un maximum pour que mon cerveau mette de côté ce pourquoi je fuis.

– Au fait, Lucyiahna, je sais que ce n'est pas toujours très simple pour toi, mais comment tu t'en sors pour ce défilé ?

– Bien, j'ai presque terminé. Il ne me manque que quelques retouches.

Sa tête sur le côté, ma prof de mode a compris que mentais.

– Ton mannequin tu sais, ce… Karyme je crois.

– Oui je sais, ça ne vas pas du tout, je perds tout le monde et mes projets vont dans le vide. Là, j'ai l'impression de ne plus être personne, mais je n'ai pas envie d'en parler. je récite presque.

– Ce n'est pas de ça dont je voulais te parler. Tu savais qu'il aimait faire des photos ?

Des photos ? Absolument pas. Alors de son téléphone, elle me les montres. Moi qui n'avait même pas remarqué qu'il avait un téléphone, je découvre maintenant qu'il a son propre compte Instagram. Il a pris des photos de plein de chose, le ciel, la plage, d'autre paysages, lui et son frère, et moi. J'ai le droit à plusieurs photos de moi, dont chacune accompagnée d'une note dans la description.

"un jour comme les autres peut chaque jour être différent, il suffit d'elle."

Et ce ne sont pas les photos les plus nettes, les plus retouchées, mais ce sont celles qui ont le plus d'émotion. Il a su afficher cette partie de moi que personne ne voit, et évidemment, quand il s'agit de mon cas, tout le monde est rapidement au courant. Mais sous ses publications, personne ne m'a identifiée, personne ne m'a fait venir là-dessus, comme une sorte de journal intime. Mais ça c'était avant. Avant-hier. *Il suffisait d'elle.* Sans surprise je me remets à pleurer. Il me manque, j'ai envie de le revoir. Je sais que là, mon esprit s'attendait à rentrer et le retrouver comme s'il ne s'était rien passé, ce qui n'est pas le cas.

— Oh Luce, je… je ne voulais pas te faire de peine comme ça…

Je lui répond que ce n'est pas de sa faute, et je quitte la salle. J'attrape mon vélo qui n'a pas bougé, et je quitte l'endroit. Au lieu de rentrer, je passe en ville, et le fleuriste est le premier magasin qui m'attire. Je cherche trois beaux bouquets, et je prends mon temps pour ça.

Lorsque j'arrive vers le caissier avec cinq bouquets différents, je crois que j'ai légèrement craqué, mais bon, c'est pour la bonne cause. Je lui annonce les mélanges que je voudrais exactement, et il me les fait en une dizaine de minute. Je paye en lui laissant un petit pourboire, et son sourire me rend moi aussi un peu plus heureuse. J'aide également un autre garçon qui n'avait juste pas assez pour payer ses fleurs, et en retour, il m'aide à porter les miennes jusqu'à mon vélo. Et je pense que c'est ça la vie d'une personne normale.

Je fais en sorte que les trois bouquets tiennent dans mon panier, avant de le remercier.

— Attend, c'est toi Lucyiahna Sorrez ? Je pourrais prendre une photo ? Ma copine adore ce que tu fais.

— Ah oui ? Y a encore des gens qui aiment ce que je fais ?

— Bien sûr ! Moi aussi je trouve que tes créations sont géniales.

Il prend sa photo, et espère vraiment me recroiser avec sa copine une fois. Je lui souris, mais il ignore combien ça me fait plaisir. Toujours sous le mois de novembre et ses journées de plus en plus courtes, je rentre avant que la nuit ne soit tombée. Je sais pertinemment que la maison est toujours vide. Giovanni a déménagé, ma mère vis chez une de ses amies et a complètement disparue, mon père passe soit son temps à son entreprise, soit dans son bureau. Je crois que le fait de se libérer de la charge d'une femme le soulage. Tout à coup, je trouve cette maison immense, à me dire que dans quelques temps, je partirais aussi. Qu'est-ce que deviendras cet endroit, s'il ne reste que mon père ? Plus grand chose.

Dans la salle à manger, le sosie de Lewis Hamilton et Joanne, discutent ensemble, et je crois encore ne jamais les avoir vus ensemble. Avec mes trois bouquets encombrant dans les bras, je décide de me rendre à la cuisine avec. Les roses rouge orange accompagnée de gypsophiles blanches revient à Nathaël, tandis que les lys rose avec de petits dahlias blancs est pour Joanne.

Tous les deux viennent me prendre dans leur bras, car ils le peuvent en l'absence de mon père. C'est ma famille, celle que j'ai eu la chance de choisir. Ils me remercient du fond du cœur et m'avouent que c'est en particulier grâce à moi qu'ils ont toujours cette volonté de rester travailler ici. Tous les jours je vois de nouvelles personne s'aimer sans que ce ne soit moi. Il y peut-être peu de personne qui ont décidé de croire en moi, mais au moins il y en a, et ce sont les meilleurs. Karyme me manque, mais je pense que pour le moment je devrais survivre avant de sombrer. Je reste un moment à rire et manger avec eux, comme s'il s'agissait de mes vrais parents. Parfois, l'illusion est forte, sûrement trop.

Luce, ils ne font pas parti de ta vie, ce ne sont que des personnes éphémères, bientôt, elles se passeront de toi comme toutes autres. Tu es le cauchemar de ta famille, et la personne que tu es ne risque pas de rendre quelqu'un fier. Repense à avant.

Ces pensées reviennent et ne me lâchent pas. Toujours quand je semble me sentir un peu mieux.

– Je crois que je ferais mieux de monter me coucher.

– Bonne nuit. ils me répondent les deux en même temps.

Une fois dans ma chambre, j'ai senti que la nuit d'hier allait se répéter. Je regarde la tenue qui attend d'être terminée sur mon bureau, et je sais que je ne trouverais pas la force de la terminer.

Il me manque.

Chapitre 23 Lucyiahna

Il y a toujours une part de mots dans un silence.

Plusieurs semaines passent, je continue de me renfermer sur moi-même. Je n'ai plus la force de sortir ou faire quoi que ce soit de différent. Je suis dans mon lit depuis hier, maintenant deux semaines que je ne dors que quelques heures par nuit, mes cernes le confirme. J'ai mes règles, une migraine insupportable, je suis dans mon lit, il est dix-neuf heures. Bientôt, le peu de bonne humeur qu'il me restait s'est dissipé, je n'arrive plus à faire semblant, mes efforts pour paraître ont cessé. Je passe mes journées seule, et plus rien ne me motive, même pas mon défilé. Je sais, je suis parfaitement qu'il ne me reste que quelques jours. C'est dans deux semaines et demie. Je sens que je vais abandonner, j'ai plus envie de rien faire. Pour la quatrième fois de la journée, je me recouche dans mon lit, et j'essaie de me rendormir. Pourtant, on vient finalement toquer à ma porte, ce à quoi je ne réponds pas. Une fois de plus où je garde le silence, puis la personne entre. C'est Arlocea, alors je ne peux pas vraiment m'énerver.

– Eh championne. Faut bien que tu sortes de ton lit à un moment ou un autre, tu vas pas pouvoir rester là-dedans indéfiniment tu sais ?

Parfaitement consciente de ça, je ne bouge pas d'un pouce. Je reste fixe, sans avoir l'intention même de bouger. Mes cernes immenses, mes yeux rouges, je lui tourne le dos.

– Allez Lucyiahna, je suis sérieux. Si tu restes là tu vas jamais t'en sortir, fais un au moins l'effort de m'en parler non ?

– J'y arrive pas… je me plains.

– Tu ne veux pas, et à ce moment ce n'est pas pareil. Alors dis-moi ce qui ne vas pas.

– Karyme me manque.

C'est tout ce que mon cœur parvient à sortir. Pourtant, c'est bien plus que juste ça, il y a tellement plus en fait. Ça, ce n'est qu'une infime partie de ce que je ressens, et mes peines sont toujours un peu comme ça, indescriptible, insurmontables, et surtout insupportable. Je m'en veux tellement de ne lui avoir rien dit…. Je crois qu'au moment où je m'en suis rendue compte, c'était déjà trop tard. Je me sens nulle, je suis la pire. Arlocea vient s'asseoir à côté de moi sur mon lit, et me force presque à venir près de lui. C'est la seule personne chez qui j'arrive à encore trouver du réconfort, alors comme toujours, comme la première fois que nous nous sommes rencontrés, après ma séparation avec Lynch, je me blottis dans ses bras, la certitude que ce n'est que mon meilleur ami. Le meilleur possible.

– Tout va bien Luce, tu peux me dire ce qui ne vas pas. Je suis là.

Mon sentiment est impossible à expliquer, car bien que je le ressente comme une évidence en moi, je n'arrive pas à en sortir des mots.

– Je culpabilise. je finis par dire.

Au fond, même lui n'est pas au courant de mes vraies origines, alors évidemment que c'est perturbant de ne pas pouvoir lui en parler non plus. Bon, dans tous les cas c'est foutu. Bientôt, tout le monde le saura.

– Faut que je t'avoues un truc. j'ajoute.

– Je t'écoute, comme toujours.

Alors je reprends mon histoire, depuis le départ. Car, à quoi bon commencer au milieu ?

– *J'ai pas envie de partir ! Je veux rester à la maison.*

– *Viens ici immédiatement Amira ! Ce n'est plus un jeu !*

Mon père me porte de force, alors qu'on s'en va pour quitter le pays. Derrière nous, j'aperçois encore Karyme et ses yeux vairons, me regardant avec déception avant de se retourner, et de s'en aller. Pour de bon. Je voulais que ce soit un mauvais rêve, que le lendemain, je me réveille dans mon lit avec mon frère. C'est ici chez moi, je n'ai pas envie de quitter ma seule maison. Malgré mes cris, et mes pleurs, mon père refuse de me reposer. Depuis ce jour, on ne s'entend plus. Depuis, j'ai cessé d'être sa fille.

Ce soir même, nous avons pris la route jusqu'en Italie. Passant par la Turquie, la Grèce, pour enfin arriver dans ce pays promis. Un mois entier de peine, de pleurs, de souffrance, et de "je veux rentrer chez moi". Et arrivée ici, j'ai su que l'Italie, ne serait jamais chez moi. Tout est passé tellement vite, que j'ai du mal à m'en souvenir. Je me souviens encore des regards des gens en nous voyant, si mal vêtus, si sales, si étrangers au fond. Je ne suis pas passée par un camp de réfugié, mon père les évitait. La première année était la plus dure. Mes parents ne cessaient de voler, mendier, pour au final avoir assez pour des papiers. Uniquement pour eux deux d'abord. Ainsi, pas par pas, ils gagnaient de l'argent, l'investissaient dans quelque chose qui rapportait encore plus, et ainsi de suite. Jusqu'à découvrir l'illégalité, enfin, ça, je ne l'ai su que trop tard. Mon enfance a longtemps porté sur ça, les mensonges et les cachotteries d'abord avec les autres, puis entre nous. Mes parents ont toujours eu horreur d'aider les autres, peut-être étaient-ils dégoutés de la façon dont eux nous avaient traités à notre arrivée ? Comme moins que rien, des personnes non-importantes, des étrangers, des immigrés.

    Sûrement étaient-ils dégoutés de la façon dont certain nous crachaient dessus, ce moquaient ouvertement, à en venir aux mains, à en avoir des atroces pensées, oui, tout cela se comprend. Mais j'ai toujours pensé que c'était pour cette raison qu'il fallait aider ceux dans la même situation que nous. Pour ne pas les faire vivre le même cauchemar, c'est ce que moi pour ma part j'ai tenté de faire. Aider ceux que je pouvais aider. Faire du bénévolat à en rentrer à des heures tardives. Je voulais aider le monde, aider tout le monde, tous les sauver. Jusqu'à ce que je comprennent que mes rêvent ne se réaliseraient jamais. C'était peine perdue.

    Là où tu fais le bien, une autre personne fera le mal. Car il est toujours bien plus simple de détruire que de se tuer à tout réparer. Vers mes quinze ans, j'ai abandonné. Le monde était contre moi, et j'avais du mal à comprendre pourquoi, alors j'ai sombré, comme les autres, dans les mauvaises choses. Je suis devenue celle que j'haïssais. Sans surprise, je me haïssais encore plus, alors je *continuais dans cette boucle. Se détester, devenir encore pire, se détester à nouveau, et ainsi de suite. Moi aussi, je suis devenue comme ceux qui m'ont mal traité à mon arrivé, j'ai sauté de l'autre côté.*

Au tout début, c'était moi la bête. C'était de moi dont on se moquait tous les jours, parce que je ne m'habillais pas bien, évidemment j'étais loin d'avoir les moyens pour cette ville riche. Je n'aurais jamais pensé avoir les moyens pour leur ressembler, encore moins être au-dessus d'eux.

À présent, le passé m'a rattrapé, et c'est à moi qu'il a voulu donner une leçon. Au fond, je n'ai jamais été Lucyiahna Sorrez, ce n'est qu'un personnage que j'ai incarné avec les années. Au plus profond, je reste toujours Amira Parvina. Et personne d'autre, on évite pas ce que l'on est. Bien sûr qu'à l'heure actuelle, la Syrie me manque plus que tout, mon pays me manque. Jamais je ne l'aurais quitté, même par danger de vie ou de mort. Ce sont des milliers de générations, d'ancêtre et d'histoire gravés là-bas. Comment s'en séparer pour de bon ?

– Je suis syrienne, et je n'ai jamais été italienne.

Il rit d'abord, mais lorsqu'il voit que ce n'est pas mon cas, il est dans le doute. Moi aussi je le suis.

– Et c'est pour ça que Karyme m'en veut, car je ne lui ai rien dit. je soupire avant de reprendre. Moi et Karyme nous connaissions bien avant que j'arrive en Italie à mes quatre ans. Depuis là, je l'ai rayé de ma vie, pensant ne jamais le revoir. On ne devait *jamais* se revoir tu vois ? C'était littéralement impossible.

– Attend attend mais là tu m'as perdu. Vous vous connaissiez ? Et toi ? Syrienne ?

— Je te jure Arlo, je suis désolée. Oui je suis bien syrienne, et Karyme et moi avons toujours été meilleurs amis d'enfance, enfin, jusqu'à devoir se séparer.

Ça lui en met effectivement une. Je n'imagine pas le monde entier et comment ils réagiront tous à cette nouvelle.

— Nan Luce, t'es ma meilleure amie mais là je te crois pas. J'arrive pas à te croire.

— Reste ici deux minutes, je reviens.

Sortie en vitesse, je me dirige rapidement dans le bureau de mon père qui n'est, évidemment, pas à la maison. Il me suffit de fouiller dans deux trois tiroirs avant de trouver des très vieux papiers d'identités, des photos, et un petit nœud papillon jaune qui a perdu de sa couleur avec le temps. Ce bois si vieux renferme beaucoup, il grince lorsque je l'ouvre. Je ne perds pas mon temps à regarder les autres, ou je risque de me perdre dans quelque chose que je ne veux pas retrouver. Après avoir en vitesse fermé le tiroir, je remonte dans ma chambre.

— Des preuves. j'affirme.

Il les passe en revue, vérifiant qu'il s'agit bien de moi. On aurait eu du mal à me reconnaitre son ne me connaissait pas.

— Arrête de mentir, y a même pas le même nom sur les papiers.

— Parce que j'ai une *fausse* identité. Mon père l'a simplement achetée il y a genre, seize ans. Seize ans que je mens à tout le monde.

Alors Arlocea Carter continue de regarder la photo, sur laquelle je portais une robe jaune, et un nœud assorti. Le même que je lui ai tendu.

– Le 1er mars 2002, exactement comme toi… Brune aux yeux bleus, pour ça que tu te décolore les cheveux depuis que je te connais. Bel est bien d'origine Syrienne. Je…. Je sais pas quoi dire Luce, enfin…bref t'as compris. Et cette photo, elle date de quand ?

– Elle a été prise il y a dix-neuf ans. Oui, ça date.

Dix-neuf ans en arrière où je n'aurais jamais pu penser que cela puisse arriver. Dix-neuf ans plus tôt, où j'étais réellement heureuse.

– C'est pas un petit mensonge effectivement…

– Et t'as le droit de t'en aller. T'as le droit de t'énerver et de m'insulter, je crois que je le mérite bien. Peut-être même plus.

Je comprends qu'il m'en veut, car c'est mon meilleur ami. Lui m'a tout dit, même ses secrets de famille les plus sombres, pendant que moi pendant ce temps, je n'ai même pas été foutue de lui dire qui j'étais. Comme je le disais, je me sens nulle, incapable d'être aimée. Ce sentiment de culpabilité en moi est tellement fort, que je serais prête à le laisser partir pour l'avoir trahi comme ça.

– Je l'aurais bien fait, si tu n'étais pas Luce. Tu t'en rend peut-être pas compte, mais tu as changé, tellement changée entre temps. Tu es devenue une autre personne, une personne qui souhaite s'améliorer sans effacer son passé. Je ne peux pas t'insulter pour tous les efforts que tu mets là-dedans.

– Karyme l'a fait pourtant.

– C'est normal. Si j'étais lui, j'aurais réagi comme ça aussi, c'est certain, car ce sur quoi tu lui as menti le touche personnellement. Alors que moi, que tu sois syrienne ou italienne, qu'est-ce que ça peut me faire ? Moi je te verrais toujours de la même façon, lui c'est évidemment différent.

Oui, c'est vrai. Il a raison.

– Et tu penses que je dois faire quoi maintenant ?

– J'en ai aucune idée sincèrement, mais je te dirais de lui laisser du temps. Il en aura besoin.

– Mais il est censé défilé avec moi dans moins de trois semaines !

– Il faut que tu mette ça de côté un moment. soupire Arlo. Tu l'a détruit mentalement, ne t'étonne pas qu'il ne soit pas près de revenir.

Je comprends, une fois de plus. Et puis tant pis, s'il n'est pas là, cette place ne compte plus tant. C'est fou comme j'ai perdu intérêt pour le reste depuis qu'il est entré dans ma vie. Je n'aime pas l'effet que ça me fait lorsqu'il n'est pas là. Je me sens comme moi même absente.

– Tu vas t'en remettre, mais là il faut que tu te concentre d'accord ? C'est la dernière ligne droite, alors fait moi plaisir et fous pas cinq années d'étude de mode en l'air pour un mec.

Sauf que cette fois, ce n'est pas le même coup que Lynch. La mode ne m'obsède plus tant que ça, j'ai envie de changer de style, mais là tout de suite, je n'ai pas spécialement le choix, je dois garder le même jusqu'au défilé. C'est la dernière ligne droite, la fin de l'enfer.

– À voir ta tête, t'as pas trop l'air d'accord avec moi.

– En fait, je crois que j'ai envie de tout lâcher. Sérieusement, je peux plus vivre comme ça. J'ai besoin de sortir de tout ça, et pour de bon.

– Luce… Fait pas cette erreur pour un mec. Pas une fois de plus. Toi aussi tu mérites d'être heureuse alors arrête de te détruire volontairement.

– Mais non ! Karyme est quelqu'un de bien ?

– Ce n'est pas exactement ce que tu disais avec Lynch ?

– Si, mais…

– Mais il est différent c'est ça ? Il te traite bien ? Il ne va pas te trahir car tu te base sur ton ressenti ? Tout ça je le sais. Mais tu vis encore dans l'illusion. Tu te trompes, les hommes sont tous pareils.

– C'est pour ça que t'es toujours célibataire.

J'arrive à détendre l'atmosphère de manière normale. Au lieu d'être tout tendu, ma remarque le fait rire, et moi aussi. Je me retrouve.

– Ça n'a rien à voir ! Si je suis, encore à l'heure actuelle, célibataire, c'est pour la simple raison qu'il s'est marié, celui que je voulais.

Petite fraction de choc, se transforme en sourire malicieux.

– Non, stop. Je te vois venir Lucyiahna.

– Tu m'as jamais dit que t'aimais Giovanni. Tu m'as caché ça pendant tout ce temps ?

Il essaye de m'éviter, toujours pour rire. Je ne m'y attendais pas. C'est alors pour *cette* raison qu'il a refusé d'assister au mariage de mon frère prétendant être occupé.

– Ça fait combien de temps ? Et pourquoi tu lui as jamais dit ?

– Lucyiahna, n'en parlons plus.

Je sais que tous les deux, malgré notre semblant d'autoritaire, on rigole toujours. Et on passe la soirée ainsi.

J'ai l'impression de le penser en permanence, mais Arlocea est un homme génial, bien que les choses ne soient jamais faciles pour lui. Toujours faire passer les autres avant soi. Il me remonte le moral comme il sait toujours le faire, même s'il continue de dire que je ne devrais pas tout gâcher une deuxième fois pour un simple *mec*. Je sais, il ne fait que s'inquiéter pour moi, ce qui est normal. Mais cette fois j'en suis plus que certaine, je ne refais pas cette erreur.

Ce n'est plus un sentiment, mais une certitude.

Karyme.

Je pourrais facilement tout lâcher pour lui.

Chapitre 24 Karyme

Faire le deuil d'une personne vivante.

Quelques semaines avant

Lorsque j'arrive chez mon frère et Athéna, j'ai ce sentiment de toujours les déranger, mais cette fois je ne m'en préoccupe pas tellement. Cette sorte de boule est toujours dans ma poitrine, j'ai tellement de mal à m'en débarrasser. Ils m'ouvrent une minute après, ne s'attendant pas à me voir.
 – Karyme ? T'es pas avec Lucyiahna ?
 J'entre sans adresser la parole à mon frère. Ce n'est pas contre lui, mais depuis, j'ai l'impression d'être en colère contre tout. Me laissant presque tomber sur le canapé, je respire à nouveau.
 – Eh, tu me réponds quand je te parle oui ?!
 – Nan je suis pas avec elle ça te pose un problème ?
je m'énerve encore plus.
 Il vient s'asseoir à côté de moi, je ne le regarde pas pour autant.
 – Eh, tu peux me dire ce qu'il s'est passé ?
 – Rien…

J'ignore si j'ai même envie d'en parler. Je pourrais tellement dire que je la déteste, mais le vrai Karyme sait que c'est complètement faux, car il l'aime plus que tout. La colère m'a pris sur le coup, c'est tout. Jamais je ne pourrais vraiment l'abandonner, au fond, on peut séparer des corps, mais jamais des âmes. Depuis que j'étais avec elle, j'avais ce sentiment de sortir de ce que j'avais toujours connu. Tenter quelque chose de nouveau dans un meilleur sens, découvrir de nouvelles sensations, ensemble. Mais depuis son aveu d'il y a quelques minutes, j'ai l'impression d'avoir avancé seul sans remarquer qu'elle ne me suivait pas, délaissé. Inutile, même à ses yeux. Comme si toute cette aventure n'allait que dans un sens. Alors que je pensais m'en sortir, une fois de plus, je me suis raté. Finalement, peut-être que j'ai juste besoin des autres, et que ce sera toujours comme ça, que ce besoin fait partie de ma personnalité.

– Allez, tu sais que ça sert à rien de vouloir me cacher quoi que ce soit, car je finirais par le savoir. Parle-moi, et dis juste ce qu'il s'est passé.

– Tu te rappelles d'Amira et Idris ? je lui demande dans un premier temps.

– Évidemment, pour rien au monde je ne les aurais oubliés.

– Lucyiahna est Amira.

– Et donc ?

Son manque de réaction, en provoque une chez moi. Il ne réagit pas ? Ça ne lui dit rien ?

– Je crois que ton cerveau a raté un truc. Pas Lucyiahna et Amira, mais Lucyiahna *est* Amira. Toutes les deux, ce sont la même personne.

Il éclate de rire. Je peux comprendre qu'il ne me croit pas. Moi aussi, j'aurais réagi de cette façon si je on me l'avait dit ainsi.

– Karyme… il soupire. Je crois que tu mélange sincèrement rêves et réalité. Amira a disparu depuis des années. Toutes les filles italiennes que tu vas croiser, ne seront pas toutes Amira Parvina, et la chance qu'elle soit tombée sur toi est presque improbable.

– Justement ! C'est *presque* mais pas impossible. Je te jure que c'est elle je–

– Ne jure pas. il me dit lorsqu'il place un doigt sur ma bouche pour me faire taire. Ne mélange pas tout, ce n'est pas parce ce que tu as été amoureuse des deux, que ce sont les mêmes. Arrête de prendre tes désirs pour une réalité, ça ne fera que te faire du mal.

Mais comment lui prouver que ce que j'avance, *est* la vérité ? Je n'ai aucune… Ou peut-être que si. En fouillant dans la poche de mon bisht, je remarque que j'y ai laissé la photo. J'ai carrément oublié de la lui laisser.

– Regarde, et ose me dire que tu ne t'en rappelle pas.

Ezekiel attrape l'image entre ses doigts, et a à peu près la même réaction que moi. Aucun de nous n'a su oublier cette journée marquante, et puis, il sait très bien que le père d'Amira était le seul à avoir cette photo. Elle était unique.

– Bon sang j'y crois pas… Où t'as trouvé ça sérieusement ? J'avais encore neuf ans sur cette photo !

– Et il est là le souci, c'est son père qui me l'a donnée.

À présent, je sais qu'il me croit plus que tout, cette photo est bien plus qu'un objet de preuve, c'est un souvenir à nous quatre. Ezekiel est aussi sidéré que moi, par son visage assez expressif quand on le connait. Il comprend maintenant, que son meilleur ami d'enfance, sur qu'il avait fait une croix, se trouve en réalité à quelques rues d'ici. Lui comme moi, on a du mal à s'en remettre.

— Je… je vois le truc ouais. Faut que je prenne l'air là Karyme. Fait comme chez toi.

Il me redonne l'image avant de sortir à l'avant de la maison. Peut-être que j'ai sorti ça d'un coup un peu trop sec, j'aurais sûrement pus y aller avec un peu plus de douceur. Cependant, sur le coup de l'émotion, ce genre de chose est souvent bien trop difficile à digérer.

Dans la même soirée, je remonte dans ma chambre avant de me laisse tomber sur le lit. Mes pensées tournent, s'en vont, puis reviennent, en boucle. Et toutes sont autour d'elle. C'est très sûrement pour cette raison qu'elle m'a choisie, parce qu'elle savait mieux que personne que c'était moi. Alors pourquoi elle ne me l'a pas directement dit ? Pourquoi a-t-il fallu qu'on revienne dessus des mois plus tard ? Selon les dires de son père, elle ne comptait même pas me le dire, juste le cacher jusqu'à ce que moi-même je le remarque, c'était ça le but. Mais à quel prix ? Qui gagne quoi là-dedans ? À présent, j'ai du mal à me dire qu'elle m'ait réellement aimé, il est possible que tout ça n'ait été que faux.

Je me retourne sur mon lit.

J'aurais vécu tout ce temps dans un mensonge si évident mais pourtant si invisible ? N'étant que pour eux une distraction, qu'une âme passagère. Je devrais passer à autre chose et ne plus y penser, ce n'est qu'une personne sur huit milliards d'autres différentes, qu'est-ce que ça m'apporterait de rester coincé là-dessus ? Et puis des années sont passées depuis tout ça, c'est inutile de réagir de cette façon, mais j'ai du mal à m'en empêcher. Comme si malgré les *dix-huit années* qui sont passées, j'avais toujours ce besoin de me venger. Dans cette histoire, je ne me suis jamais considéré comme une victime, ce jour-là, je n'ai rien ressenti de spécial. Juste déçu, une fois de plus délaissé, mis à part. Toutes ces sensations, je les vis encore, elles font. Bientôt parties de moi. Un petit garçon haut comme trois pommes se préoccupe rarement de son avenir, de ce que va devenir sa vie après un tel évènement. Un petit garçon reprend sa vie, lorsqu'elle est normale. Les nôtres ne l'ont jamais été.

Une fois de plus, je change de côté sur mon lit.

Je devrais surtout m'estimer heureux d'être en vie j'imagine. Je devrais m'estimer heureux que mes parents aient tout sacrifié pour moi. Les coups de feu là-bas ne doivent sûrement pas avoir cessés. Ils doivent continuer à vivre cet enfer, pendant que je vis leur paradis.

Je me retourne de l'autre côté, et cette fois je trouve le sommeil.

***

Retour au présent

Le cas d'Athéna s'aggrave, mon frère s'inquiète, alors je passe plus de temps seul à la maison, tandis qu'ils passent leur temps ensemble à l'hôpital. Je ne les rejoins pas, car je penses qu'il mérite de vivre un moment les deux, avant la fin. Car maintenant que c'est totalement officiel, que c'est certain, je m'en voudrais de gâcher ces moments. Ils sont très précieux, et j'en suis bien conscient. Je passe mes jours seul à nouveau, je ne vois plus personne, bien que j'aie le droit à quelques appels de leur part. D'ailleurs, c'est bien le cas ce soir. Ils sont les deux de l'autre côté, alors que je suis seul ici.

– Hey. Tout va bien ?

– Je crois oui. Et toi ?

– On peut dire ça.

On peut dire ça, chez l'Ezekiel que je connais, ne veux rien dire d'autre que pas du tout. En même temps, passer ses journées avec la personne que nous apprécions le plus, sachant qu'il ne lui reste plus autant de temps que ça à vivre, le rend ainsi. Je sais qu'il aimerait faire son possible, qu'il serait prêt à tout. Mais la mort est loin de prévenir, autant que l'amour. Pourtant, je ne dis rien là-dessus, je sais qu'il est mal, alors je n'en rajoute pas une couche.

– Enfin, Karyme. il ajoute. Tu peux pas rester là indéfiniment à rien faire.

La remarque a pour effet de me réveiller, bien que je n'étais pas endormi, mais elle me remet sur pieds.

– Qu'est-ce que tu veux dire par là ?

– Ce que je veux dire, c'est qu'il faut que tu trouves quelque chose, un truc qui te passionne, un truc qui te fait gagner ta vie. Premièrement pour t'en sortir, car on va pas vivre chez mes beaux-parents indéfiniment. Ils ont déjà fait beaucoup. Et deuxièmement car maman et papa ne se sont pas sacrifié pour qu'on passe notre vie à ne rien faire. Peu importe ce que c'est, je m'en fiche, mais trouve quelque chose.

– C'est un argument pour que je retourne voir Lucyiahna ou quoi ?

– Ce n'est pas du tout ce que j'ai dit Karyme tu le sais.
– C'est ce que tu insinues Ezekiel. J'irais pas la revoir, point.
– Écoute juste ce que j'ai à te dire au moins…
Voilà, j'en étais sûr. Il ne me croit pas capable de trouver quelque chose que j'aime en dehors d'elle, il croit que mon monde tourne autour.
Peut-être parce que c'est le cas ?
Non non non. Rien à voir. Je suis passé à autre chose. J'ai tourné la page.
N'est-ce pas ?
– Je sais que tu lui en veux, et je ne suis personne pour avoir le droit de dire comment tu te sens par rapport à ça, évidemment, je ne suis pas dans ta tête. Tu as tout tes droits de lui en vouloir, enfin tout ce que je dis tu le sais, sauf qu'il y a un mais. Car malgré le mal qu'elle t'as fait, tu ne peux pas juste l'abandonner en cours de route. Je ne te dis pas de faire comme si de rien était, et que c'est passé, sois en conscient. Je ne te demande encore moins de l'aimer à nouveau. Mais c'est simplement une question de respect. Techniquement, tu es sous contrat avec elle, et, tu dois participer à ce défilé. Tu y es obligé. Tu as le droit de la détester, mais pas au point de gâcher son avenir tu comprends ? Content ou pas, tu l'as signé ce contrat.
Il m'exaspère à avoir raison. Qu'est-ce que je pourrais répondre à ça sérieusement ? Rien, absolument rien.
Je ne la déteste pas, loin de là. C'est juste que, je lui en voulais de m'avoir menti, ça s'arrête ici. J'ai en fait peur de la revoir car je ne saurais pas comment réagir. Toutes ces choses n'ont rien à voir avec de la haine ou quoi d'autre. C'est peut-

être de l'amour excessif. Je l'aime tellement que j'ai besoin de m'assurer de tout. Dans le sens où, je l'aime depuis toujours, depuis même sa naissance. Je l'aime depuis vingt-deux ans, un sentiment difficile à retirer, impossible. On est des milliards sur terre, qu'est-ce qui m'empêcherait de trouver quelqu'un d'autre ? Après tout, elle a su passer à autre chose, elle, depuis notre séparation. Alors que moi, j'ai dû attendre avant de la retrouver, *elle,* et retomber amoureux. Nous aussi, ce fil invisible nous relie. Ce même fil qui me relie à des centaines de personnes que je n'ai pas encore rencontrées. Peut-être que ce sera un simple contact visuel dans la rue, mais je continuerais à croire que c'était prévu, et qu'un simple coup d'œil, aussi anodin soit-il, n'était pas du hasard.

– Eh, tu m'écoutes toujours ?

Si je l'ai revue, c'est que c'était prévu aussi. Et puis tant pis, pourquoi faire semblant ? Pourquoi vouloir faire comme eux alors que je ne le suis pas ? S'énerver pour ça, n'a jamais été moi. Peut-être que c'est ainsi, essayer de se fondre dans la masse par peur de trop en ressortir, et redevenir la victime du jugement. Peut-être que si je me fonds là-dedans, c'est pour aussi éviter de souffrir, d'être humilié à nouveau, sauf qu'être dans ce cycle avec les autres ne fera que me détruire encore plus. Ressembler à ce que je ne suis pas. Bordel cette réflexion va bien trop loin. Si je l'aime personne ne m'en empêchera, si je n'arrive pas à être en colère contre elle, non plus. Son changement est sûrement dû à ça aussi, devoir être un minimum comme eux pour être acceptés. Je m'en veux, je suis tellement désolé pour tout ce que je suis incapable de contrôler. J'aimerais avoir pu l'aider, j'aimerais pouvoir changer ce passé.

Je suis désolé...

– Karyme t'es toujours là ?

Je sanglote en revenant à la réalité. Sans doute que moi aussi, mon comportement se justifie face à ça, à ce que j'ai vécu. Au fond, notre comportement ne serait-il pas juste le reflet de notre passé et nos fréquentations ? *Karyme, tu réfléchis trop.*

– Je… oui pardon. Je suis là. je répond finalement.

– Donc comme je te disais…

– Je sais. Ezekiel, je vais juste reprendre des études.

Pour un type qui n'a suivi qu'un enseignement de base jusqu'à ses dix-neuf ans, je doute que j'ai les connaissances pour rejoindre n'importe quelle école. Encore pire dans ce genre de coin pour les gens riches. Je suis vraiment mal placé pour parler, mais quoi d'autre ? Au moins je commencerais quelque chose de nouveau, et je l'espère, quelque chose que j'aime.

– Oh euh… comme tu veux après tout. T'es vraiment sûr de ton choix ou te me sors un truc à la seconde auquel t'as pas réfléchi avant ?

– Je n'y ai peut-être pas réfléchi, mais je sais ce que je veux faire.

– Ah ouais ? Alors tu veux faire quel genre d'études hein ?

– Psychologie. Et j'irais retrouver Lucyiahna.

– Qui est en fait Amira.

– Lucyiahna. je le coupe. Amira n'est que la petite fille qu'elle était, Lucyiahna est la femme qu'elle est devenue aujourd'hui.

Pendant qu'Ezekiel n'a pas encore de projet, j'essaie de construire le mien, sans aide. Je me dois bien ça. On se parle encore un moment, jusqu'à ce qu'il n'y ai plus rien à se dire, l'état d'Athéna s'aggrave, mais au moins, ils ont pu y mettre une date. Ses soins ne seront plus utiles, c'est voué à l'échec, alors ils ont pris la décision de la laisser libre. De toute façon, on ne peut pas sauver tout le monde. Lorsque je raccroche, le silence règne à nouveau. Je n'ai plus rien à faire. J'ai beau faire des tours dans la maison à la recherche d'une occupation, monter, descendre, c'est l'ennui total. Finalement, la soirée arrive, Ezekiel n'est toujours pas rentré. Étant donné que je ne veux pas rester bloqué sur mes pensées toute la soirée, je lui envoie un message en vitesse.

Ne me cherche pas à la maison.
Tu sais où je suis.

Une fois envoyé dans notre langue natale, j'attrape mes quelques sous posés sur la table, je ferme la porte, et je m'en vais là où mon cœur m'indique. Pour une fois, j'éteins mon cerveau et mes réflexions, pour suivre mon cœur.

Je suis habillé comme le plus basique des personnages possibles, mais ça n'aura pas d'importance. Chez le fleuriste, qui n'a pas un petit magasin vide, je choisi soigneusement mon bouquet de jasmins, avant de faire une queue de dix minutes avant de les payer. J'aime tellement les fleurs. Toutes les petites vieilles dames ne cessent de me dire que j'en ferais une heureuse avec ce beau choix de fleurs. Je leur souris et sors.

Le chemin jusqu'à chez elle me semble interminable, comme si mes pas ne cessaient de faire du surplace. Pourtant, avec un peu de persévérance, j'y arrive. Devant son immense villa se voyant à des kilomètres d'ici. Le bouquet à la main, le regard des passants, je me dirige devant la maison luxueuse la tête haute avant de sonner. Une, deux, puis trois minutes passent, mais Luce finit par m'ouvrir, et à sa tête, j'en déduis qu'elle ne s'attendais pas à me voir.

– Je sais pas si tu t'en rappelle, mais on en avait des tonnes à côté de chez nous. je luis dis.

Sa seule réponse, est son corps contre le mien, ses bras autour de moi.

Chapitre 25 Lucyiahna Karyme

Crever de passion plutôt que de crever d'ennui.

C'est le jour J que j'attends depuis six mois. Je suis en stress total, c'est impossible que je me calme. Je suis dans les loges, le tout commence dans quatre heures. Encore heureux, je ne suis pas seule. Avaluna, Giovanni, Arlocea et évidemment Karyme sont avec moi. Certains se font maquiller, d'autre attendent leur tour. De mon côté, je prépare chaque tenue, m'assurant que tout soit parfait, que chacun sache où chercher, bien que je ne serais pas loin. Tout est tellement différent, j'ai peur que ce soit compté comme hors sujet. Effrayée de recevoir des zéros, je tourne en rond, cherchant autre chose à perfectionner. Lorsque je sens quelqu'un me prendre dans ses bras, je me calme, ma tension redescends. Le sentir proche de moi me fera toujours sentir bien.

– Tout va bien se passer, tu vas gérer d'accord ? me rassure Karyme. Tu peux facilement gagner.

– Et si je foire tout ça ? Et si, je pense tout réussir et qu'en fait je me rate sur toute la ligne ? Ce sera six mois de travail foutu.

– Peut-être pour eux dans le public, peut-être pour toi, mais pas pour nous. Rien que par le fait que tu sois là on est tous très fier de toi, et puis la première place elle est là, أميرتي, dans ton cœur.

Ça me fait, un truc, à chaque fois que je l'entend parler notre langue. Comme s'il elle n'appartenait qu'à nous. Dans cette salle, nous ne sommes que trois à pouvoir la comprendre, même si je doute que Giovanni s'en souvienne encore. Je n'ose pas imaginer la pression que j'aurais eu, s'il n'avait pas été là. Tous se préparent et sont les plus beaux. Pas parce qu'ils sont bien maquillés, pas par leur physique, mais parce que c'est eux, mon entourage, *mon chez moi.* Je me reconnais avec eux. Et ce que j'admire, c'est que je suis réellement moi avec eux.

Ce surnom sonne comme un écho jusqu'au fond de ma poitrine.

– C'est clair que t'as pas besoin de t'inquiéter pour ta victoire ou pas. Rien que maquillé, je ressemble à Flynn Rider. Je rajeunis, ça fait du bien.

J'éclate de rire.

– En fait, t'as vraiment une fixette sur ce personnage depuis le film. Je croyais que t'allais l'oublier d'ici deux jours.

– Tu voulais que j'abandonne Leonardo DiCaprio, alors je l'ai fait. Je change, Flynn aussi est sexy. rétorque Arlocea.

Ce que j'aime dans ma loge, et qui est différent de chez les autres, c'est que je connais mes mannequins, loin d'être parfaits au niveau du physique. Ils ont tous leur défaut, mais c'est pour ça qu'ils sont beaux. J'ai surtout le privilège de rire avec eux, je n'imagine même pas le silence des autres pièces. Ils doivent tous avoir choisi des professionnels pour être certains d'avoir cette place. Peu après, ma prof vient me voir, histoire de s'assurer que tout va bien. Elle apprécie l'ambiance, pas sinistre comme les autres. Et j'en ris, avec *mes meilleurs amis*. Ils ont raison, que je gagne ou pas, la victoire est dans mon cœur, comme l'a dit mon copain.

Les heures passent, on joue au Uno comme des gamins, on évite le Monopoly.

– Lucyiahna Sorrez ? C'est à votre tour de vous présenter.

Je ne m'attendais pas à cette entrée subite. Sauf que je n'ai pas mon mot à dire là-dessus. Dans une tenue professionnelle, je suis la femme jusque sur le podium du défilé. Et lorsque je dois m'engager seule sur cette longue allée, un coup de stress me prend. J'ai peur, j'y arriverais pas. Je ne passe pas la porte, bloquée de l'autre côté. Je dois y aller bon sang…. Je vais pas pouvoir rester là indéfiniment. Suis-je en train de tout gâcher ?

– Lucyiahna ? me rappelle la même dame qu'avant.

– Une minute, juste une.

Je me laisse le temps de prendre une grande inspiration, de serrer contre moi le collier en pendentif soleil que Karyme m'a offert. Replacer sur les droit chemin quelques mèches partant de travers. Sadie Jasmine, m'observe attentivement depuis sa loge, analysant chacun de mes faits et gestes pour savoir si je vais y aller ou y renoncer.

Inspire, expire. Respire et tu auras fait un super chemin. Pense à tout ce que tu as accompli, mais aussi tout ce qui t'attends au-delà.

Je reprends mes esprits et m'engage sur le podium, fière de moi. Un public d'au moins mille personne, a le regard fixé sur moi. Je suis le centre de leur attention. Dans les rangs, j'aperçois, mes parents, un semblant fier de moi, et leurs amis. Plusieurs rangs derrière, j'aperçois Nathaël et Joanne, je leur souris, reconnaissante qu'eux aussi soient venus.

– Bonjour, et une fois de plus, bienvenue. Pas besoin de me présenter je suppose, vous connaissez sûrement tous Lucyiahna Sorrez. Mais, certains ne connaissent pas Luce. Je devrais être ici pour vous parler de ce que je fais, pas que je suis c'est vrai, mais je tiens à préciser qu'il y a une différence. Aujourd'hui, je vais vous présenter une collection un peu spéciale, que j'ai donc moi-même réalisée en l'espace de six mois. Un peu moins de six mois remplis de bien plus que des coups de machin et de ciseaux. J'aime coudre et confectionner ces tenues plus que tout, mais par-dessus tout, je veux m'exprimer. *Jasmine of Freedom*, est ici pour vous partager mes pensées, qui n'auront peut-être aucun rapport entre elles. Ce n'est pas le but. Le mien, est de m'exprimer, le vôtre, d'apprécier. Merci pour votre attention.

J'expire et retourne dans ma loge. Au moins, c'est ça de fait. Dans moins d'une demi-heure, je passe. J'ignore encore si mes parents seront fiers de moi, il se pourrait que ça m'importe peu, mais c'est loin d'être le cas. Ils seront fiers uniquement au moment où j'aurais la première place. Depuis notre petite pièce, ma prof revient juste après mon passage pour me donner un dossier papier. Ce sont les conditions et règlement d'admission pour cette fameuse école, au cas où je terminerais dans les trois premier. Après une lecture calme des plusieurs pages, j'apprends des informations dont je n'étais pas au courant aujourd'hui, dont une me forçant en quelque sorte à vivre sur leur campus. Évidemment, Rome n'est pas à côté de chez moi, je n'aurais donc pas trop le choix de m'installer là-bas. Et pourtant, bien que j'aie vécu les pires horreurs ici, je ne me vois pas quitter cet endroit remplis de tous mes souvenirs d'enfance.

 Lorsque je fais demi-tour sur mon tabouret, et que j'aperçois le reste de mon équipe, je me vois encore moins les quitter. Ils font tellement partis de moi, leur façon de vivre, leur manière d'évoluer, leur caractère, je les connais comme s'ils s'agissait de moi. Un dilemme entre passion et bonheur. Sur une cinquantaine d'élève soigneusement sélectionné, gagner sa place ne se refuse pas. Le jury est sélectif, avec précision. Auparavant, j'avais l'habitude d'être moi assise dans le public, et de prendre note des anciens défilés. Y allant presque à chaque représentation, il est évident que j'en ai appris beaucoup. Je finis par abandonner le dossier, et rejoindre les autres devant l'écran direct, nous projetant le début du défilé.

 Lodovico Donna, confiant, est le premier à passer. Son obsession pour les couleurs classes, et les tenues élégantes se perçoit rapidement. Si je devais faire mon pronostic, je pourrais facilement le placer en seconde place. Bien sûr, il est très talentueux, mais son tout manque d'expression. Ses mannequins droites comme des i marchent tellement à la perfection que s'en est effrayant. Notre petite école n'est plus trop de son niveau.

Viviana Kali est la deuxième à passer. La connaissant, je suis sûre qu'elle doit être en train de stresser, c'est son genre. Malgré ses défauts psychiques, ses bizarreries et son côté dépressif, ça ne lui a jamais empêcher d'avoir son style propre à elle, bien qu'il soit constamment jugé par les autres. Elle aussi, est talentueuse à sa manière, mais je doute que ce soit au goût du public, encore moins du jury.

Peut-être une dizaine d'autre élève passe, tous impressionnants, quand viens mon tour. Je suis assez détendue, ou c'est ce que j'essaie de me prouver. Je n'avais aucune raison de me rater, j'avais tout préparé à l'avance. Chacun vêtu de sa première tenue, Avaluna est la toute première à s'avancer sur le podium. Sans les avoir entrainés à quoi que ce soit, je sais qu'ils vont s'en sortir, je ne les ai pas choisis pour rien. Giovanni toujours aussi nonchalant suis sa femme. Chacun leur tour. En attendant le retour de chacun, je prévois les prochains vêtements, le changement entre deux est rapide. D'un côté, j'arrive à être fier de moi, et à me dire que je mérite une bonne place.

KARYME

Je suis derrière Arlocea Carter, à attendre mon tour. Pourquoi ce doit forcément être moi à passer en dernier ? Oui, peut-être que j'étais bel est bien conscient que ce jour arriverais, mais jamais je n'aurais imaginé l'ampleur de la chose. Dans mon coin, j'aperçois le meilleur ami de Luce s'avancer, visualisant une certaine ligne sur la piste pour savoir quand c'est à mon tout. Giovanni qui vient d'effectuer son demi-tour, passe à côté de moi, sur le chemin pour se changer.

– Tout va bien se passer, c'est un aller-retour. il me rassure.

En lui, Idris, je retrouve Ezekiel. Ces pensées remontent, pendant qu'ils étaient tranquille, et vivaient leurs vies de riches, avec *notre* argent, nous devions nous battre moi et mon frère aîné pour ne serait-ce qu'aller à l'école. Arlocea passe la ligne invisible, et je m'engage à mon tour sur le long podium. Chacun de mes pas est réfléchi, je ne dois en aucun cas les perdre. Dans le public, les gens m'acclament, et comme naturellement, je croise le regard de mon frère. Il ne pouvait pas se permettre de rater ça, c'était tout autant important pour lui. Il est fier de moi, je le ressens. Plus à l'avant, les jours gribouillent des choses dans leur carnet, pas mal de choses.

Calme-toi, ce ne sont que des notes.

Pourtant, sur mon retour je suis un peu plus rapide, ce genre de détail peut être la cause de point en moins. Manque de professionnalisme. Premier tour effectué, je retrouve la loge, Lucyiahna m'attend avec ma prochaine tenue, que j'enfile en un temps record. Le silence règne entre nous, dans tout le bâtiment.

Calme-toi, respire.

À contre cœur, je dois ressortir une minute seulement après.

Et après ?

Pas besoin d'y penser, ce qui compte, c'est le moment présent qui compte et qui a toujours compté. À nouveau, je dois attendre qu'Arlocea passe.

Fais-le pour elle, pas pour toi.

Deuxième tour, que j'enchaîne à la perfection. Pourtant, je me sens mal, comme si ma place n'était pas ici. Comme une fraude dans un monde trop luxueux pour moi, ce que je suis loin d'avoir toujours été, je garde la tête haute et retourne dans la loge pour enfiler ma dernière tenue, dernier passage, six mois, pour vingt minutes.

***

– Tu es le dernier à passer, prend ton temps et tout ira bien.

Confronté à mes pensées, je n'arrive pas à lui répondre. Je me demande toujours ce que je vais devenir si elle s'en va jusqu'à Rome, et que moi je dois vivre ma vie seul ici. En seulement quelques mois, je suis devenu dépendant d'elle.

– Eh, ça va ? Tu y va ?

Je ne me lève pas, comme paralysé sur cette chaise. Bien sûr, ce n'est pas qu'à cause de ça, il y a plus. Plus que je ne saurais expliquer. Dans ma bulle, dans mes pensées, je m'oublie. Jusqu'à ce qu'elle m'attrape la main et me ramène à la réalité.

– Eh ! C'est ton tour je te rappelle. Dépêche-toi.

Un regard suffit, debout, j'y vais. J'ignore ce qui me prend, j'ai un sentiment étrange au fond de moi. Comme une sorte de brisement.

— C'est impossible de travailler avec lui, toujours dans sa tête, et ose prétendre que tout va bien.

Sont les dernières paroles que j'entends d'elle avant de repartir sur la piste. Un seul projecteur sur moi, auquel je n'étais pas préparé, m'éblouit.

Tout va bien se passer, un seul passage, et c'est la fin.
La fin de plusieurs choses.
La fin d'une aventure, la fin de plusieurs rencontres, la fin de souvenirs.
La fin de Lucyiahna et Karyme.

Malgré mon cœur tambourinant si fort que j'ai peur que le public l'entende, j'ai pas le droit de pleurer ici. Je déteste être sensible. Je déteste tout gâcher. Mes yeux humides, j'essaie de ravaler ma tristesse, effectue mon dernier demi-tour pour retourner dans la loge. C'est le silence, personne ne parle. Comme avant, on s'installe tous devant l'écran, pour regarder les passages suivants. Les discussions reviennent, les commentaires, la rigolade peu à peu. Tout doucement, avec délicatesse, je prends la main de Luce dans la mienne. J'en ai besoin, besoin de réconfort. De nouveau, je replonge dans ma bulle, je m'écarte moi-même des autres. Présent tout en étant absent. Les autres sont tout aussi talentueux, ils ont l'air bien plus professionnels que notre groupe au allures aléatoires. Le cœur lourd, aucun mot ne sort, comme si je n'étais doué à rien seul. Voué à l'échec.

Seule, ma tête se pose sur son épaule, un mouvement que tout le monde remarque. Dès que leur regard est sur moi, je fonds en larme, sans raison. Ce doit être la pression.

Tu ne grandis pas. En fait, tu ne grandiras jamais. C'est ce qui arrive quand on condamne une âme d'enfant à vivre une vie d'adulte. Il y a bien un moment, ou celui-ci doit retrouver sa jeunesse. Alors comme j'ai longtemps été dépendant de mes parents, je suis dépendant de Lucyiahna. Pas de la même façon.

Tous viennent me prendre dans leur bras, et je m'en veux encore plus. Je ne fais pas exprès, je suis juste incontrôlable.

– Tout va bien… Je vais juste prendre l'air dehors.

Sans attendre leurs avis, je m'en vais. Pourquoi je suis incapable d'être comme eux ? Une personne calme, qui vit sa vie sans se mettre à pleurer pour des raisons inutiles toutes les cinq minutes ? Il a fallu que je sois différent, bien que d'un côté, c'était prévisible.

Si moi-même je ne me comprend pas, pourquoi est-ce que je chercherais à faire des études pour comprendre les autres ? La journée est passée si vite, qu'il fait déjà nuit. Le soleil termine tout juste de se coucher à l'horizon, un mélange d'orange, rose, bleu. Il s'évapore lentement, je reste ici à la contempler, la disparition d'un nouveau jour pour laisser place aux étoiles. Le froid s'intensifie, je serre mon keffieh contre moi, je l'ai toujours. J'ai grandi avec en le considérant comme un doudou, un porte-bonheur. Toujours avec moi, il n'a jamais cessé de grandir, de tracer tout ce chemin, de suivre mes pas. En l'étalant sous mon regard, je remarque une inscription que je n'avais encore jamais vu. En ayant vécu des années avec le même, ça m'étonne que je n'ai jamais pu y faire attention.

ما لسبب يحدث شيء كل. الشمس ابنة كريمة

Toute ma vie, on m'a associé au soleil, et jamais je n'ai compris pourquoi. Peut-être qu'il n'y a pas de signification, j'aime le prendre comme ça, et dire que c'est simplement quelque chose qui me représente. C'est par le soleil qu'on me reconnait, sûrement.

Karyme, enfant du soleil. Tout arrive pour une raison.

Je le serre contre moi, et retourne à l'intérieur lorsqu'on annonce que c'est le moment des résultats.

Chapitre 26 Karyme

Le futur est grandiose, alors grandis, et ose.

Moi et le reste de ma petite équipe, allons ensemble nous asseoir au tout premier rang, et assister au retour. Lucyiahna et les autres élèves sont ensemble, tout présent sur le podium. Ils sont effectivement pas mal, et définir seulement trois gagnants parmi toutes ces personnes aussi talentueuses les unes que les autres, doit demander des années d'expérience. Pour moi, indécis que je suis, faire des choix au risque de gâcher les rêves de certains serait trop dur, mentalement.

– Et voici donc, nous allons procéder aux résultats, ce que les élèves, autant que le public attendent. Ainsi, étant déjà en retard, nous allons faire ceci rapidement pour éviter de perdre du temps sur la suite de la soirée. Premièrement, les vingt derniers à être passés, sont éliminés. Donc toutes les personnes qui sont passées après, Sadie Jasmine, sont priés de quitter la scène. Pas que vos créations soient mauvaises, ne doutez pas de vous, elle ne sont juste pas au goût des jurys par rapport à celles des autres. Peut-être, avec de la chance, à l'année prochaine !

Ah. C'est, très direct. Et j'ai cette impression que le présentateur y prend du plaisir, à réduire ces pauvres participants en miettes. Certains tenaient là-dessus, c'étaient peut-être leur unique rêve. Et six mois de dur travail pour, ça. Enfin, j'y pense comme si je n'étais serait-ce concerné. Je me sens un peu mal pour eux, mais je me force à rester concentré sur le reste.

– Vous, trente élèves, vous êtes tous très talentueux, vos styles, tous différents soient-ils, sont exceptionnels. Rarement nos jurys sont tombés sur des choses comme cela. Mais évidemment, il a fallu vous départager. Devant moi, j'aimerais garder, Lodovico Donna, Viviana Kali, Sadie Jasmine, Airan Ferri, ainsi que Lucyiahna Sorrez. Navré encore une fois à tous ceux que je dois renvoyer, ce n'est pas contre vous sachez-le. Mais la vie est faite d'injustice, les écoles de modes ne sont pas pour tout le monde ! Encore heureux.

Encore un coup pour ces pauvres étudiants, qui ont travaillé cinq longues années pour qu'on leur dises finalement que ce n'est pas la voie qu'ils doivent suivre. Mais enfin, comme il l'a dit, ce n'est pas de sa faute. Ils étaient tous conscient des règles du jeu bien à l'avance. Pour le moment, je dois me concentrer sur elle.

– Vous cinq, a sûrement été le choix le plus dur de nos jurys depuis des années. Vous départager a été difficile, mais, car il y a toujours un mais, ils en sont venus à la conclusion que Viviana Kali, est éliminée.

La jeune femme s'en va lentement, et n'a pas l'air si dépitée que ça par rapport aux autres personnes.

– À présent, le jury en est arrivé à cette conclusion. Bien sûr, c'est dans les règles. Trois gagnants uniquement, pas plus, ni moins, aucun cas d'exception possible. Sadie Jasmine, cela n'a rien à voir avec tes créations, qui sont parfaites en elle-même, c'est simplement que… il faut faire des choix tu comprends ? C'est comme ça, mais je t'invite à rester avec nous un petit moment sur la scène encore.

En même temps qu'il termine sa phrase, les trois jurys se lève, munis d'enveloppes. Une pour Lodovico, l'autre pour Airan et la dernière pour Lucyiahna. Ça sonnait comme une évidence, c'était sa place attitrée. Cette, Sadie Jasmine, il me semble que je la reconnais. Elle était avec Lynch ce soir-là. Et voilà, chacun à la place qu'il *mérite*. Le jury donne le micro au premier gagnant, le laissant faire son discours.

– En fait, la mode a toujours été une évidence pour moi. Ma famille étant italienne depuis des années, et ayant toujours été dans cet univers-là, j'ai moi-même grandis avec tout ça.

Et son discours est ennuyant à en mourir. À part parler de sa famille, de son incroyable talent, et de ses superbes qualités, Lodovico ne fait rien d'autre. J'imagine que c'est normal, de se vanter jusqu'au bout de sa réussite, être narcissique. Airan, quant à lui, est loin d'être bavard. Il remercie les personnes qui l'ont soutenues, et il s'arrête là. Même le public est timide face à lui et à de la peine à lui applaudir.

– Alors euh… Moi, je crois que mon discours risque de briser quelques normes, quelques cœurs aussi. commence Luce. En tout premier oui, Giovanni et Avaluna McGoran, vous êtes pour moi deux grandes pierres précieuses, et je ne vous remercierais jamais assez d'avoir bien voulu m'accepter dans vos vies. Vous ignorez sûrement à quel point, ça représente beaucoup pour moi. Giovanni, en prenant le nom d'Avaluna, tu as toi-même mis fin à ton propre enfer. Être un Sorrez. Au fait, si mon discours dure trop longtemps, n'hésitez pas à vous en allez, il va peut-être durer un moment.

Cependant, personne ne se lève, je ne sais pas si c'est parce que personne n'ose, ou parce qu'ils veulent vraiment savoir la suite. En tout cas, ça peut durer des heures, je ne me lasserais jamais d'écouter sa voix. Angélique.

– Ensuite, Arlocea Carter, mon meilleur ami. Merci. D'être là dans les meilleurs comme les plus durs moments, de toujours être là. Merci de m'avoir ramenée à la réalité quand j'étais au plus bas. Merci aussi de me soutenir au plus haut. Merci d'avoir créé Luce, et de ne jamais m'avoir considérée comme Lucyiahna, tu es énormément pour moi. Puis, viens finalement Karyme Nasaeel, qui en plus d'être mon meilleur ami, a été mon confident pendant seulement quelques mois, qui a osé porter une part de mes problèmes sur ses épaules, alors qu'il a déjà vécu le pire. Tu… tu es tellement plus que tout en fait, y a pas trop d'autre mot pour décrire ça. Merci à vous quatre, vous êtes bien plus qu'un entourage, vous êtes mon équipe sur laquelle je peux toujours compter, nous sommes un équipage unique. Si j'ai gagné ce prix aujourd'hui, c'est grâce à vous.

Vague d'applaudissement, je ne saurais dire à quel point je suis fière d'elle, même si ce n'est pas grand-chose. Je l'aime, et j'imagine que c'est normal, elle est si simple à aimer.

– Sauf que… cette place, je suis loin de la mériter. Sadie Jasmine, nous sommes loin de nous aimer, mais je penses qu'elle te sera plus utile à toi qu'à moi.

Son enveloppe, avec le prix de son travail durant ses derniers moi, elle le tend à cette fille. Pourtant, elle s'en débarrasse, comme si ça n'avait pas tant de valeur que ça. Luce a travaillé tellement dur pour en arriver rien que là, c'est pour ça qu'on s'était retrouvé, c'était son seul but, alors pourquoi ?

– Comme je l'ai dit, tout est ici, je me vois mal m'en aller jusqu'à Rome, pour au fond quelques chose qui ne me passionne plus tant que ça. Je me vois mal te quitter pour des années d'études, Karyme. Ça me semblait irréaliste, parce que ça l'est sûrement.

Leurs regards se tournent vers moi, alors que le mien reste plongé dans le sien.

– Te quitter alors qu'on vient à peine se retrouver, ce serait tellement irréaliste. Sans toi, *Jasmine of Freedom*, n'aurait jamais vu le jour. *Jasmine of Freedom*, qui n'est pas juste un nom choisi au hasard, loin d'être choisi au hasard. Les jasmins, sont les fleurs avec lesquelles j'ai grandi, accessoirement les fleurs de mon pays. J'espère que certains d'entre vous verront où je veux en venir, avant que je n'aie à le dire clairement. La liberté, c'est ce que j'ai eu, c'est ce que Karyme et son frère ont aujourd'hui, c'est ce que des milliers de syriens, syriennes et autres personnes méritent aussi. C'est ce que des milliards de morts méritaient également.

Oui. En un regard et des mots, on se comprends. D'elle à moi, ce n'est pas énorme. Lucyiahna, ou Amira plutôt, sort un papier de sa poche. Le son du papier dépliant résonne dans toute la grande pièce. Les yeux brillants de larmes douces, Luce reprend son discours en pleurnichant, et je craque parce que c'est tellement mignon.

– Ils, ne sont pas des terroristes. Ni des voleurs. Encore moins des *violeurs*. Tout comme nous, ils méritent de vivre, d'avoir leur place dans leur société, si le gouvernement n'est pas content, il peut juste aller se faire foutre. Ils, n'ont rien à dire sur qui, ou non, a le droit de vivre. Je vais prendre un exemple. On m'a donné une place, une place dans cette société qui n'est pas la mienne. Mais puisque du début à la fin je vous ai fait croire autre chose, jusqu'à vous en persuader, vous y avez cru. Les jasmins sont des fleurs de mon pays. La Syrie.

Elle marque une pause lorsqu'elle tourne sa feuille, et s'en est presque troublant, de voir comment tout le public est abasourdi, le silence règne, pas un seul bruit.

– Karyme, je te devais bien ça, elle lit sur sa feuille. Je t'ai menti, et je t'ai dit que je ferais tout pour me racheter. Tu ne t'attendais sûrement pas à ça, mais c'est aussi sûrement pour moi que je le fais. Pour nous, pour un futur proche. À présent, que vous soyez pour ou contre, je vous demanderais une minute, rien qu'une. Une minute de silence pour toutes ces personnes que nous n'avons pas pu sauver, une minute de silence pour toutes ces personnes qui ont criées à l'aide sans jamais avoir reçu d'attention.

On entend uniquement le son de la feuille entre ses mains, et c'est la minute silence la plus honorable de toute ma vie. J'en ai fait, de ces minutes. Pour mes camarades de classe, pour mes profs, il y en a eu. Mais celle-ci, est remarquable, elle dure, une minute pile précisément. Ça, c'est la fille que j'ai connue, cette fois, c'est Amira. Je reconnais celle que j'aime.

– Papa et maman, je vous vois, ne croyez pas que je vous ai oublié. reprend-t-elle après. Maman, tu n'es pas dans mes remerciements, tu n'as rien à toi. Dans ma vraie vie, comme dans cette note, tu es absente. Papa, je sais, tu m'aurais volontiers crié dessus si nous n'étions pas entourés de cette masse de personnes, c'est pour ça que je profite de cette occasion. Hamza, on a du mal à se dire que c'est d'origine italienne, enfin, Hamza, tu m'as tuée. Tu as tuée Amira Parvina, ta propre fille, pour en faire une illusion, Lucyiahna Sorrez. Je te déteste, et je pèse mes mots. J'ai eu des idées noires, aussi sombres que la pièce dans laquelle tu m'enfermait. À présent, tu dois sûrement être rouge de colère, le même sang rouge que mon corps a subi après tes coups. Je n'ai jamais été très forte avec les mots, mais les tiens m'ont marqué, autant que mes scarifications.

La voir essayer de maitriser sa propre langue, c'est un peu marrant, mais comprendre le sens de ses phrases l'est beaucoup moins. Le fait que sa petite voix prenne autant de place, m'impressionne.

– Ta perte, mène à la mienne, mais je préfère sombrer que continuer à te suivre aveuglement. Ton costume, est aussi blanc et discret que ton blanchiment d'argent.

Gloussement du public.

– J'ai longtemps gardé le silence, et on pourrait me considérer comme complice. Mais je n'avais que six ans, quand tu me l'as dit. Étonnant que je n'ai jamais su de quoi il s'agissait. Giovanni et moi, ne seront pas considérés comme complice, contrairement à toi, et maman. Tout ça, ce sont des raisons pour lesquelles je ne mérite pas ce prix, on ne récompense pas une menteuse. خيانة الكذب.

   Mentir est une trahison.

    Mentir est une trahison.

     Mentir est, une trahison.

– Il y a des milliers d'autres mots que je pourrais dire, mais j'aimerais vous laisser profiter de votre soirée. Papa, celle-ci, tu ne me la prendras pas, elle est à moi. À présent, je crois que j'ai fait un peu long. Public, je vous libère. Merci de votre attention. D'ailleurs, la police t'attends.

Cette fille est géniale. Je lui souris bêtement, alors qu'elle ne me regarde même pas. Elle rend le micro au présentateur, si abasourdi qu'il a du mal à lui-même clôturer la soirée. Ses pas résonnent lorsqu'elle vient jusqu'à moi. Directement nos lèvres se rencontrent, se recherchent, elle en a besoin. Le public aussi. Comme quoi, jamais on ne sépare réellement des âmes sœurs destinées à rester ensemble. Ainsi va la vie. Remplie de haut et de bas, car tout arrive pour une raison.

– Je… je l'ai fait Karyme…

– Je sais… Et je serais toujours aussi fier de toi أميرتي.

Elle a rétablit la vérité, la paix entre elle et les autres, elle a mis fin à sa propre guerre intérieure. Nous avons tous notre combat, qu'il soit intérieur ou extérieur, un jour où l'autre, avec de la persévérance, on arrive à y mettre fin.

– Allez, on ferais mieux d'aller dans la salle de réception avant de rester ici toute la soirée. nous encourage Arlocea.

On le suit, l'autre pièce est énorme, et remplie de monde. Moi et Luce retrouvons rapidement son chauffeur Nathaël, il me semble, et Joanne.

– Je crois que toi et tes révélations, on ne s'en remet jamais réellement.

– Oui c'est vrai, je crois que j'ai un peu, ce côté cinématique dans le sang. Petite, je voulais être actrice. elle répond en souriant, comme s'il elle ne venait pas de révéler à tout le monde que son père trafiquait de l'argent illégalement. Je suis désolée d'avoir pris tout votre temps.

– Je m'en rappelle oui, Amira la petite Actrice. Je reviens, je vais voir Ezekiel. je leur annonce avant de m'éclipser, laisser la star à ses fans.

Lorsque je cherche mon aîné dans la salle, plusieurs personnes m'arrêtent au passage pour me poser des questions, j'y réponds rapidement. Et c'est fou, comme lorsque que c'est uniquement dès qu'on en parle, qu'on remarque. La situation en Syrie ne date pas d'hier, elle a même plusieurs générations, mais c'est maintenant que les gens viennent me dire que je ne suis fort. Un survivant. La situation date d'il y a plus de cinquante ans, ce qui représente en tout cas douze fois plus que la première guerre mondiale. Et pourtant, on s'en préoccupe beaucoup moins. Parce qu'en fait, quand ça ne nous touche pas personnellement, c'est clair qu'on s'en occupera moins.

– Oui oui, je vais répondre à toutes vos questions, en une réponse. Non, je n'ai rien de fort ou d'exceptionnel. Je n'ai rien fait. Mes parents le sont, ils ont sacrifiés *leur* vie, pour la mienne. Ce sont eux les héros dans l'histoire. Oui, j'ai vécu la dictature, la guerre, et je prie toujours pour que mon peuple soit libre. Il ne faut pas faire semblant de s'y intéresser, il faut le faire pour de vrai.

Mais au lieu de ça, il me demande des photos que j'accepte malgré tout. À quoi bon expliquer un sujet qui te tient à cœur, s'ils ne sont même pas là pour ça ? À quoi bon essayer de les convaincre de changer de mentalité quand ils se disent qu'à eux seuls ils ne changeront rien ? À quoi bon essayer de tourner le monde vers sa façon de penser quand nous sommes tous différents ?

À rien.

Chapitre 27 Lucyiahna

L'ouverture d'esprit n'est pas une fracture du crâne.

Peu après, l'endroit se vide petit à petit, les gens s'en vont, il se fait tard. J'ai gagné ce soir, pourtant je repars sans mon prix. Toujours avec Nathaël, je reste avec lui, pour la simple raison que j'ai invité sa famille, et que j'attends qu'il les retrouve En parlant d'eux, je les vois arriver derrière lui. J'ai essayé de cacher la surprise, mais sa toute petite sœur, la dernière, accoure vers lui à la seconde où elle l'aperçoit. Qu'est-ce que j'aime faire des bonnes actions finalement.

Étant originaire de Martinique, lui et toute sa famille ont ce teint plutôt foncé. Ses deux plus petites sœurs lui sautent presque dessus.

– Nathaël ! se réjouissent-elles.

– Jaylah ? Wyn ? Eden ? Et… maman ?

Voir les gens heureux, bien que ce ne soit pas soi-même, c'est beau. Il prend ses trois sœurs dans ses bras, j'imagine que ça doit faire des années qu'ils ne se sont pas vus, tous les quatre. La Martinique, c'est loin après tout, un océan les séparent tous les jours.

— Mais qu'est-ce que vous faites ici ?

En guise de réponse, sa mère me pointe du doigt. Car oui, à peine quelques heures après être sortie du garage, je savais que c'est ce que je voulais faire, alors je les ais appelés, avant de leur offrir un billet d'avion avec correspondance.

— Lucyiahna… c'est vraiment énorme ce que tu as fait…je… J'aurais jamais les moyens de te redevoir tout ça.

— Considérons ça comme le remboursement pour tous les trajets que tu m'as fait faire sans broncher alors que je te criais dessus.

Nathaël a fait beaucoup pour moi toutes ces années, alors je me devais de faire quelque chose pour lui. Et ça, c'était le minimum.

— Une photo ne vous ferait pas de mal d'ailleurs. Mettez-vous en place.

— Pourquoi tu dis ça comme si c'était une photo de fin d'année scolaire ? me fait remarquer Joanne.

— Parce que c'est en effet la fin.

***

Les discussions durent encore un long moment, puis je retrouve Karyme pour que nous nous en y allons, et bien sûr, Nathaël nous raccompagne. Ses trois sœurs sont aussi mignonnes les unes que les autres. Aucune d'entre elle ne semble se rendre compte de qui je suis, et c'est tant mieux, c'est pas tous les jours que je rencontre des personnes comme ça. Plus on arrive devant la maison, plus je reconnait de loin les sirènes de police. Je ne suis pas surprise, les informations vont vite, surtout lors d'évènement aussi important. Mon père et ma mère sont déjà présent, les mains menottées. Je descends, et seule, de la voiture pour les rejoindre. Karyme insiste pour venir avec moi, mais je lui assure que ça ne durera que quelques minutes.

Giovanni et sa femme sont là aussi, comme s'ils n'attendaient plus que moi.

– Police Nationale. On vous attendait, mademoiselle Sorrez.

Je serre la main des trois hommes face à moi.

– Étant donné votre certain, aveu, sur les affaires de votre père, nous avons deux trois mots à vous faire passer. Premièrement, êtes-vous certaines qu'il ne s'agit pas juste d'un simple mensonge ? Avec vous, on ne sait jamais vraiment…

– Non. répond mon père avant moi. Elle dit la vérité, et je le mérite amplement.

Surpris, on se retourne, tous, en direction de mon père. Je rêve ou il vient vraiment de lui-même avouer ses crimes ? Après tout ce temps à se battre, il abandonne simplement comme ça, sans résister ?

– Comme tu l'as dit, mentir est une trahison Amira, et à ce niveau, c'est bien pire qu'une trahison.

– Monsieur donc, Hamza Sorrez, anciennement Parvina, vous avouez délibérément vos crimes ? Blanchiment d'argent, fausse identité, séquestration, ainsi que violence sur mineurs ?

Tous dis ainsi, je dois bien avouer que ça fait beaucoup, beaucoup plus que juste *mon père qui m'enferme et me frappe*. Au niveau de la justice, on le dit comme ça.

– Totalement. Laissez-moi juste… lui dire aurevoir.

Lentement, il s'approche, les poignets liés par sa chaine en argent. Son sourire, en dit beaucoup à ce moment. Mon papa est de retour.

– Je ne te remercierais jamais assez tu sais ? Tu nous as *tous* libérés Amira, premièrement toi, puis nous. Si tu savais, comme je m'en veux de t'avoir fait du mal pendant autant de temps, je crois que ces quelques années de prison me feront bien réfléchir. Tu ne le vois peut-être pas, mais tu es bien plus forte que ce que tu penses, beaucoup plus. Car j'ai été un père horrible, et tu as survécu. Tu t'es battue pour te garder en vie, et garder notre relation alors que savais d'avance qu'elle était détruite. En quelque années, tu as tellement grandi, et j'ai raté tout ça car j'ai été un mauvais père, je regrette. Évidemment, je suis loin de me racheter, mais je pense que te laisser un peu de liberté pourra déjà changer quelque chose, j'espère. Je t'aime tellement, ma petite fille.

Pour la première fois, ses paroles sont sincères, je le sens. Et pour la première fois, moi aussi j'ai osé le dire.

– Moi aussi je t'aime papa.

Et c'est bizarre, car la Lucyiahna de douze ans, enfermée dans la cave n'aurait jamais, au grand jamais dit ça.

– Je t'ai toujours aimé. j'ajoute.

Je n'ai jamais cessé d'aimer mes parents, j'ai simplement détesté les fausses versions qu'ils sont devenus avec l'argent. Au fond de son regard, il reste peut-être toujours une part de sincérité, ce qui est bien différent de ma mère, qui ne nous accorde pas la moindre attention. Toutes ces années gâchées, des valeurs oubliées pour une seule chose, se faire accepter par la société. C'est flagrant.

Puis, les trois hommes l'embarquent pour l'emmener. Plus il s'éloigne de moi, plus je me rends compte, que ça y est, plus de retour en arrière. Chacun a eu ce qu'il méritait.

– Papa ? je l'interpelle avant qu'il ne soit trop tard. Tu vas me manquer.

Il me sourit, et c'est la fin. Avec ma mère, il entre dans la voiture, qui s'en va. Un dernier homme est toujours présent.

– Et puisque, vous êtes tous les deux majeurs, et que vos deux parents sont condamnés, cette propriété vous reviens. À vous, Giovanni McGoran…

Il tend une sorte de long papier officiel, ainsi que des clés.

– Et moi, étant donné que je suis le grand frère le plus irresponsable, qui sait à peine prendre un médicament tout seul, elle te revient Luce. C'est chez toi maintenant.

Je, quoi ? Ils ont tous manigancé pour agir étrangement ce soir ou quoi ? Giovanni, ou Idris je devrais dire, pose le papier, et les clés, dans mes mains.

– Fait pas cette tête, c'est juste que… ce que t'as raconté nous a tous touché. Tu as raison, on a tous raté notre vie, et tu étais la seule à le voir. Tu mérites plus ce bonheur que n'importe qui petite sœur.

À son tour, je le serre dans mes bras, le cœur lourd. Ma famille se casse, se dissipe, mais c'est pour la bonne cause, la meilleure. De nouveau, je me mets à pleurer sous l'émotions. Dans les bras de mon frère, je le serre plus fort et pleure à grosses gouttes. Lui aussi il va me manquer. L'enfer que je vivais était en fait devenu ma maison, celle où parfois je trouvais du réconfort. J'ai simplement fini par comprendre qu'il s'agissait d'un environnement toxique, et que même si ça ne faisait mal, il fallait que je lâche.

– Merci, on ne te le diras jamais assez, mais tu es une véritable reine, bien plus qu'une simple princesse. Tu sauras gérer ton palais à merveille.

Je sais qu'il essaie de me faire rire, mais ça fait l'effet contraire, je pleure encore plus. Lorsque Giovanni essaye de se détacher de moi, je m'y accroche encore plus fort, mon corps réagi seul. Idris aussi m'a manqué.

– Tu ne peux pas me garder pour toi indéfiniment tu sais Luce ? ... Il y a énormément de chose que tu dois faire, c'est à ton tour de te rendre heureuse. La petite Luce a déjà enduré bien assez. Et en plus, il fait froid.

Alors je recule. Les yeux complètement rouges, le maquillage dégoulinant. Il faut dire, que moi non plus je ne voyais pas plus loin que moi, papa, maman et mon grand frère. Quand je parlais devant ces centaines de personnes, ça ne m'était pas venu à l'esprit qu'il y aurait une suite. Qu'après ça je devrais me débrouiller seule, je n'y étais pas préparée, et comme je déteste, je devrais improviser.

En me retournant, je constate que le dernier policier est déjà parti, que la lune et les étoiles nous éclaire, que notre villa n'est plus qu'une simple maison porteuse de cauchemars. Plus je l'observe, plus je serais capable d'y retracer l'entièreté de ma vie. Chaque recoin exploré, chaque pièce sombre et ses secrets, chaque assiette cassées pas des vagues de colère, chaque pile de papier renversée par épuisement… Il y a bien plus là-dedans que ce à quoi les gens peuvent s'attendre.

– Tu crois qu'un truc comme ça, ça se vend à combien ?

– Ça se vend très cher, et très vite. il me répond, sans me demander pourquoi je compte quitter une maison si luxueuse.

– Comme tu sais mieux t'y prendre que moi, t'as qu'à la mettre en vente, entre temps, on la videra.

– T'en es sûre ? …

J'observe encore une fois la maison dans l'ensemble. Le prochain qui emménagera dedans ne se douteras de rien si ? Et puis, ce n'est qu'une maison.

– Ouais. Faut aller de l'avant après tout.

Dans la voiture, je fais signe à tout le monde de me suivre. Nathaël, sa mère, Eden, Wyn, Jaylah, Joanne et Karyme, viennent. On entre, chez nous.

– Et, on entre…. Chez nous ! nous déclare mon père alors qu'il ouvre en grand la porte principale du manoir.

C'est immense, on se croirait dans un château. J'aimerais me demander d'où il sort ça, tout cet argent, mais je ne me pose pas la question. Même si j'avais la réponse, du haut de mes six ans je n'étais pas près de comprendre quoi que ce soit. J'entre suivie d'Idris. C'est encore plus grand de l'intérieur ! Il faut dire que les premiers jours, j'ai de la peine à me retrouver, et surtout à me retenir de vouloir tout toucher, tout observer, tout explorer. Sans me douter, que ce serait le début de la descente en enfer.

Le soir même dans ma chambre, je jouais avec des vieux jouets que j'avais emporté avec moi, dont un doudou.

– Lucyiahna chérie, qu'est-ce que tu fais ?

Je continue de jouer sans d'abord assimiler qu'il s'agit de moi. Toujours les poupées dans les mains, j'ignore complètement mon père. Ses pas s'approche, et il vient me tirer violemment les cheveux pour que je le regarde.

– Lucyiahna, je te parle. Qu'est-ce que tu fais ?
– Tu me fais mal ! Lâche-moi !
– Réponds moi. il redemande en tirant encore plus.
– A… Arrête papa….

À ce moment, il a pris mes jouets, et a continué de me tirer par les cheveux pour que je le suive. Personne dans la maison n'a réagi, faisant tous comme s'ils ne m'entendait pas. Ce soir-là, j'ai rencontré le sombre. Papa m'a laissée dans une pièce, tout en bas de la maison.

– Tu resteras ici, jusqu'à comprendre que quand je te parle, tu réponds, et que lorsque je te dis quelque chose, tu m'obéis, c'est clair ?
– Mais je…. Je t'aime…

Au lieu de me répondre, il a fermé la porte à clé, me laissant seule. Des heures sont passées, beaucoup. Et des moutons comptés plus tard, je me suis endormie sur le sol froid, me réveillant plus tard, complètement gelée. C'est à peine si j'arrivais à tirer mon corps froid jusqu'à la porte quand mon père est revenu l'ouvrir. Toujours vide d'émotion, il m'a prise dans ses bras, et m'a portée jusqu'à mon lit, pour que je m'y réchauffe.

– Eh, tout va bien ?

Karyme me tire hors de mes pensées. Je reviens comme par magie à la réalité. Tout ça c'est du passé, rien à voir avec maintenant.

– Euh... Oui oui. Je crois que la journée à juste été un peu longue...
– Tu ferais mieux d'aller te coucher dans ce cas.
– Seulement si tu viens avec moi.

Évidemment, il n'est pas le genre de personne à refuser. En montant ensemble dans ma chambre, j'observe mon téléphone une dernière fois, pour apercevoir un message, de mon père ? Assise sur mon lit, j'écoute.

– Bon, je profite du temps qu'il me reste avec mon téléphone pour t'envoyer un dernier message, après je te fous la paix, et ce pour quelques années. Encore désolé, d'avoir été un mauvais père, encore désolé de t'avoir fait tant de mal. Je t'ai fait souffrir, mais je sais que forte comme tu es tu sauras en faire une force. Peut-être que tu ne verras jamais ce message qui sait, en tout cas je ne le saurais sûrement jamais. Le futur est grandiose Amira, alors pour ton bien penses-y, et oublie le passé, oublie-moi. C'est tout ce que j'ose encore te demander. Lorsque je serais sorti de prison, je veux simplement te voir heureuse et épanouie, libre à toi de revenir me voir ou non. Je cesse de t'imposer des décisions. Oublie-moi, marie-toi et fait ta putain de vie comme bon te semble, c'est tout ce que j'ai à te dire. Pense à ce qui t'attend. Tant que j'y suis, va vérifier le fond du troisième tiroir de mon bureau. Il t'y attend sûrement quelque chose, ou quelqu'un. Je t'aime ma petite fille, et je n'ai jamais cessé de le faire.

À la fin de son message, moi et mon copain, on se regarde. Le troisième tiroir de son bureau ? Qu'est-ce qu'il peut bien y avoir caché sans que je ne le remarque jamais ? Directement, on se lève, et on s'y dirige. C'est sûrement l'endroit où j'ai passé le moins de temps dans toute ma vie.

En entrant dans la pièce, c'est comme si personne n'y était entré depuis des décennies. Le troisième tiroir s'ouvre difficilement, au point que je doive un peu forcer pour l'ouvrir. En premier, un simple morceau de papier.

Lucyiahna,
Je n'ai jamais vraiment réussi à m'en débarrasser. La volonté n'y a jamais été, désolé de t'en avoir privée.

Il y a encore de nombreux morceaux de papier, avec simplement "désolé" écrit dessus. En plongeant ma main au fond, j'y sens quelque chose de doux, de réconfortant, et en le tirant jusqu'à moi, il ne me faut même pas une seconde pour le reconnaitre. C'est mon doudou, et papa ne s'en est jamais débarrassé, comme j'y avais toujours cru.

Il a beau avoir voulu jouer les tyrans pendant des années, chaque soir, il s'enfermait à nouveau dans son bureau, pour y inscrire un nouveau "désolé".

Lui-même n'a jamais aimé la personne qu'il était.

Chapitre 28 Lucyiahna Karyme

Nous sommes la rage vivante d'une planète mourante.

Rapidement, Noël, et le Nouvel An passe, le manoir se vide, le futur propriétaire est déjà venu la voir, il a accepté très vite de l'acheter. Après tout, elle a moins de vingt ans, elle est presque neuve. La fin de cette semaine, il emménage, quant à moi, j'ai déjà terminé les cartons. Je lève le camp, finalement, drapeau blanc. Je n'ai pas plus d'une dizaine de cartons à déménager à l'autre bout de la ville, du côté de la place et des petites résidences. Du début à la fin, Karyme était là. Il a toujours été là en fait.

D'un côté, j'ai tendance à me sentir vide, car voilà, un nouveau chapitre de ma vie commence, voilà tout depuis le début, le retour à la normalité. Ou presque. Pendant que je suis dans mon nouveau chez moi, les cartons encore bien emballés, je me retrouve là, face à mon ordi, à chercher ma suite.

Parce que, Karyme lui, a repris les études. Avec d'abord six moi de rattrapage intensif jusqu'à août, puis il commencera une nouvelle année d'étude en philo psycho dès la rentrée. Il veut aider les autres comme il aurait voulu qu'on l'aide, c'est compréhensible. Mais moi, je suis là, alors que je devrais être en train de terminer ma dernière année d'étude de mode pour intégrer ma place à l'école de mode, que j'ai refusé. Alors oui, je l'ai refusé, mais qu'est-ce que j'en fais maintenant ? À moins de rester seule chez moi, et de passer mes journées à m'ennuyer continuellement, j'aimerais servir à la société. Moi aussi finir par me creuser une place. Alors je cherche, je fouille pour trouver ce dans quoi je pourrais exceller, sans avoir à recommencer une nouvelle fac. Il y a, tellement de chose que je pourrais faire à vrai dire. Et pour trouver, j'imagine qu'il suffit de tout essayer. Je me rappelle d'avoir récemment vu passer cette influenceuse, car oui même les personnes généralement connues passent du temps à regarder d'autre personnes connues, qui s'était lancé le défi, de chaque trois mois, essayer quelque chose de nouveau. Peut-être que c'est ce que je devrais faire, voir partout.

    Le reste de l'après-midi, je passe mon temps à donc rédiger cette liste, ranger quelques cartons, m'occuper au point que je ne trouve pas le temps d'aller rendre visite à mon père. Je m'en veux un peu, mais d'un côté ça reste naturel. Depuis le Nouvel An, je vois de moins en moins Arlocea, qui doit gérer encore plus entre ses cours, son petit frère. Giovanni a disparu aussi, bien plus concentré sur son enfant qui approche de plus en plus. Et Lynch… Lynch on y pense plus. Il fait partie du passé aussi.

    La porte d'entrée s'ouvre alors que je suis encore en train de ranger mes vêtements dans ma penderie.

    – Je suis rentré أميرتي. il s'exclame.

Comme toujours, il sait où me trouver, et se dirige rapidement vers moi pour me prendre dans ses bras. C'est devenu notre rituel, ou peut-être que c'est juste la base d'un couple qui vit ensemble.

Quand j'étais plus jeune, j'étais certaine que je ne tiendrais pas plus de cinq ans à vivre avec quelqu'un, par risque que ça devienne ennuyant au bout de quelques semaines. Finalement, avec Karyme, je me vois facilement passer une vie, tous les jours, chaque jour car il n'y en a pas assez. Ça, c'est la seule chose où le fameux "tu comprendras plus tard" est toléré.

– Ça s'est bien passé ta journée ? je lui demande à mon tour.

– Ouais, à peu près. C'est pas toujours simple d'être loin de toi.

Et quand on y réfléchit, mon copain n'est rien d'autre qu'un simple bébé géant. Je trouve ça adorable.

Voici mon nouveau quotidien, ça prend du temps oui. Faire comme si rien n'avait existé c'est impossible, mais vivre avec son passé, c'est la meilleure option.

***

Un après-midi comme un autre, après une journée de travail courte mais intéressante, je reste à ranger les cartons en attendant Karyme. C'est le cycle qui se répète, mais c'est un cycle sain. Pas un où j'ai peur de rentrer à la maison, ni un où je passe mes journées à pleurer, un où je suis simplement bien, ce sentiment que j'ai encore si peu connu jusqu'ici.

Ce soir est différent, lorsque Karyme rentre, il arrive avec un nouveau bouquet de jasmins blancs. Ce soir, ce bouquet n'est pas pour moi. Ce soir, Athéna se fait enterrer. C'est arrivé tellement soudainement, et personne ne s'y était attendu. Depuis, il a le moral au plus bas, comme son frère. Une semaine que personne n'a de nouvelles d'Ezekiel, qui a complètement disparu, sans rien dire, sans prévenir. Je le regarde d'un air désolé, je ne la connaissais pas spécialement, mais je sais juste que l'un comme l'autre il tenait à elle comme une grande sœur, et plus.

— Tout va bien ? J'essaie de savoir.

Évidemment, il s'enferme dans son bureau avant ça, et continue de se cacher sous ses révisions. Il y a des fois où j'aimerais le comprendre avec la même facilité que lui me comprend. Calmement, je vais me placer dans l'encadrement de la porte, et attends qu'il me remarque, ce qui ne dure même pas deux minutes.

— Qu'est-ce que tu veux ? il demande sans même lever la tête de ses cahiers.

— Premièrement, que tu me regardes ce serait bien.

Il soupire fortement, et que je le fatigue ou pas, ce n'est pas ce que j'aimerais savoir au moment présent. Il a tous ses droits de me trouver chiante, je n'arrêterais pas tant qu'il ne voudras pas juste me parler. Alors lentement, Karyme se redresse sur sa chaise, et avec ses yeux fatigués, me regarde.

— C'est bon ? Satisfaite ?

Je penche légèrement ma tête sur le côté, et il a le réflexe de faire pareil, alors il n'est pas vraiment en colère contre moi.

– Tu sais que tu peux me dire ce qui va pas ? Je suis là pour ça.

– Je sais, mais tout va bien, comme toujours. Il me dit avant de se lever et d'essayer de quitter la pièce.

Avant qu'il ne s'en aille trop loin, je le rattrape, en le suivant là où il se déplace.

– Karyme, je suis sérieuse. Me laisse pas te perdre une deuxième fois.

Il s'arrête peu après que j'aie prononcé ces mots. Au moins j'ai réussi à capter son attention, c'est déjà ça.

– Au lieu de continuer à me fuir comme ça, ce qui ne sert à rien, tu pourrais m'en parler et mettre des mots sur ce qui ne vas pas.

– Tout va bien je te dis. C'est juste que contrairement à toi, moi je n'ai pas toujours mon père et ma mère a portée de main, et je suis quelqu'un qui malgré tout, à besoin d'eux. Et à chaque fois que j'y pense, je me rappelle que je peux rien faire pour ça. Je veux dire, j'ai l'impression de perdre tout le monde. Enfin, il faut qu'on y aille.

KARYME

Une fois changés et accompagnés par Nathaël, on se rend tous ensemble dans un parc non loin de la plage, celui choisi par les parents d'Athéna. Il y a bien plus de personnes que ce à quoi je m'attendais. Ses parents, Ezekiel évidemment, un groupe de quatre garçons que j'estime être ses frères, et d'autres personnes que je penses être des connaissances. Tous réuni en noir, en ce mois de janvier, sous un soleil couchant, on a du mal à se dire que l'année commence bien. Pourtant, la plupart, on savait que ça devait arriver, on était préparé à l'avance. Il n'y a rien, que nous en petit comité. Évidemment, avec la chance que j'ai, il a fallu que le premier enterrement auquel j'assiste officiellement soit celui de la petite amie de mon frère. Ce n'est pas la première fois que je vois des gens mourir, c'est normal, en Syrie je devais dire que c'était assez fréquent, donc ils n'avaient pas tous droit à une mort aussi honorable que la sienne. C'était fait rapidement, de façon à ce qu'on ait le temps pour le prochain mort. La mort était un quotidien, pendant vingt-cinq ans de ma vie.

Mon grand frère n'est pas vraiment loin, tenant son petit enfant dans les bras. Comme toujours, je sais qu'il se tue à ne rien laisser paraitre pour ne pas lui faire de mal. Peu après, les Paeon annonce que c'est le moment pour chacun de faire son petit discours. Les quatre garçons commencent, ils ont tous à peu près la même chose à dire. Athéna était quelqu'un d'incroyable, elle était leur unique sœur, qu'il a fallu que la vie enlève. Bien que ce soit prévisible, c'est le genre de chose où on ne peut s'empêcher de se sentir mal. Quelques-unes de ses amies passent, chacune leur tour en répétant la même chose, et leur manque de sincérité est flagrant. Elles sont là juste pour être là, mais le cœur est loin d'y être. Puis vient le tour d'Ezekiel. Son fils que je considère presque comme le mien aussi, viens se réfugier sur mes genoux alors que son père s'apprête à parler.

– Athéna n'était pas une personne. commence-t-il. Elle a toujours été plus que ça. Je me demande souvent pourquoi ce sont les meilleures personnes qui ont tendance à partir en premier, et j'imagine qu'il n'y a pas de réponses à ça. Athéna avait des rêves, comme moi, comme vous, et comme sûrement pleins d'autre personnes. Les siens n'ont pas tous été réalisés. Avant ce jour, elle m'aurait dit que ce ne sont que des rêves, que je n'ai qu'à me concentrer sur les miens. Mon rêve c'était d'être le sien, car à mes yeux, elle était déjà le mien. Alors pour moi, sans forcément lui dire, je me suis engagé à réaliser ses rêves, j'aimerais vivre à travers elle.

Il reprend son souffle, doucement. Il réfléchit.

– Voir le monde comme Athéna Paeon n'est pas donné à n'importe qui. Elle avait cette possibilité de mettre des mots sur ce que nous étions incapable de comprendre. Je parle à mon nom, mais également à celui de mon frère. Mentalement, elle a sauvé des milliers de vie, c'était son super pouvoir. Incroyable comme elle est, elle aurait tout fait pour son peuple, la Palestine, qu'elle n'aurait jamais cessé de défendre peu importe la situation. Elle rêvait d'avoir un enfant, tout autant que sauver des vies. C'est pour ça, qu'Ehsan a trouvé une famille. Ehsan qui était également le nom de mon grand-père. Comme sa mère, il fera le bien là où il ira. J'espère que de là où elle est maintenant, elle entend nos paroles à tous. Car j'aimerais qu'elle sache que je l'aime plus que tout.

Bien qu'il soit adopté, Ehsan restera syrien et palestinien, deux peuples persécutés, pour lesquels je me battrait jour et nuit. Lorsqu'il retourne s'asseoir à part, je comprends qu'il a besoin de rester seul, alors je garde soigneusement Ehsan sur mes genoux. Il ne reste que le tour de ses parents, que la mère d'Athéna prend en main.

— S'il y avait un souhait que ma fille aurait voulu avoir lorsque de sa mort, c'était d'être incinérée, et portée au large. Elle détestait l'idée d'être enterrée, de se retrouver sous terre. Alors j'ai voulu prendre ce souhait avec moi, pour que nous le réalisions tous en sa mémoire. Pour cela, j'aimerais que nous nous rendions tous sur la plage.

Elle prend une sorte de grosse boite avec elle, alors qu'on descend tous sur le sable. Lorsque la vieille femme l'ouvre, on y découvre des sortes de mini barques. Elle prend celle du dessus, la plus grande, et y dépose ses cendres dedans. Partagée avec son mari, elle pose le petit objet sur l'eau, et le pousse de façon à ce que les vagues l'emporte.

— Ezekiel, elle a durement insisté pour que tu sois le premier après nous.

Il s'avance, prend une plus petite barque sur laquelle est posée une bougie, qu'il allume. Il la dépose sur l'eau, et elle aussi s'en va avec les vagues. Je le sens trembler légèrement. Bien conscient qu'il déteste laisser paraitre ce côté, je suis parfaitement conscient d'à combien tout cela est dur pour lui, insurmontable.

— Dans cette lettre, la dernière qu'elle a écrite avant sa mort, elle contient un mot, pour chacun d'entre vous. Ezekiel Nasaeel, celui-ci est le tien. Retrouve l'amour, par ces quelques mots, je mets fin à notre relation, car je ne veux pas que tu restes enfermé dans cette boucle toute ta vie. Tu as pour mission de m'oublier, et retrouver le bonheur. Je t'aime, plus que toi.

C'est la goutte de trop, le fragment, qu'il lui manquait pour se mettre à pleurer pour de bon. En tant d'année à ces côtés, je suis le seul à pouvoir savoir que pleurer en public ne lui est arrivé qu'une seul fois avant ça. Et c'était lorsqu'il n'était encore qu'un petit garçon insouciant, qui vient à peine de découvrir la vie. Comme Ehsan est le prochain, je le dépose, et il s'en va en courant retrouver son père. Ezekiel garde son visage enfermé dans ses mains, et s'empresse de sécher ses larmes pour accueillir son fils. Au petit aussi, on lui donne une petite barque qu'on laisse s'en aller.

– Ehsan Nasaeel, j'espère que tu ressembleras à ton père. Je sais que, même sans moi, tant que tu seras à ses côtés, tu resteras abondamment rempli d'amour.

Je doute qu'il ne comprenne quoi que ce soit étant donné son âge précoce. Mais je le sens venir, en grandissant. Sa première question risque d'être : Papa, où est maman ? Lui expliquer, d'un, qu'il a été adopté ne sera pas simple. Mais y ajouter que sa mère adoptive est morte à peine deux semaines après son adoption ne fait qu'en rajouter une couche.

Peu à peu, tous lancent leur petite barque. En file, on pourrait y retracer toute une vie.

– Luyciahna Sorrez, ou Amira Parvina, j'ignore ce que tu préfères, je sais qu'un jour tu guériras de tout ce dont tu n'oses pas parler.

C'est fou, ce pouvoir qu'elle a de mettre des mots sur ce que nous, serions incapable d'exprimer à voix haute, trouvant à la perfection quoi dire peu importe qu'elle les connaissent beaucoup ou non. Luce ne connaissait pas vraiment Athéna, alors je comprends que tout ça ne lui fasse pas tant d'effet. Je ne suis pas étonné de passer en dernier, j'espère que c'est loin d'être dans l'ordre des préférences.

À mon tour, je prends la dernière barque de la boite, orange, différente de toutes les autres blanches ou brunes.

Alors je me demande, pourquoi, j'aurais droit à une couleur différente. Pourquoi l'orange ?

– Karyme Nasaeel, l'orange n'est pas une couleur choisie par hasard. Je sais que tu te le demandes, tu te poses toujours trop de questions. Je l'ai choisie, spécialement pour toi, car elle représente la chaleur, la créativité, l'énergie mais aussi l'intensité. L'intensité à l'intérieur de toi, car tu ressentiras toujours plus que les autres. Et si ça t'inquiète, sache que c'est parfaitement, *normal*.

Ma barque est la dernière à suivre les autres, je ferme la file, cette place ne m'a pas été attribuée par hasard non plus, je le sais.

– Tu es la dernière barque, tu fermes la marche, car tu aimes être rassuré quand tu sais que tu es dans la possibilité de protéger tout le monde. Ezekiel est à l'avant, car il guide les autres. Vous êtes des oppositions qui s'assemblent.

Ça me fait sourire. Athéna sait. Je le répète.

Sa spécialité c'est de mettre des mots sur ce qu'on ressent.

Et là-haut dans ce ciel, elle continue de veiller sur nous.

Chapitre 29 Karyme

Ton tour est arrivé docteur.

Trois ans plus tard

Dès le moment où j'ai appris la libération de mon pays, j'ai impérativement su que je devais m'y rendre. Athéna a été enterrée il y a trois ans, mon frère ne s'en remet pas. Mais lorsqu'il a su qu'on repartait en Syrie, il a retrouvé une part de sourire. Ses derniers temps, il se tue à élever son fils, seul, comme il le peut. Ehsan adore passer du temps avec moi, et c'est parfaitement réciproque.

En attendant, je continue dans mes études, tandis que Luce avance dans les siennes pour devenir travailleuse humanitaire dans le domaine de l'éducation et de l'assistance alimentaire. Elle veut à présent, à son échelle, aider les autres, et c'est adorable. Je marche encore à travers les couloirs de l'université pour rejoindre le parking plus loin. Avec les temps, j'ai su me faire d'autres amis, des nouvelles connaissances, jusqu'à rencontrer Khareem. La façon dont on s'est rencontré était à la fois inattendue et prévisible. Je trainais dans les couloirs, un midi comme les autres, quand j'ignore qui appelle un certaine Khareem. Évidemment, je me retourne aussi, et je demande ce qu'on me veut. Toutes les personnes dans le couloir me regarde, jusqu'à ce que je comprenne que ce n'était pas à moi qu'on parlait.

– Ah, excuse. C'était pas de toi dont ils voulaient parler. il m'avait dit. Donc toi tu t'appelles ?

– Karyme. Je lui réponds, en épelant chaque lettre.

– Enchanté, moi c'est Khareem pour le coup.

Et depuis, tout le monde nous confonds ou s'amuse à faire des blagues sur nous. Parce qu'en plus d'avoir les mêmes prénoms, il est arabe aussi. Des Émirats arabes unis. Je voudrais dire, oui, il y a beaucoup d'étrangers. Mais c'est une ville grande, anglophone, donc forcément remplie d'étrangers. À côté de ça, j'ai aussi rencontré Grayson, un type sympa dans ma classe. Enfin, petit à petit je mène une vie normale, pas apprécié ni inconnu, juste un étudiant en psychologie. Une fois dans les transports, malgré le fait que j'ai mon permis, je passe un peu de temps sur les réseaux sociaux. Voir autant de syriens célébrer ça, et rentrer chez eux, ça me rend tellement de bonne humeur. Je suis tellement content pour eux, et dans deux jours, je suis également en vacances. En même temps qu'Ehsan, son père, et Luce. Bon, sachant que nous sommes presque tous à l'école, ça ne devrait pas m'étonner. Le chemin du retour est calme, comme tous les mercredi soir où je termine à dix-sept heures. Dehors, il fait nuit, il ne reste qu'un faible rayon de soleil au loin, les lampadaires s'allument alors que je passe dessous, la neige continue de tomber. Il faut dire que ça arrange toutes les personnes qui entrent dans leur saison de Noël, une fête que je n'ai jamais fêtée. Mais depuis que je suis ici, on ne voit passer que ça, dès le milieu de mois de novembre.

Il faut dire que le temps passe vite. C'est déjà mon quatrième Noël. Alors que j'entre, j'aperçois la maison, complètement vide. Plongée dans le noir, quelques affaires d'Ehsan traine dans le salon, mais pour ce qui est du reste, c'est comme tous les jours, mais en vide.

– Mon amour ? je demande en activant le premier interrupteur.

Aucune réponse. Où est-ce qu'elle a bien pu passer ? Elle finit les cours bien plus tôt que moi les mercredis, et c'est de cette façon que je la retrouve chaque soir en train de faire quelque chose, souvent de la couture. Sauf que, Luce n'est pas du genre à laisser les lumières éteintes, c'est plus le contraire. Elle les laissent allumées, par peur de se retrouver dans le noir, et repenser à cette pièce sombre dans son ancienne maison. Je passe dans chaque pièce, toutes éteintes, et je me demande où est-ce qu'elle a bien pu passer une fois de plus.

Je finis alors par l'appeler, elle ne réponds qu'à la troisième sonnerie.

– Tu peux me dire où tu es ?

– T'es déjà rentré à la maison ? elle me demande en retour.

– On répond à une question par une réponse, pas par une autre question.

– Je suis sortie. Je suis avec Ehsan et Ezekiel.

Je soupire un coup, retrouvant mon calme.

– T'aurais pas pu me dire que tu sortais ? Je m'inquiète pour toi.

Oui, elle a tous ses droits de sortir et de vagabonder où elle le souhaite, je ne suis personne pour lui interdire ça. Mais ce serait bête de perdre de vue la personne que je dois demander en mariage.

– Oui c'est vrai… Désolé.

– C'est pas grave…

Moment de silence. Silence légèrement trop calme.

– Et qu'est-ce que vous faites ?

– On t'attendais, mais je pensais pas que tu rentrerais aussi tôt. Tu pourras nous rejoindre maintenant.

– C'est vrai que je pourrais, si je savais où.

– T'as raison. Je t'ai préparé ce que tu dois porter, et je t'envoie l'adresse après. Bis'.

Amira raccroche avant que je ne puisse demander quoi que ce soit d'autre. Assommé par mes révisions et mon travail, on ne se voit que les mercredis soir, et les dimanches. Raison pour laquelle je fais mon possible pour la voir dans ces heures.

Mais bon, le petit Karyme que je suis à du mal à lui refuser quoi que ce soit. Je me change, et pars. Après seulement une dizaine de minutes de trajet, j'arrive devant un petit restaurant de coin de rue. D'accord, il doit y avoir un truc spécial que j'ai oublié, car au grand jamais, l'un de nous deux ne serait sorti en milieu de semaine, en plein hiver. Même si c'est deux jours avant les vacances, il y a peu de chances.

Lorsque j'entre, je retrouve déjà Lucyiahna, belle comme tous les jours, et Ezekiel qui a une mine encore plus fatiguée que la mienne. Ehsan est déjà en train de manger, c'est ça les enfants et l'impatience. Je viens m'asseoir à leur table.

– C'est quoi l'évènement que j'ai oublié ? À ce que je sache, personne n'a son anniversaire aujourd'hui.

– Je te jure. Moi aussi je me suis fait embarquer là-dedans sans savoir pourquoi. répond mon frère avec encore moins d'entrain.

– C'est parce que justement, il n'y a rien. Je n'ai plus le droit d'inviter mon copain et mon beau-frère au restaurant ?

Au fond de moi, j'ai toujours ce petit pincement au cœur lorsque je constate que je suis toujours considéré comme *son copain*. Oui, je meure d'envie d'être plus, je suis prêt à être plus. Plus le temps passe, plus j'en suis certain

– Pas un mercredi soir. Pas même celui d'avant les vacances. Vendredi, j'aurais compris, mais pas aujourd'hui.

– Vous savez quoi, contentez-vous de commander, fatigué que vous êtes faut vous donner des forces. elle annonce.

Puis le serveur passe, chacun commande, et comme ce n'est qu'un petit endroit, on reçoit nos plats dans les minutes qui suivent. Mon esprit ne s'arrête pas de réfléchir, c'est son quotidien. On échange des banalités, mais la question, qu'est-ce qu'on fait là, ressors plusieurs fois. Toujours sans réponses. Je sens qu'au fond de la salle, le serveur dans mon angle de vue, attends patiemment tel un radar, pour voir quand nous avons terminés, et nous donner l'addition au plus vite. Exactement tel que je l'avais pensé, à peine terminé il se dirige vers nous.

– Je vous laisse avec l'addition.

Étrangement, je sors ma carte bancaire en même temps qu'elle. Il faut un petit moment pour qu'on comprenne qu'on s'apprêtait les deux à payer.

– Je vous invi–

– Pour qui t'essaies de te prendre là ? Donne-moi cette foutue addition. j'insiste avant même qu'elle n'ait commencé à se défendre. Je paie.

Le serveur me fait payer sans poser plus de questions. D'accord, avec mon faible salaire, ce n'est pas toujours ça, mais le mois viens à peine de commencer, et il me va très bien. Je m'en sors mieux que j'en ai l'air. L'homme débarrasse, et nous laisse enfin seuls.

– Pour la seule fois où je vous invite, j'aurais pu payer.

– Je suis pas fauché à ce que je sache. Tu me laisse remplir mon job.

– Je n'ai jamais insinué que tu étais fauché. C'est juste que moi aussi, je reçois un salaire tous les mois, ma carte bancaire n'est pas là pour faire jolie.

– Je sais. Tu *pourrais* très bien t'en sortir seule. Mais c'est à moi de m'assurer que tu vive comme une princesse, ça fait partie de mes devoirs.

Les joues rosies, elle passe enfin à autre chose, pendant que je souris comme un gamin de six ans. Le souci, c'est que j'en ai vingt-trois de plus. Je pourrais rester longtemps, à regarder son visage comme une œuvre d'art. Pour changer de sujet, elle sort deux boîtes de son sac pour en tendre une a Ezekiel, la deuxième pour moi.

– C'est censé être ?

– Une boite, qui s'ouvre. Alors contente toi de l'ouvrir au lieu de demander.

D'accord. Je la ferme, et j'ouvre. À part un petit avion en jouet, je n'y trouve rien d'autre. Ehsan, que ça intéresse fortement tend ses mains vers moi, et je lui donne le jouet sans me poser plus de questions.

– C'est ça la raison pour laquelle on est dehors un mercredi après-midi ? Un petit avion en plastique ?

De son regard, elle pointe la boite d'Ezekiel, qui en sors une petite maisonnette, toujours en plastique. À ce niveau c'est encore plus incompréhensible.

– Faut se l'avouer, on dirait les mini maison que les étudiant d'architecture se casse la tête à construire. remarque Ezekiel.

Comme moi, il tend le petit jouet à Ehsan, qui en demande plus.

– Alors vous faites pas le rapprochement ? Vous êtes à ce point fatigués ?

– Je crois que ouais. Donne un indice.

– L'avion, c'est le point numéro un. La maison, c'est le deuxième.

Je réfléchis, et fait semblant de me prendre à son jeu pour ne pas montrer que j'ai juste envie de dormir. Sauf que, mon cerveau finit par faire le rapprochement, bien que j'aie du mal à y croire.

– T'es sérieuse ? On va vraiment, rentrer chez nous ? …

Toujours de son petit sac, elle me sors quatre billets d'avion. Quatre auquel j'ai du mal à y croire. C'est si soudain, c'était le souhait que je voulais, et elle le savait. Je lui en prends un des mains, car j'ai du mal à me dire que c'est vrai.

– L'avion s'arrête en Turquie, puis on prendras le train jusqu'à la suite.

– Tu sais que c'est encore dangereux ? Le président vient à peine de tomber, il y a quelques jours.

– Et alors ? Est-ce que c'est vraiment important ?

– Oui c'est même très important. Faut que tu fasse attention à toi.

– C'est pareil pour toi. On fera tous attention.

– Absolument pas. Contrairement à toi, j'ai vécu là-bas un bon moment pour le savoir. Je viens littéralement de là-bas, ils me reconnaissent comme l'un des leur.

Et bien que ce soit très ambigu, j'insinue également qu'elle, ils ne la reconnaitront pas. Je sais, ce sont ses origines. Mais peut-elle vraiment se considérer syrienne, sachant qu'elle a vécu plus longtemps en Italie, à falsifié tous ses papiers, et n'a jamais soutenu son pays ? C'est pour son simple bien.

– Ça va, si on reste ensemble tout ira bien. elle lâche finalement. Ce qui compte, c'est qu'on y aille.

– T'as raison. Merci.

J'ai tendance à la surprotéger.

Tu es la dernière barque, tu fermes la marche, car tu aimes être rassuré quand tu sais que tu es dans la possibilité de protéger tout le monde.

Et peut-être que je le fais un peu trop.

– Eh Luce, je suis super heureux que t'ai fait ça pour nous d'accord ? Ça me touche beaucoup, mais je veux juste que tu fasse attention à toi. La Syrie est peut-être libre, mais ce n'est toujours pas redevenu le pays d'il y a un siècle. Je veux juste…. Pas te perdre.

Elle retrouve un faible sourire. Je ne voulais en aucun cas gâcher sa surprise, qui m'a beaucoup remonté le moral. C'est prévu, samedi dès l'après-midi, je rentre à la maison, ou du moins je commence le trajet. Ça me fait bizarre, trois ans et demi. Pas comme elle, qui a fait vingt et un ans. Enfin, il s'est passé énormément de choses entre.

Comme il se fait tard, on sort du restaurant. Ehsan étant presque sur le point de s'endormir, Ezekiel se charge de rentrer avec lui à la maison. Pendant ce temps, je marche un peu avec Lucyiahna. Depuis, elle laisse pousser ses cheveux sans les décolorer chaque mois. Petit à petit elle redevient Amira. La neige tombe depuis ce matin, l'endroit devient magique. Étant originaire d'un pays pas forcément froid, je n'ai jamais connu ça. En trois ans et demi, il y a beaucoup de chose que j'ai appris. C'est un peu comme si j'avais découvert une nouvelle vie. *Rentrer à la maison,* concerne tellement de syriens maintenant. Tellement de personnes qui ne seront plus considérée comme des réfugiés. Voici ce qui nous lie, avoir vécu l'enfer ensemble. Alors qu'on se rend sur la plage, qui mélangée avec la neige provoque un mélange encore plus beau, je tire Lucyiahna contre moi.

– T'as froid. je constate.

– Pas du tout. elle me répond en reniflant.

Elle peut toujours affirmer le contraire, je lui donne quand même mon écharpe.

– N'oublie jamais que c'est moi qui doit de traiter comme une princesse.

En réponse, Amira renifle encore, cette fois, ce sont plus des pleurs qu'un rhume.

– Hey, qu'est-ce qui se passe mon amour ?

– Tu crois qu'un jour, ils pourront me considérer comme les leur à nouveau ?... Ou est-ce que je suis condamnée à rester une étrangère aux yeux de mon propre pays ?

C'est l'idée que je lui ai fait croire. Super, je ne voulais pas qu'elle le prenne au sérieux, et j'ai réussi à faire l'effet contraire.

– Bien sûr que non... Tu resteras syrienne pour toujours. Tu n'as peut-être pas vécu comme tel durant les dernières années, mais récemment tu fais de ton mieux pour te racheter. On a dit que ce qui comptait, c'était le présent. C'était stupide ce que j'ai dit d'accord ? Ça n'avait rien à voir avec ça.

Silencieuse, elle reste contre moi. J'espère au moins que je lui ai un minimum changé les idées. La neige continuant de tomber, rendant l'atmosphère de plus en plus froide.

– On ferait mieux de rentrer, tu vas en cours demain. me murmure-t-elle.

– Eh. Regarde-moi.

Lentement, elle lève ses mignons yeux bleus dans ma direction. À chaque regard, elle est encore plus belle.

– Dis-moi que tu m'aimes Amira.

– On ferait mieux de rentrer à la maison...

– S'il te plait. Je demande rien de plus.

– Je t'aime Karyme.

En m'embrassant, je suis certain qu'elle ne m'en veut plus trop. L'un comme l'autre, on est pas compliqué, il suffit de nous comprendre.

Main dans la main, on rentre chez nous, celui qu'on a construit.

Chapitre 30 Karyme

Il est grand temps de rallumer les étoiles.

Mes deux derniers jours de cours m'ont semblés interminables. Plus chaque minute passait, plus j'avais hâte d'être samedi.

Comme j'avais mathématique ce vendredi après-midi, je me suis assis à une place tranquille au coin de l'amphi, au côté de Khareem. Évidemment, j'ai suivi une grande partie du cours, bien que je connaissais déjà la théorie. À la fin de la journée, je retrouve Lucyiahna à l'autre bout de l'université, accompagnée d'Arlocea. C'est drôle, comme on a quasiment tous le même âge, mais qu'on est tous à des niveaux différents.

Après avoir dit aurevoir à Khareem et Grayson, que je ne reverrais que l'année prochaine, techniquement, je rentre chez moi. Mais avant, je dois passer chercher le petit garçon.

– Je dois aller chercher Ehsan, rentre déjà à la maison.
– Je peux t'accompagner.
– Certes, mais tu es incapable de faire ta valise en moins de deux heures. Alors file.

On a juste l'air de deux étudiants, un amour que tout le monde vit quoi, un truc basique. Sauf que ça va plus loin que ça. Je souris bêtement en la regardant s'éloigner, et je continue ma route en direction de l'école primaire, qui n'est qu'à quelques pas de l'université. Une fois dans la cour, le petit prend plus de temps que prévu. Ce qui est anormal puisqu'il se dépêche toujours de sortir, surtout le vendredi des vacances. Après avoir attendu dix minutes, je décide d'aller à l'intérieur, et de directement me diriger dans le bureau de la direction. C'est ici que je le trouve assis, sur une de ces minuscules chaises.

– Vous êtes bien Ezekiel Nasaeel, le père du petit Ehsan ?

Nous sommes loin d'être seul dans la salle, une autre mère avec son garçon y est.

– Euh, non. Mais je suis son oncle. C'est moi qui vient le chercher les vendredis.

– Donc je suppose que ça ne vous dérange pas si je prends quelques minutes de votre temps pour vous parler de son comportement.

Qu'est-ce que ce petit ange peut bien avoir fait pour finir convoqué ?

– Allez-y.

– Il semblerait que le petit garçon se soit mis à frapper son camarade, sans raison précise.

– C'est pas vrai ! se défend le concerné. Il a dit que moi, dans mon pays, on est tous bizarre et méchant et qu'on a pas le droit de venir ici !

– Mais ce n'est tout de même pas une raison pour frapper son camarade à ce point.

– Et il est pas gentil avec les filles aussi. continue-t-elle.

– Le message que je veux vous faire passer, monsieur, c'est que son comportement n'est pas adéquat.

– Il s'est moqué de moi quand j'ai dit que j'avais pas ma maman. termine Ehsan, coupant la directrice.

Alors, c'est possible d'être déjà contre les autres à son si jeune âge ? C'est déjà possible d'avoir de la haine dans le cœur de si petits êtres comme eux ?

– Ça reste inadmissible. Frapper ses camarades est interdit, et tu le sais jeune homme.

Doucement, je m'agenouille devant lui, de façon à ce qu'il me voie en face.

– Eh, tu ne recommenceras plus d'accord ? C'est pas gentil ce que tu as fait. Excuse-toi.

– Mais…

– Excuse toi Ehsan.

– Pardon Luka… C'est pas gentil ce que j'ai fait. Je recommencerais plus.

Heureusement, elle n'insiste pas plus que ça, et on s'en sort rapidement. Sauf que moi, j'ai pas envie qu'il me boude. Il est peut-être petit, mais c'est mon meilleur ami. Je suis comme son frère. On arrive dehors, dans la neige, je le tiens par la main pour éviter de le perdre. Je vois qu'il est un peu de mauvaise humeur par rapport à mon commentaire.

– Eh.

Il lève de nouveau ses yeux vers moi.

– Tu veux que je te dises un secret ? T'es vraiment un petit champion. Ce garçon-là, il avait pas le droit de se moquer de maman, il a pas le droit non plus d'embêter les filles, et il a pas le droit non plus de te dire où tu devrais être. La directrice, elle est juste bête. Mais ça tu dis pas hein ?

Et voilà, il retrouve son sourire d'enfant. Il me tape dans la main, avant de monter sur mes épaules. Il est intelligent, mais il ne le sait pas encore.

***

Les valises faites, le petit au lit, tout est prêt. Hier, mon pays était libre. Aujourd'hui aussi. Je vais m'endormir, et demain il le sera toujours. Les Syriens arrêteront de se faire arrêter pour aucune raison, d'autres arrêteront de mourir inutilement. Il y a tant de vies sauvées, et tant perdues. Allongé sur mon lit dans le noir. Je m'endors, le cœur en paix.

Le lendemain, lorsque mon réveil sonne, je me sens comme sous une pile de coussin. Je prends lentement connaissance que c'est Lucyiahna qui me dors dessus. J'ai ses cheveux dans le visage. Ce n'est pas comme si ce lit n'était pas assez grand, bien sûr que non. Déjà que je dors au bord, il faut quand même qu'elle vienne automatiquement se coller à moi. Je me plains, mais au fond, j'adore ça, la sentir contre moi. Mais, ça ne change pas le fait qu'il faudrait qu'elle arrête de se plaindre que je ne lui laisse pas assez de place, si c'est pour au final venir me prendre la mienne. Je la secoue doucement, mais cette femme est loin d'être matinale. Si je n'étais pas là, elle ne se réveillerais sûrement jamais.

– Quoi encore ?
– Faudrait penser à se réveiller.
– Encore cinq minutes…

Bon, ce n'est pas comme si c'était le milieu de semaine de toute manière, c'est samedi.

— Allez, c'est pas le moment d'arriver en retard à l'aéroport.
— T'as jamais pris l'avion qu'est-ce que t'en sais ?… Bon d'accord je me lève.

Qu'est-ce que j'aime ma vie.

***

Après des bonnes heures de trajet, je reconnais mon quartier. En continuant de marcher, je reconnais ma rue, et de loin, ma maison. Je croise beaucoup de personnes sur mon passage que je prends dans mes bras rapidement.
— C'est ici ? demande mon neveu.
— Et oui. C'est ici que papa est né. Il y a… longtemps.

La plupart des maisons sont détruites, mais dans mon cœur, la mienne est indestructible. Nous avons toujours vécu dans le coin de plus reculé du pays, de chez nous, on pouvait voir plusieurs personnes se diriger vers la plage pour s'en aller. Il y a trois ans et demi, pile, je me trouvais ici, sans me douter que j'allais partir. Lentement, Ehsan est le premier à aller devant la maison, impatient comme il est, ne tarde pas à, non toquer, mais entrer directement. Il me désespère, mais il me fait vraiment marrer. D'ici, je peux entendre mes parents, et rien que les savoir en vie me fait tellement de bien, un soulagement inconditionnel.
— Eh bien, qu'est-ce que tu fais ici petit ? Tu es tout seul ?
— Non ! C'est ma maison ici.

C'est dur de me retenir de rire. À quel moment un petit comme ça s'impose chez les gens, et ose prétendre que c'est chez lui ?

– Je crois que tu te trompes mon garçon. Où sont tes parents ?

Je sens qu'ils les emmène vers nous, qui attendons toujours dehors. Papa, maman, je suis de retour. Ils sont presque sous état de choc en me revoyant.

– Karyme ?! Ezekiel ?! Bon sang mais qu'est-ce que...
– On revient à la maison.

Ils ne tardent pas plus que ça à nous prendre dans leur bras au risque de nous étouffer. Effectivement, pendant mon enfance, j'ai été rempli d'amour aussi. Longtemps je les serre contre moi, je veux que ces années ne soient qu'un souvenir lointain. Je n'ai qu'eux à retrouver, ma famille s'est toujours arrêtée à là.

– Mais venez à l'intérieur, c'est chez vous entrez... j'ai fait du zhourat. Il faut que vous me racontiez tout.

On entre pour s'asseoir au salon, le salon dans lequel j'ai passé tellement d'heures à m'ennuyer, m'inventer des vies, m'inventer un avenir. Ehsan commence lui aussi à courir partout, il est à l'aise comme s'il avait toujours connu l'endroit. Quant à moi, je suis avec Lucyiahna, que je devrais appeler Amira, pour lui assurer que mes parents ne lui en voudront jamais.

– Déjà, je veux que tu me présente ce petit garçon débordant d'énergie Ezekiel. Et que toi Karyme, tu me présente cette ravissante jeune femme.

– Ce petit monstre, c'est mon fils mama. C'est Ehsan, comme grand-père. Son histoire est longue pour être racontée d'une traite.

– Et moi, il s'avère que vous la connaissez déjà. J'espère que vous vous rappelez d'Amira Parvina.

Et leur annoncer qu'il s'agit d'elle est un autre choc. On a pu parler toute la soirée, jusqu'à ce que la nuit tombe, ma nuit syrienne. Amira est mon étoile. Ma mère est partie se coucher, Ezekiel dont le fils ne supportait pas de dormir tout seul loin de chez lui, a durement insisté pour que son père se couche avec lui. Quant à Lucyiahna, elle est endormie sur mon épaule, mon bras autour de son épaule. Mon père est assis en face de moi, se revoir c'est beaucoup, c'est fort. Ils m'ont tellement manqué. Toute la journée, nous avons discuté, parler, parler et parler, jusqu'à ce que sommeil nous trouve. Durant toute cette soirée, j'ai quand même senti quelque chose chez mon père, peut-être une question qu'il n'osait pas poser.

– Et donc, j'imagine que vous êtes mariés n'est-ce pas ?

Voilà. Il fallait s'y attendre. J'étais plus que certain qu'il me demanderait ça.

– Pas encore… Je… J'ai fait une pause sur la religion baba.

– Pardon ?

– J'arrivais plus à tout supporter je… c'est juste que gérer tout ça c'était pas simple, et j'étais amoureux d'elle… Je savais que c'était impossible, alors je…

– Tu as préféré renoncer à la religion plutôt qu'elle.

– Et… C'est que j'avais peur de te décevoir aussi, d'un côté c'était tellement plus fort que moi. J'y pouvais vraiment rien.

Je torture mon keffieh dans mes mains, sans oser regarder baba. Je sais, je le déçois horriblement, et même moi ça me fait mal.

– Karyme, ce sont des choses qui arrivent. Ne crois pas que ma vie à moi était parfaite non plus. Je t'ai dit une fois, que je ne te forcerais jamais à rien. Si tu ne trouves plus dans place dans l'islam, je n'y peux rien.

— En fait, j'y ai beaucoup pensé, et je pense me reconvertir. J'ai juste peur que si elle ne veut pas, on soit obligés de se séparer.

— Tu sais, tout ça tu ne dois pas avoir peur de m'en parler. Je comprends, mais il faudrait que tu en discutes avec elle. Demain est un nouveau jour, penses-y. Bonne nuit.

— Bonne nuit.

Mon père s'en va, me laissant seul dans le salon, plongé dans l'obscurité. On a jamais vraiment tout. Sans oser bouger par peur de la réveiller, je me force à m'endormir ici. C'est long, mais je ne veux pas rester éveillé.

Des enfants ont écrit "Ton tour arrive docteur", et des horreurs leur sont arrivés.

D'autres ont voulus vivre, et des horreurs leurs sont arrivés.

D'autres n'ont rien fait, et des horreurs leur sont arrivés également.

Ce ne sont que des enfants, mais c'est arrivé à des tonnes de personnes innocentes.

Elles n'avaient rien demandées, et leurs âmes resteront gravés dans nos mémoires.

Je me réveille en sursaut alors que je remarque que tous les autres sont déjà tous réveillés depuis un bon moment. Encore dans un état second, je vais dans la salle de bain, sans savoir que Luce y est.

— Salut.

Je continue ma route droite vers le lavabo, sans broncher. J'ignore même l'heure qu'il est.

– Eh, t'es pas complètement réveillé toi... me fait remarquer Amira.

– Je crois...

– J'ai réfléchi à un truc Karyme.

Après avoir appliqué de l'eau sur mon visage, ça va déjà un peu mieux.

– Mmh ?

– Je crois que j'ai aussi envie de retrouver l'islam.

La révélation me prend sur le coup, je manque de m'étouffer avec mon eau.

– Évite de mourir, ce n'est vraiment pas le moment. elle me taquine.

– Quand est-ce que t'as réfléchi à ça ?

– Ça fait un moment, mais je voulais le faire avec toi.

Je la regarde de haut en bas, elle porte une de ces vieilles longues robes que ma mère portait en permanence, elle en a d'ailleurs toute une collection. J'ai légèrement du mal à m'en remettre, parce qu'à vrai dire, je comptais lui poser la question dans la journée. Puis, sans qu'aucun d'entre nous ne s'y attende, le petit Ehsan vient ouvrir la porte en trombe.

– Eh ! Papa vous attend !

– Qu'est-ce qu'il veut ?

– Il veut que tu te dépêche, c'est de ta faute si vous êtes en retard. Il a aussi dit que quand tu dors, on dirait un enfant de deux ans. Il a dit que tu ronflais comme un bébé !

Et après ces paroles, il s'en va à nouveau en courant. Les enfants, ça déborde d'énergie, et je n'ai jamais été comme ça à son âge. Enfin, je me dépêche de m'habiller.

***

Les gens sont tous dehors, chacun à sur son dos le drapeau du pays, chacun est présent pour célébrer une libération importante. Je partage mon grand drapeau avec Lucyiahna, pendant que dans la foule, je perds Ezekiel. Il faut se le dire, lui aussi est redevenu un enfant, et il n'est peut-être pas riche, son fils est le plus épanoui du monde. Ils sont juste l'un le reflet de l'autre. À mes côtés, bien plus petite, Amira est aussi heureuse que moi, elle mets toute son énergie. La journée se résume à ça, faire le tour des rues, sortir tout le monde de sa maison, se retrouver tous, libérer les prisonniers, vivre à nouveau.

Mon pays me ressemble. Tant de choses se sont passées en trois ans, ce n'est qu'une infime partie de temps sur une vie, mais elle a été tellement plus vivante que les années qui les ont précédées. Je profite à fond, car même si on est pas totalement sortis d'affaire, on est au moins sortie de cette dictature. On s'est battu jusqu'au bout, car on est jamais nulle part aussi bien que chez soi.

Tout le monde, connu ou pas, on reste ensemble jusqu'à ce que l'heure de leur prière arrive. Ils le font tous ensemble, nous le faisons tous ensemble. Dès que mes derniers mots ont été prononcés, je me relève.

– Je comprends pourquoi ça te manquait autant, tout ça. me confie Luce. Tu crois que c'est bizarre si moi aussi je me sens chez moi ?

– Je te l'ai dit, ce n'est pas bizarre puisque c'est, chez toi. C'est chez nous.

– Tu penses qu'il y a un monde où ne se serait jamais séparé ?

– Ce n'est pas ce qui m'importe. Le seul monde important c'est celui-ci, aussi imparfait soit-il.

Je prends ma fiancée dans mes bras, je l'embrasse avant de ramasser mon drapeau et de me diriger à la maison. Sa main dans la mienne tout le long du trajet, je ne la lâche pas.

Comme nos cœurs n'ont pas su se lâcher, malgré les années qui les ont séparés.

Loin des yeux, proche du cœur.

Remerciements

En écrivant ces quelques mots de plus, j'ai du mal à vraiment me rendre compte que voilà, c'est un rêve de réalisé.

J'ai eu du mal à m'endormir quand j'ai sur que voilà, ce que j'écris deviendrais un livre d'ici peu. Pour ça, je remercie toute ma famille, car bien que je sois la seule à lire et écrire, ils m'ont toujours soutenu là-dedans.

Ensuite, il y a ma classe, mes amis, proche ou distant. Ces personnes qui me font rire tous les jours, qui me comprennent et que j'apprécie plus que tout. L'air de rien, vous jouez beaucoup sur ce que j'écris. Souvent je me demande ce que je serais sans mon entourage. Peut-être que je serais comme Karyme, plus grand-chose.

Et enfin, à toi, lecteur ou lectrice, merci de m'avoir fait confiance, merci du soutien, et d'avoir voyagé à travers mon histoire. Ça compte plus que ça en a l'air !

Sur ce, à bientôt j'espère !

Elsy